比较文学与世界文学 研究丛书

主编 曹顺庆

初编 第 **21** 册

英语世界的清代诗词译介与研究（下）

时 光 著

花木兰文化事业有限公司

国家图书馆出版品预行编目资料

英语世界的清代诗词译介与研究（下）／时光 著 ── 初版 ──
新北市：花木兰文化事业有限公司，2022〔民 111〕
目 4+180 面；19×26 公分
（比较文学与世界文学研究丛书 初编 第 21 册）
ISBN 978-986-518-727-9（精装）
1.CST：清代文学 2.CST：翻译
810.8   110022069

ISBN-978-986-518-727-9

9 789865 187279

比较文学与世界文学研究丛书
初编　第二一册　　　　ISBN：978-986-518-727-9

英语世界的清代诗词译介与研究（下）

作　　　者　时　光
主　　　编　曹顺庆
企　　　划　四川大学双一流学科暨比较文学研究基地
总 编 辑　杜洁祥
副总编辑　杨嘉乐
编辑主任　许郁翎
编　　　辑　张雅淋、潘玟静、刘子瑄　美术编辑　陈逸婷
出　　　版　花木兰文化事业有限公司
发 行 人　高小娟
联络地址　台湾 235 新北市中和区中安街七二号十三楼
　　　　　　电话：02-2923-1455／传真：02-2923-1452
网　　　址　http://www.huamulan.tw 信箱 service@huamulans.com
印　　　刷　普罗文化出版广告事业
初　　　版　2022 年 3 月
定　　　价　初编 28 册（精装）台币 76,000 元　　　版权所有 请勿翻印

英语世界的清代诗词译介与研究（下）

时光 著

目

次

结语　英语世界的清代诗词译介与研究之整体审视

一、文本旅行：英语世界清代诗词译介及其研究价值

在第一章至第四章对清代诗词在英语世界传播历程、译介情况进行了纵向爬梳、梳理后，我们有必要将视角切换为横向，站在更高的视野去审视清代诗词的百年西传与英译：虽然前四章在行文过程中偶有对清代诗词西传的传播路径、媒介载体、译者的译介动机和策略、译本的具体译介手段及所呈现的风格等问题的评述分析，但其着力处主要是对相关资料的汇编、整理、展示以及对清代诗词传播、译介的阶段性特征的描述，仍缺少对相关作家作品跨文化传播/接受概况的总体分析、系统总结清代诗词西传之研究的学术意义等。有鉴于此，本节将从以下两方面展开论述：

其一，择取七部英语世界最具代表性的中国文学选集，对其所选译的清代诗词进行定量分析，以窥视清代诗词在英语世界百年传播史的整体样貌及特点，并试图预测今后清代诗词在英语世界的大致传播趋势与走向。

其二，通过对清代诗词百年西传的纵横概览，反思目前中诗英译史的书写模式中存在的诸种问题，重申几类常被忽略的文献资料对于还原中诗英译历史现场的重大价值，从而尝试性地为今后中诗英译史——乃至中外文学关系史——的"重写"指出进一步的垦拓方向；同时，亦欲借此对前四章所进行的"清代诗词在英语世界中的跨文化传播与译介变异"研究的学术价值进

行提振性的说明与总结。

（一）英语世界清代诗词的译介重点及探因

在《比较文学论》中，梵第根（P. van Tieghem）强调，"整个比较文学研究的目的，是在于刻画出'经过路线'，刻画出有什么文学的东西被移到语言学的疆界之外去这件事实"，在这里他所描述的"穿过文学疆界的经过路线"大致由"放送者"、"传递者"、"接受者"这三质素组成，其中，"放送者"和"接受者"分别指处在这一路线的起点与终点上的"某一作家，某一作品或某一页，某一思想或某一情感"，而"传递者"则是沟通这一路线起点与终点的"个人或集团，原文的翻译或模仿"；需要注意的是，梵第根清楚意识到，"传递者"在文学的跨国传播过程中实际上具有双重的功能身份，指出"一个国家的'接受者'在另一个说起来往往担当着'传递者'的任务"，认为"我们对于'传递者'应该像对于'放送者'和'接受者'一样注重"，并进一步提倡在比较文学研究中给予"仲介学""一个重要的地位"[1]。事实上，在跨语际、跨文化的文学文本的旅行中，作为媒介的译者和译本处于整个传播活动的中心地位，因此，把握住译者以及以译者为中心的媒介择取以及文本接受偏好——即传播主体、传播载体、传播重点——等问题，无疑就把握住了特定研究对象传播情况的主脉。然而，正如前四章所呈现的那样，清代诗词在英语世界的译介虽不如唐诗宋词数量众多，但所涉情况十分驳杂，像是晚清在华英文报纸期刊时时偶见的译介片段、20 世纪以来学术论文及专著中为了征引而译介的大量诗词文本等，都使得对英语世界的清代诗词译介情况（如所有译者的数量、各自使用的传播载体、诗词作家作品译目明细等）进行彻底全面的量化统计，几乎成为了一件不可能实现的事情。因此，在研究中合理限制考查范围、进行抽样调查就成了较为明智而务实的选择。

首先，本节将对传播载体的考察限制在英语世界的中诗英译集以及中国文学选集的诗词译介部分，理由是文学选集虽然在一定程度上体现了编选者的个人趣味和偏好，但是却也集中反映了特定阶段英语世界对于清代诗词的主流认知情况，亦能在一定时期内塑造英语世界对于清代诗词的感

---

1 [法]梵第根著，戴望舒译，比较文学论[M]，上海：商务印书馆，1937 年，第 74 页；第 64-65 页；第 182 页。

知形态，对这一载体的考察，要远优于对其他载体——如太过零碎化的报纸期刊、不以译介而以阐述论题为重点的学术著作等——的考察。对此，香港学者孔慧怡在《以翻译选集建构文学传统》一文中有着深刻的认识：这篇文章在评述宇文所安编译的《诺顿中国文选》的同时，明确阐明了翻译选集在文学输入国建构文学输出国文学传统以及投射编译者个人视野方面的实际功能，认为"编辑文学选集时眼光愈远大，抱负愈深，就愈难免对所选的材料加以种种'运用'，这也正是文学选集特别可观之处"[2]。接着，要想客观反映清代诗词英译风貌，文学译集的择取在时间范围上要尽量兼顾到各个时代，在空间范围上要尽量使用每一时期最具代表性、最有影响力的选本。基于这样的考虑，笔者在 20 世纪上半叶择取的考察对象是翟理斯的《中国文学选珍·诗歌卷》（*Gems of Chinese Literature*, 1923）、亨利·哈特的《百姓》（*The Hundreds Names*, 1933），在 20 世纪下半叶择取的考察对象是白芝编译的《中国文学选集：自 14 世纪到当代》（*Anthology of Chinese Literature：From the 14th Century to the Present Day*, 1972）、柳无忌、罗郁正编译的《葵晔集：中国诗歌三千年》（*Sunflower Splendor：Three Thousand Years of Chinese Poetry*, 1975）、齐皎瀚编译的《哥伦比亚元明清诗选》（*The Columbia Book of Later Chinese Poetry： Yuan, Ming and Ch'ing Dynasties*, 1986），在 20 世纪90 年代以来择取的考察对象是梅维恒主编的《哥伦比亚中国古典文学选集》（*The Columbia Anthology of Traditional Chinese Literature*，1994）、宇文所安主编的《诺顿中国文选：从初始到 1911 年》（*An Anthology of Chinese Literature：Beginnings to 1911*，1996）——可以说，上述七部文学选集基本上覆盖了清代诗词的百年英译历程。最后，随着传播载体的选定，对于译者的身份、文化认同以及诗词作品具体译目的考察、统计（详参表 7-1）也成为了可能。

　　鉴于表 7-1 考察的指标较多、涉及文本的情况亦十分复杂，我们有必要在此对上述统计所使用之材料、所秉承之原则及方法予以扼要说明：（1）早期中诗英译集的版本采用。20 世纪 50 年代后，英语世界出版的中诗英译集以及中国文学选集，在编写体例大都较为规范成熟，其后虽有再版、重印，但其内容基本上没有变化；而在此之前出版的一些选集，其初版与再版在内容上——尤其是篇目选译方面——却存有较大差异。例如，翟理斯的《中国

2　孔慧怡，翻译·文学·文化[M]，北京：北京大学出版社，1999 年，第 110-127 页。

文学选珍·诗歌卷》就在 1898 年出版的《古今诗选》（*Chinese Poetry in English Verse*）[3]一书的基础上，增添有多首译诗（具体篇目信息，可参照表 2-3 的相关内容）；又如，亨利·哈特的《百姓》在 1954 年出版第三版时，改以《百姓诗》（*Poems of the Hundred Names*）[4]为名，同时又新添有 33 首译诗。为反映译者译介清代诗词的实际成绩，笔者在统计时皆以篇目更丰富、内容更充实的后出版本为准。（2）有关合作译诗的统计方式。为探析华人、华裔学者与欧美学者在清代诗词译介中贡献的消长变化，笔者分别统计了这两个群体在英语世界每本中诗英译集及文学选集中的人数及篇目译介数量。然而，在实际的中诗英译过程中，经常存有中西译者以及外国译者之间的合译现象，例如，在柳无忌主编的《葵晔集》中，华人学者张音南（音译，Chang Yin-nan）与欧美译者沃姆斯利（Lewis C. Walmsley）合作翻译了多首吴伟业、朱彝尊的诗作，丽诺尔·梅休（Lenore Mayhew）和威廉·麦克诺顿（William Mcnaughton）合作翻译了纳兰性德的若干词作。针对于此，笔者在统计时将每位译者都作为独立个体进行统计，合译而成的译文也相应地归入每位译者名下，由此，表 7-1 中的华人华裔及欧美学者的译介数量之和，要略多于清诗、清词的译介数量之和。（3）关于诗人、词人双重身份问题。清代有大量文人兼长诗词两体，上述译集在选译篇目上，也常兼收某一文人的诗体、词体作品，为反映清代诗词的具体译介风貌，笔者有意将特别作家的诗人、词人身份分别统计，因此，表中所列清代诗词作家的人数会略高于书中目录所载人数。（4）有关"清代诗词占比"一列的说明。此项数据为清代诗词译介数量与整个译集诗词译介数量之比，遇综合性的文学选集——如《中国文学选集》、《诺顿中国文选》等，则只统计其中的诗词译介部分；"合计"行所取，乃是 7 部译集清代诗词数量占比的中位数。（5）"重点译介作者"一列，分别给出了每部译集中译介篇目最多的前两位作者，"合计"行则是此列被命中次数最多的前两位作者。

3　Giles, H.A. *Chinese Poetry in English Verse*. Shanghai: Kelly & Walsh, 1898.
4　Hart, Henry H. *Poems of the Hundred Names: a Short Introduction to Chinese Poetry, together with 208 Original Translations*. Stanford: Stanford University Press, 1954.

表 7-1　英语世界中诗英译集的译者及译文概况统计

	译者统计				译文统计					
	华人华裔		欧美译者		清　诗		清　词		清代诗词占比	重点译介作者（前两位）
《中国文学选珍·诗歌卷》	-	-	1人	11首	8人	11首	-	-	4%	乾隆　张问陶
《百姓》	-	-	1人	48首	38人	48首	-	-	23%	席佩兰　樊增祥/吴宗爱
《葵晔集》	5人	70首	6人	36首	12人	60首	9人	27首	11%	龚自珍　朱彝尊/王士禛
《中国文学选集》	-	-	3人	35首	1人	8首	13人	35首	18%	袁枚　纳兰性德
《哥伦比亚元明清诗选》	-	-	1人	152首	10人	152首	-	-	15%	恽格　袁枚
《诺顿中国文选》	-	-	1人	44首	8人	36首	2人	8首	11%	王士禛/赵翼　吴伟业/纳兰性德/黄景仁/龚自珍
《哥伦比亚中国古典文学选集》	2人	6首	6人	17首	9人	14首	5人	9首	8%	王士禛　纳兰性德/王国维
合　计	7人	76首	19人	343首	86人	329首	29人	79首	11%	王士禛/纳兰性德　袁枚/龚自珍

　　结合上表的统计结果，我们可大致把握清代诗词在英语世界的传播概貌，并对其特点分析如下：

　　其一，无论是在清代诗词的译介人数上，还是在篇目译介数量上，欧美学者都居于主体地位，华人、华裔学者相对处于从属、辅助地位。这种情况不仅仅存于清代诗词的英译领域，实际上，在整个中国文学对外传播过程中欧美学者大体皆占有主体地位，正如张西平先生所指出的那样："从历史的角度看，中国学者进入中国典籍外译的翻译历史要短于西方汉学家对于中国古代文化典籍翻译的历史，从翻译的数量来看，中国学者的翻译数量要少于西方汉学家的翻译数量。从图书的发行和出版情况来看，目前中国学者所主导翻译的中国古代文化作品真正进入西方的图书市场要远远少于西方汉学家的翻译作品。时间短、数量少、发行有限，这三个基本情况说明，在中国典籍的外译、出版方面，中国学者和出版界尚不能充当主力军。"[5]之所以如此，当然有欧美学者天然具有母语优势以及一系列复杂的历史、文化的因素在，但我们也不能忽略个体欧美学者在译介方面的勤勉与努力。以表 7-1 的统计数据为例，在上述七部中国文学译集中，共有 19 位欧美学者译出了 343 首清代诗词作品，然而，这其中仅齐皎瀚一人就在《哥伦比亚元明清诗选》中翻译有 152 首诗作，占到了这些选集所译介清代诗词总数的将近一半。这一事实启示我们，相对于欧美同行而言，在清代诗词西传乃至中国文学西传的过程中，华人华裔译者作为群体，目前的贡献固然不容小觑，但作为个体，在外译的工作量上——至少是在清代诗词英译领域——尚有较大的提升空间。

其二，英语世界对于清诗的译介要远多于对清词的译介，两者的发展处于十分不平衡的状态。中国古典诗词在向外的传播、译介中，始终存在着诗强词弱的状况——清代诗词在英语世界的传播情况再一次印证了这一事实。关于英语世界词体译介的弱势地位的形成原因，涂慧在《如何译介，怎样研究：中国古典词在英语世界》一书中指出，这一方面是因为"中国古人历来视词为小道、诗余，诗才是正宗，才是中华民族精神的集中体现，这也影响了国际汉学家对中国文化的认识……而相对忽略词"，另一方面也是由于词体"是一种格律严格、用字讲究的文类形式，而其音乐性特征又难以转化为异域语言"[6]。虽然中国古典诗词译介的大趋势如此，但具体到清代诗词英译领域，也存在一个极为特殊的个案：白芝在《中国文学选集：自 14 世纪到当代》中，共计翻译了 13 位清代词人的 35 首词作，而清诗方面却只翻译了袁枚一人的 8 首诗——这源于白芝本人对于清词在古典词史上重要地位的体认，他在书前序言中，将清代词视为是词体发展过程中继宋代的又一高峰，指出"宋代的文人们拓宽了词的主题范围"，而到了清代，"我们在其间发现了更多的主题和情绪"[7]。考虑到白芝的这部中国文学选集出版后大多被用作大学教材、

5　张西平，20 世纪中国古代文化经典在域外的传播与影响研究导论[M]，郑州：大象出版社，2018 年，第 658 页。

6　涂慧，如何译介，怎样研究：中国古典词在英语世界[M]，北京：中国社会科学出版社，2014 年，第 14-21 页。

7　Birch, Burton. ed. *Anthology of Chinese Literature: From the Fourteen Century to the Present Day*. New York: Grove Press, 1972, p. xxvi.

影响力至今不衰这一事实，我们可以确认：清词虽然传入英语世界的时间较晚、译介规模也不如清诗，甚至在早期的中国文学译集中并无任何立足之地，但却经部分学者的大力揄扬，自 20 世纪 60、70 年代起就在英语世界确立了其在中国文学传统中的经典化地位。

其三，清代诗词在英语世界的文学译集中所占比例经历了由低到高的变化，20 世纪下半叶以来，这一数字基本上稳定在了 10%左右。1898 年出版的《古今诗选》及其增订本《中国文学选珍·诗歌卷》应是英语世界最早的涵盖整个中国诗史的诗歌译集，然而受制于翟理斯本人对于清代诗歌艺术价值的"偏见"——他认为清代的诗"大都是矫揉造作的"、"缺少蕴藉"、"太过浅陋"，不具有太高的审美价值，"给读者带来的只有失望和冰冷"[8]，《古今诗选》以及《中国文学选珍·诗歌卷》中只译有寥寥数首清诗，在全书所译诗歌中所占的比例仅有 4%左右，这显然与清代诗词在中国古典诗词史的实际地位极不相称。进入到 20 世纪下半叶以来，清代诗词在主流文学译集中所占的比例大致稳定在 10%-15%左右，这反映出随着西方译学中心的转译以及欧美中国研究的蓬勃发展，译界与学界对于清代诗词在中国文学长河中的实际贡献有了更为客观公允的认知。

其四，根据统计，最受译者关注、在英语世界经典化程度最高的四位清代作家，分别是王士禛、纳兰性德、袁枚、龚自珍。这四位作家之所以能脱颖而出，成为英语世界中清代诗词的"经典"和"代表"，无外乎源于以下几个因素：

（1）低语境的文学文本[9]进入异质文化体系所遇到的阻力较小。王士禛造语天然、意境优美的"神韵诗"、纳兰性德纯用白字描摹心境的苦吟低唱以及袁枚不避俚俗、明白晓畅的"随园诗"，皆直言内心深处及直接经验中的新

8　Giles, H.A. *A History of Chinese Literature*. London: William Heinemann, 1901, p. 416; pp. 232-233.

9　人类学家 E.T.霍尔在《超越文化》（重庆出版社，1990 年）一书中，将文化分为高语境文化与低语境文化，认为低语境文化主要通过语言传递，而高语境文化的信息传递更有赖于受信者与语境。涂慧在《如何译介，怎么研究：中国古典词在英语世界》（中国社会科学出版社，2014 年）中，比照霍尔的分类方法，将文学文本亦分为高语境与低语境，认为"身处不同文化圈的读者无疑更容易进入低语境的诗学文本，其审美体验来得更为畅快、直接"，因此，诸如李清照、李煜这样在作品中"真情流露"、"纯任性灵"的作家，比那些主旨晦涩、用典繁复的词人更易进入异质文化体系中。此处所言"高/低语境的文学文本"，即受惠于上述两位研究者的成果。

鲜体验与感受，即使不了解作品背后的创作背景与文化语境，也能因"东海西海、心理攸同"的缘故而引发异国读者的情感共鸣，顺利完成艺术审美和阅读的过程。

（2）清代诗词译介领域与研究领域的互动。例如，袁枚在英语世界的巨大声名的获得，与翟理斯的《中国文学史》（*A History of Chinese Literature*）和阿瑟·韦利的《袁枚：18 世纪的中国诗人》（*Yuan Mei：Eighteenth Century Chinese Poet*）[10]两书对其诗才的肯定有密不可分的关系，前者将袁枚视为是在"乏善可陈"的清代诗歌史中唯一一位值得一提的诗人，认为他是"满人统治下少之又少的出色诗人之一"[11]，后者则以其丰赡的细节和流畅的翻译，"使得袁枚以较为完整和立体的形象出现在英语读者面前"[12]——更遑论阿瑟·韦利本人在此书中亲自译有袁枚的 60 余首诗作。又如，王士禛在英语世界的清代诗词领域中始终占据重要一席，主要有赖于林理彰对于王士禛诗歌及诗学的多年关注与钻研[13]，从而带动了整个英语学界对于这位清代诗人的了解与认知。

（3）译者本人的文学立场以及学术兴趣。比如，龚自珍之所以成为《葵晔集》中被译介最多的清代作家，与主编柳无忌看重其对于柳亚子、苏曼殊等南社诸子的前导性影响不无关联[14]；又如，亨利·哈特在《百姓》中对于席佩兰的译介，与他对于明清女性文学的兴趣息息相关；再如，齐皎瀚在《哥伦比亚元明清诗选》译介最多的清代诗人恽格，在通行清代诗史中基本上处于籍籍无名的状态，然而却因齐皎瀚本人对于明清绘画的兴趣意外地走入到英语世界的读者的视野中。

不过，总的来说，英语世界译介清代诗词作家的重点，虽时有偶然性因素的出现，但其背后大都有规律可循，且上述统计所显示出的重点译介作者，大致与一般观点中的重点清代诗人、词人相吻合。

---

10 Waley, Authur. *Yuan Mei：Eighteenth Century Chinese Poet*. London: George Allen & Unwin Ltd., 1956.

11 Giles, H.A. *A History of Chinese Literature*.London: WilliamHeinemann, 1901, p. 408.

12 陈鑫，袁枚在英语世界的译介与研究[D]，北京师范大学，2017 年。

13 有关林理彰的王士禛研究情况，可参看本书第六章第一节"回溯传统与史实考辨：林理彰的清代诗人诗作研究"。

14 柳无忌在《葵晔集》中为龚自珍撰写的诗人小传中，特意指出，龚自珍的"道德观、社会观、爱国立场以及浪漫主义的倾向，影响了像是柳亚子、苏曼殊等南社诸诗人的创作"（614-615 页）。

此外，关于今后清代诗词在英语世界传播、译介的趋向，我们可根据目前所掌握材料，大致预测如下：

（1）学者译诗仍是清代诗词在英语世界传播、译介的主要形式。和唐诗宋词这些中国古典诗词译介、阅读、研究的热门领域相比，毋庸讳言，清代诗词在英语世界仍较为冷门，其影响力和接受范围仍主要局限于学术界一隅，因此，在今后很长一段时期内，其传播者、翻译者还是会以那些专业化的学院派汉家为主，而较少有诗人或业余文学爱好者参与其中；换言之，清代诗词今后在英语世界的译本大多还是会以"学者译诗"——诗歌译本只是学术研究的"副产品"和"支撑材料"——的形式出现，如阿瑟·韦利在《袁枚：18 世纪的中国诗人》中所译的 60 余首袁枚诗、黄秀魂（Shirleen S. Wong）在《龚自珍》（*Kung Tzu-chen*）中所译的 96 首龚自珍诗词、施吉瑞（Jerry Schmidt）在《诗人郑珍与中国现代性的崛起》（*The Poet of Zheng zhen [1806-1864] and the Rise of Chinese Modernity*）所译的 100 余首郑珍诗等，而像埃兹拉·庞德那类的文学色彩浓厚、译法相对自由的"诗人译诗"的情况会很难出现。

（2）译介、研究清代诗词的专门化、多元化。1986 年由罗郁正、舒威霖（William Schultz）合作编译的《待麟集：清代诗词选》（*Waiting for the Unicorn : Poems and Lyrics of China's Last Dynasty, 1644-1911*）是英语世界第一部大型清代诗词断代译集，它的出版正式标志着英语世界对于清代诗词独立审美价值和艺术魅力的认可与接受，随着英语世界对于中国文学认识的持续深入，在不久的将来，我们有理由期待一部乃至若干部新的有关清代诗词的断代译集的出现，围绕这一领域必将形成像唐诗宋诗领域一般的专门化译研群体；而专门化译研群体的出现，必然使得清代诗词译研的主题更为精细化、更为多元化，近年来英语世界出现的一批译研成果，就很能体现这一趋势，比如，以袁枚这一单个诗人为中心的杰罗姆·P·西顿（Jerome P. Seaton）的《不拜佛：袁枚诗歌选集》（*I Don't Bow to Buddhas : Selected Poems of Yuan Mei*, 1997），以康熙的《御制避暑山庄诗》这一特定组诗为关注焦点的宣立敦（Richard E. Strassberg）《避暑山庄三十六景诗图》（*Thirty-Six Views : The Kangxi Emperor's Mountain Estate in Poetry and Prints*, 2016），还有以特定诗人群体的创作为中心的伊维德编译的《两个世纪的满族女性诗人选集》（*Two Centuries of Manchu Women Poets : An Anthology*, 2017）等书，就是其中的典型代表。

最后，我们须承认，倘能穷尽英语世界所有的清代诗词译本而进行统计的话，或许其统计结果在局部数据上会与以上在抽样调查有限样本的基础上所得之结论有些许龃龉之处，但笔者相信，它在对清代诗词在英语世界译介、传播的整体概貌态势的判定上，应与上述结论相差不大。

（二）问题·材料·方向：清代诗词的西传与中外文学关系史的 "重写"

细致梳理清代诗词在英语世界的传播/译介史，深入评述其中较具代表性的个案，并以量化统计的方式从整体上对其予以审视，无论是在文献整理方面还是在文学研究领域，都有着无可争辩的学术价值；然而，若仅将本书到目前为止的研究局限于此，而忽视清代诗词在英语世界的跨文化传播与译介变异过程中所呈现出的目前相关研究的问题、有待发掘整理的研究材料以及关于未来研究方向的启示的话，我们的论述就未免太过于"浅尝辄止"了。因此，本节拟结合上述几章的相关内容，对清代诗词西传的整体研究价值进行总结，并以此作为"英语世界的清代诗词译介"部分的提振、升华性质的收束。

笔者认为，对英语世界清代诗词的传播和译介的考察，其研究价值至少体现在下述三方面。

（1）研究问题的呈现

围绕清代诗词的西传与英译的研究，本质上是中诗英译史研究；而中诗英译史研究，又从属于更宽泛意义上的中外文学关系史研究。

早在 20 世纪 20 年代，中国比较文学的先贤就开始在这一领域默默垦拓，如陈受颐 1928 年在芝加哥大学完成的博士学位论文《十八世纪英国文化中的中国影响》以及归国后发表的《十八世纪欧洲文学里的〈赵氏孤儿〉》[15]、《〈好逑传〉之最早的欧译》[16]等文章，方重 1931 年在斯坦福大学完成的博士论文《十八世纪英国文学中的中国》、范存忠 1931 年在哈佛大学完成的博士论文《中国文化在英国：从威廉·坦普尔到奥列佛·哥尔斯密斯》、钱锺书 1937 年在牛津大学完成的学位论文《十七、十八世纪英国文学中的中国》等，皆材料详备、论证精辟，为其后学界的中外文学关系史研究树立了良好的典范。自 20 世纪 80 年代以来，随着中国比较文学学科的建立以及其在高等院校的

---

15 陈受颐，十八世纪欧洲文学里的《赵氏孤儿》[J]，岭南学报，1929（1）：114-147。
16 陈受颐，《好逑传》之最早的欧译[J]，岭南学报，1930（4）：120-153。

迅速发展，中外文学关系史研究领域涌现出了一大批优秀的学术成果，像张弘的《中国文学在英国》[17]、黄鸣奋的《英语世界中国古典文学之传播》[18]、葛桂录的《雾外的远音：英国作家与中国文化》[19]、《他者的眼光：中英文学关系论稿》[20]、《中英文学关系编年史》[21]、《20世纪中国古代文学在英国的传播与影响》[22]以及朱徽的《中国诗歌在英语世界：英美译家汉诗翻译研究》[23]等书，就是其中较有代表性的著述。

依据研究内容及研究目的之不同，上述成果可分为四类：专题探析类，如陈受颐对于《赵氏孤儿》、《好逑传》西传的研究；译介、传播史梳理类，如张弘的《中国文学在英国》；书目文献的整理、汇编类，如黄鸣奋的《英语世界中国古典文学之传播》；还有一类研究比较特殊，如葛桂录的《中英文学关系编年史》，姑且称之为"传播编年"类。统而观之，这四类成果中，除了"传播编年"类[24]，大致沿着以下两种书写模式展开论述：（1）以中国文学史上的经典作家/作品为中心；（2）以西方代表性的汉学家为中心。前者以黄鸣奋的《英语世界中国古典文学之传播》最为典型，后者以朱徽的《中国诗歌在英语世界》最为典型。然而，结合上文对于清代诗词在英语世界的传播和译介的相关研究，我们不难注意到目前这两种中外文学关系史书写模式的弊端：

其一，作家/作品在文学史上经典化地位的确立，其实是文学研究的一种"后见之明"，诸如"唐诗宋词元曲明清小说"这样惯常观念，更多是学者基于形色诉求而建构起来的话语体系，不能等同于文学发生现场的真实情形，

---

17 张弘，中国文学在英国[M]，广州：花城出版社，1992年。

18 黄鸣奋，英语世界中国古典文学之传播[M]，上海：学林出版社，1997年。

19 葛桂录，雾外的远音：英国作家与中国文化[M]，银川：宁夏人民出版社，2002年。

20 葛桂录，他者的眼光：中英文学关系论稿[M]，银川：宁夏人民教育出版社，2003年。

21 葛桂录，中英文学关系编年史[M]，上海：上海三联书店，2004年。

22 葛桂录，20世纪中国古代文学在英国的传播与影响[M]，郑州：大象出版社，2017年。

23 朱徽，中国诗歌在英语世界：英美译家汉诗翻译研究[M]，上海：上海外语教育出版社，2009年。

24 2018年，由张西平先生主编的"20世纪中国古代文化经典域外传播研究书系"（大象出版社）中，有8卷都以中国典籍的"传播编年"形式写成。就目前所见的中诗英译史以及中外文学关系史著述的情况来看，目前"传播编年"式的写法，虽然在论述的深度和集中度上不及其他书写模式，但胜在涵盖材料最全，呈现传播情况最立体、最清晰。

更无法以此"按图索骥"去探求中国文学在海外的传播，否则，许多"墙里开花墙外香"的传播现象以及重要事实就会被遮蔽。比如，比较文学研究者经常谈及的寒山和他的诗歌创作；又如，笔者在上文举例论证而得的、却常被学界所忽视的事实：由于中英文学关系最初发生的场域主要在有清一代，因此，清代诗词乃至清代文学既是早期英语世界传播、译介中国文学的一个侧重点，同时又在事实上发挥着英语世界了解、认识中国文学的重要媒介。本书在第一章所提及的几个案例，如清代小说的西传与第一批英译清诗对于英语世界认识中国诗歌特质的作用，乾隆诗歌在英语世界的传播及在当时英国文坛的"回声"，以及清代诗词对德庇时《汉文诗解》立论的重大意义等事实，皆能辅证以"后见之明"的经典作家/作品去探求中国文学对外传播的疏漏所在。

其二，我们通常所熟识的代表性汉学家，大都是在 19 世纪中后期以后"专业汉学"阶段成长起来的，以之为主干去梳理中国文学的传播与译介，固然抓住了传播与译介群体中的主体和核心，但这并不意味着"游记汉学"、"传教士汉学"阶段以及"专业汉学"阶段的那些业余或半业余的、非主流的汉学研究者的译研成果不重要，相反，由于中外文学交流所涉及的种种复杂因素，他们的研究天然具有一种跨文化、跨学科性质的质态，在某种意义上更具比较文学研究的价值。诸如斯蒂芬·韦斯顿对于乾隆诗歌的译介、克莱默·宾以及亨利·哈特对于包括清代诗词在内的中国古典诗歌的译介等，都属于常被忽略、然而在中诗英译史乃至中外文学关系史上不可缺少的重要"拼图"。

正是在对清代诗词跨文化传播与译介变异的考察中，我们"发掘"、"呈现"了目前中诗英译以及中外文学关系史书写模式中存在的不足；也正是在这种对不足的"发掘"、"呈现"以及行文中依据大量个案对这些不足的"补足"、"纠偏"，确立了第一章至第四章内容的研究价值的第一方面。

（2）研究材料的利用

在梳理清代诗词在英语世界近三百年的传播/译介史的具体实践中，笔者发现了以往中诗英译史以及中外文学关系史书写在研究材料的利用上存在着的若干问题，概而言之，主要体现在以下几方面：

其一，对重要的西方汉学书目的使用、辨读难以称得上充分。文献是一切新研究、新发现的基础和前提，对于文献书目的研读则是研究启动的第一步。对此，西方汉学研究也不例外。然而，根据笔者看到的情况，目前国内的中诗英译史和中外文学关系史研究对于重要的西方汉学书目的使用、辨读还远难称得上充分。仅以乾隆诗歌在中英文学交流初期的译介为例说明：虽然斯蒂芬·韦斯顿对乾隆诗歌有不少的"误读"、"误译"（详见第一章第一节内容），与他同时代稍晚的马礼逊、德庇时所撰写汉学书目[25]或因此未将他的译本列入其中，但韦斯顿所翻译的几首乾隆诗，在严格意义上却是英语世界第一批直接从汉语翻译而来的中国诗歌[26]，19 世纪中后期以及 20 世纪初期出现的几部重要西方汉学书目——如伟烈亚力的《中国文献纪略》书前所列的"1867 年以前中籍西译要目"[27]、穆麟德（Paul Georg von Möllendorff）的《中国书目手册》（*Manual of Chinese Bibliography*）[28]以及考狄（Henri Cordier）的《汉学书目》（*Bibliotheca Sinica*）[29]等——皆将其收录在内。需要特别提及，考狄在《汉学书目》中一般会将重要的译者或研究者的名字单列出来，形成大分类下的小分组，而斯蒂芬·韦斯顿则是这本"西方汉学界最权威、流传最广、被西方汉学界完全接受的基础性书目"（张西平语）的"诗歌"（Poésie）这一大分类下所单独列出的第一位重要译者，由此可见其在中国古典诗歌西传史上的重要地位。但是，笔者在目力所及的国内相关研究中，皆未找到对这批译文的释读，即使在以材料搜罗宏富见长的葛桂录先生的《中英文学关系编年史》一书中，也寻不见这批译文的"踪迹"。这一清代诗词西传的个案，不但有力质疑了目前中诗英译史以及中外文学史书写的"完整度"，还提醒我们，在今后的西方汉学研究一定要注意对现有书目的充分使用和对其内容的

---

25 Morrison, Robert. "Notices of European Intercourse with China, and of Books Concerning it, Arranged in Chronological Order." *Chinese Miscellany*. London: S. Medowall, 1825, pp. 44-51.; Davis, John Francis. "The Rise and Progress of Chinese Literature in England, during the First Half of the Present Century." *Chinese Miscellanies: A Collection of Essays and Notes*. London: John Murray, 1865, pp. 50-75.

26 Teele, Roy Earl. "Through A Glass Darkly： A Study of English Translations of Chinese Poetry." Diss. Columbia University, 1949, pp. 46.

27 Wylie, Alexander. "Translations of Chinese Works into European Language." *Notes on Chinese Literature.* Shanghai: The American Presbyterian Mission Press, 1867, pp. xiv-xxviii.该书目已由马军以"1867 年以前中籍西译要目"为题译为中文，发表在《国际汉学》第二十辑上。

28 Möllendorff, P.G. & O.F. *Manual of Chinese Bibliography, Being a List of Works and Essays Relating to China*. Shanghai: Kelly & Walsh, 1876.

29 Cordier, H. *Biliotheca Sinica [2ⁿᵈ edition],* Paris: Librairie Orientaliste Paul Geuthner, 1904-1924.

细致辨读。

其二，缺乏对一些重要材料的整理、译介、解读与阐述。例如，德庇时的《汉文诗解》堪称是"西方第一部全面、系统论述中国古诗的专著"[30]，然而，国内至今仍未有此书的全译本，以之为中心的专题研究也仅有数篇期刊论文，缺乏系统深入的解读与阐述；又如，作为英语世界第一部中国文学史著作，翟理斯的《中国文学史》竟迟至2017年才被国内学者译为中文出版，即使是这唯一的中译本，在翻译质量和学术可靠性上也非常一般[31]，如此重要的汉学著述的译介情况尚且这般，更遑论其他汉学成果了；再如，亨利·哈特在中诗英译领域辛勤耕耘了近半个世纪，其译介数量上在英语世界的译者中属于第一阵营[32]，他的四部中诗英译集——《西畴山庄》、《百姓诗》、《牡丹园》、《卖炭翁》——理应在中诗英译史的论述框架中占有一席之地，然而，吊诡的是，亨利·哈特的名字却很少出现在国内众多以"中诗英译"为主题的研究成果中。像以上这些案例，在中国目前的中诗英译及中外文学关系研究领域里还有很多，如欲改善这一现状，唯一的途径就是踏踏实实地"查漏"，并进而有针对性地去"补缺"。

其三，对期刊报纸、辞书/工具书这些文献类型有所忽视。比较文学早期学者对期刊报纸的研究价值多有强调。比如，在论及文学的传播媒介时，梵第根指出，比较文学研究者首先且优先注意到的材料是"那些研究外国作家的书籍、小册子和其他的'单独出版物'"，但是"那些'定期刊物'、报章或

---

30 许双双，从《汉文诗解》看英国早期对汉诗的接受[J]，汉学研究，2015，18：592-608。

31 [英]翟理斯著，刘帅译，中国文学史[M]，北京：首都师范大学出版社，2017年。此书为"晚清稀有西方汉学文化名著丛书"的一种，名列"北京市重点图书"，然而，无论是在学术规范性上，还是在翻译严谨度上，译者都存有重大失误，仅举两端：（一）妄加删削。例如，翟理斯书前序言乃国内论者常引用的重要文献，译者不知何故未译，又如，翟理斯在书中译有乾隆所作北曲《花子拾金》的选段，或是难以找到对应原文的缘故，译者竟干脆删去不译；（二）随意回译。笔者虽无力一一确认此书中所有回译篇目是否符合翟理斯本意，但仅以清代诗歌部分所见，刘帅所回译的袁枚、赵翼、乾隆三人的诗歌篇目皆与翟理斯的译文严重不符，这或是译者懒于逐篇调查、核实原文，而随意在原文与译文间"乱点鸳鸯谱"所致。由于翟理斯并未给出原诗出处，笔者经多方查证、耐心比对，目前已确定了除袁枚之诗外的翟理斯所译的所有清代诗歌的对应原文，详见表2-3。

32 彭发胜，中国古诗英译文献篇目信息统计与分析[J]，外国语，2017，40（05）：44-56。

杂志"同样不容忽视，因为"有的刊物是以把一个或许多个国家的文学富源之认识散播到国中为唯一之任务的"，有的刊物还为"非专门的读者"提供了"大众可读的翻译、梗概、批评的和历史的研究"，并进而总结到，"任何文学影响的认真的研究，都应该根基于对于尽可能多的当代文学杂志之小心的考验上"[33]；又如，基亚曾将"评论文章杂志和日报"单独列为他所谓的"世界主义文学的传播者"之一，视那些"专门刊登外国文学的期刊"以及那些"人们过去称之为具有'广泛价值'的期刊"为比较文学的重点考察对象，认为"如过对那些日报，尤其是杂志没有进行广泛的查阅，那么就不可能对影响和传播问题做任何认真的研究"[34]。正如笔者在上编所呈现的那样，因出版形式灵活、传播既速且广，报纸期刊——尤其是 19 世纪以来涉华的外文报纸期刊[35]——是中国古典诗词乃至中国文学西传的最活跃的媒介平台之一，发挥着不容忽视的积极作用。国内以往的中诗英译及中外文学关系研究多有以"单独出版物"为主要阐述对象的倾向，而未曾注意或少有论及报纸期刊上虽零碎但丰富且有重要价值的内容"富矿"；近年来，随着海外汉学研究的升温，越来越多的比较文学学者开始意识到期刊报纸这一文献类型在中国文学西传中的独特地位和重大价值，并已在整理影印、专题研究等方面完成了不少具体的学术成果[36]。然而，必须正视，由于期刊报纸刊期众多、内容包罗万象，我们对这一领域的研究其实才刚刚起步，仍有大量空白留待填补，仍需大量的专题性研究对其进行深入细致的探析。此外，常被国内西方汉学研

33　[法]梵第根著，戴望舒译，比较文学论[M]，上海：商务印书馆，1937 年，第 189-192 页。

34　[法]基亚著，颜保译，比较文学[M]，北京：北京大学出版社，1983 年，第 20-22 页。

35　如上文评述过的《印中搜闻》、《中国丛报》、《中日释疑》、《中国评论》、《新中国评论》、《皇家亚洲文会北中国支会会报》、《中国科学美术杂志》、《天下》月刊、《华裔学志》、《译丛》等外文刊物。

36　影印出版方面，代表性成果有《中国丛报》（广西师范大学出版社，2008）、《印中搜闻》（国家图书馆出版社，2009）、《天下》（国家图书馆出版社，2009）、《中国评论》（国家图书馆出版社，2010）、《新中国评论》（国家图书馆出版社，2012）等；专题研究方面，代表性成果有段怀清的《〈中国评论〉与晚清中英文学交流》（广东人民出版社，2006）、王国强的《〈中国评论〉（1872-1901）与西方汉学》（上海书店出版社，2010）、严慧的《超越与建构：〈天下〉与中西文学交流》（光明日报出版社，2011）、吴义雄的《在华英文报刊与近代早期的中西关系》（社会科学文献出版社，2012）、彭发胜的《向西方诠释中国：〈天下月刊〉研究》（清华大学出版社，2016）等。

究界所忽略的还有辞典、百科性质的工具书，像是卫三畏的《中国总论》、伟烈亚力的《中国文献纪略》、梅辉立的《中文读者手册》、翟理斯的《古今姓氏族谱》、恒慕义的《清代名人传略》、1986 年出版的《印第安那中国文学指南》以及 1993 年出版的《新编普林斯顿诗歌与诗学百科全书》等著作，都包含有丰富的有关中国文学的信息，亦是中外文学关系发生的重要媒介平台，今后对其的研究有待进一步深化、细化。

总之，经由审视英语世界清代诗词百年传播/译介史，我们发现了目前国内中诗英译史及中外文学关系史书写在利用文献材料上的疏漏和缺憾，足以为今后的研究提供有益的经验和借鉴，这构成了第一章至第四章内容的研究价值的第二方面。

（3）研究方向的启示

通过上述两点有关中诗英译史及中外文学关系史的书写模式和研究材料的论述，联系第一章至第四章的相关内容，对英语世界清代诗词的传播和译介的考察，其研究价值的第三方面，还在它为国内学界今后的相关研究领域带来的若干方向性的启示。

（a）在充分利用现有西方汉学书目的基础上，加强个案的释读、分析和研究。正如上文所述，目前国内中诗英译以及中外文学史研究，无论是在文献书目的利用，还是在一手材料的占有上，还远未称得上充分。因此，今后本领域的研究者，一方面要注意分门别类地对现有的西方汉学书目所列文献展开专题化研究，细致辨别其版本、内容，并有针对性地对目前国内学界尚未注意、但又在西方汉学史上具有重要价值的文献进行深入研析，尤其注意，在处理中西文学早期交流的材料时，不能限以经典、主流，而遮蔽了或许主要由"非经典"、"非主流"构成的文学、文化交流的历史现场，从而以更为丰富的个案材料支撑中国文学海外传播史的更为准确的书写，另一方面也要注意，随着全球化时代的深入发展以及互联网和数字化时代的到来，中外文学、文化、人员、机构乃至人类任何类型信息的交流都要比以往任何一个时期都要频繁和密切，西方汉学研究成果在这样的大背景下正以惊人的速度增长——本书第四章第四节"20 世纪 90 年代以来英语世界的清代诗词译介"所列出文献数量之巨即是明证，我们应时刻追踪最新西方汉学动态，"发扬袁同礼先生的学术传统，将海外中国学（汉学）研究作为中国图书文献研究和建设中的重要部分"[37]，在踏实调查文献的基础上，及时保持对西方汉学书目进行更新和完善。

（b）主动在研究中引入相关的学科理论为指导，同时，以研究实践中所发现的具体文本去"反哺"理论，为理论的发展提供新的增长点。自文学研究出现"文化转向"、比较文学出现"翻译转向"以来，比较文学学者愈来愈超脱于之前对实证性的事实联系以及技术性的语言转换的过分拘泥，转而开始注意阐释文化、社会因素在跨语际译介变异文本背后的塑造性作用，如法国学者埃斯皮卡提出的翻译是一种"创造性叛逆"，中国学者谢天振提出的比较文学"译介学"，就是在这样的背景下产生的。需特别提及，由曹顺庆先生在 2005 年针对比较文学既有学科理论框架的缺陷而提出的比较文学变异学理论，强调和确立了"异质性"、"变异性"对于比较文学研究的重大价值，将之前比较文学研究中固有的求同思维导向至求异思维，"试图以这样的概念，超越'影响研究'、'平行研究'等表述模式，将比较文学中与'变异'现象密切相关的分支学科领域统驭、整合起来"[38]，是中国学者对于比较文学这一学科的重大理论贡献。作为一个具有整合性的理论体系，比较文学变异学将跨国变异、跨语际变异、跨文化变异、跨文明变异、文学的他国化等领域作为自己的研究对象，其整饬的理论框架，既重视语言层面的文本细读，又强调审美层面的文学评论，还兼及对社会历史背景的文化阐述，可以说天然具有指导中外文学关系史研究的巨大优势，主动将这一理论视角引入并以之指导具体的研究实践，相信一定会对目前国内这一领域研究的系统规范性、理论自觉性的提高大有裨益。与之同时，具体研究实践中所涌现出的丰富个案也可"反哺"于比较文学变异学理论。以本书的研究对象为例，如韦斯顿在"误读"基础上对乾隆诗歌具有消极意义的"创造性叛逆"、彼得·品达针对乾隆的《三清茶》诗而进行的具有"他国化"性质的互文式写作、丁韪良间杂"翻译"与"创作"的"伪译"、曾纪泽以自己半通不通的洋泾浜英语而展开的诗歌"自译"以及齐皎瀚有意摹拟中诗音节句式的"诗人译诗"等，皆能为比较文学变异学的阐释有效度的检验、理论框架的细化以及新的增长点的产生等

---

37 张西平，20 世纪中国古代文化经典在域外的传播与影响研究导论[M]，郑州：大象出版社，2018 年，第 853 页。

38 王向远，比较文学系谱学[M]，北京：北京师范大学出版社，2009 年，第 237-238 页。

提供鲜活的文本材料和广阔的论述空间。

（c）培养多语种、跨学科的学术研究素养，力图还原真实立体的历史现场。在梳理审视清代诗词百年传播/译介史的过程中，我们不难注意到，要想对中诗英译、中国文学海外传播乃至中外文学关系所涉及到的文本进行充分透彻的说明，仅依赖于一门外国语言以及单纯的文学知识来展开具体的研究实践是远远不够的。以乾隆诗歌在 18 世纪末、19 世纪初的英语世界的传播和译介为例。威廉·钱伯斯在《东方造园论》中对于《三清茶》诗的引用是乾隆诗歌在英语世界的首度亮相，其中，有以下几个事实：《三清茶》这一文本牵涉茶叶饮用、瓷器制作以及清代政治史等诸多层面；钱伯斯所使用的译文转译自法国耶稣会士钱德明的法译本；《东方造园论》是 17、18 世纪欧洲"中国热"风潮下最重要的论述中国园林艺术的著作之一；《三清茶》后来还对以彼得·品达为代表的英国文坛产生了具体的影响。考虑到上述事实，研究者若想对这一文本进行透彻说明，在语言层面上就必须要对法语以及当时传教士所使用的拉丁语有所掌握，在知识层面上除了掌握乾隆诗歌的创作概况以及当时的英国文学史等文学知识外，还要对有关耶稣会士在华传教活动的宗教史、欧洲在这一时期的园林艺术理论、中西茶叶和瓷器的流通与贸易等来自不同学科的知识有所储备。因此，今后的中诗英译史及中外文学关系史的研究者，必须要着意培养多语种、跨学科的学术素养，唯有这样，方能在研究中最大程度地实现还原真实立体的文学交流现场的效果。

张西平教授在为"20 世纪中国古代文化经典域外传播研究书系"丛书撰写的"总序"中，从"历史"、"文献"、"语言"、"知识"、"方法"这五方面阐述了开展中国古代文化典籍域外传播研究的基本路径，其中，他认为"历史"是展开中国典籍外译研究的基础，呼吁从书目研读入手建立"西方汉学文献学"，主张在考察跨语际变异的实践中探索有本土特色的"中译外翻译理论"，指出"跨学科的知识结构是对研究者的基本要求"，提倡将"比较文化理论"作为研究的基本方法[39]。张教授多年来深耕海外汉学领域，无论是在文献整理、专题研究，还是在人才培养、国际交流上，都贡献卓著且能领一时风气之先。笔者通过爬梳清代诗词百年传播/译介史而得出的以上几点有关未来研究的启示，有的对张教授的观点有所印证，有的与之有所呼应，有的或对其

---

39 张西平，20 世纪中国古代文化经典在域外的传播与影响研究导论[M]，郑州：大象出版社，2018 年，第 1-23 页。

有所补充。倘若能两相对照、结合，相信或能为包括清代诗词在内的中诗西传史、乃至中外文学关系史的"重写"提供若干有益经验和新的可能性。

二、他山之石：英语世界清代诗词研究及其学术启示

在一篇综述北美地区明清文学研究现状的文章中，伊维德（Wilt L. Idema）明确指出，"明清诗文的研究在北美仍是一块未尽开发的处女地"，其原因为"中国古典诗词领域的绝大部分学者一直热衷于此前时期的作品"[40]。整体而言，他的这一判断大致是准确的。无论是从参与研究人员的积极度来看，还是从相关研究专著、论文的产出量来看，先秦两汉诗歌及唐宋诗词在很长一段时期内确实要比明清两代的诗词更能吸引西方汉学家及中国研究领域的学者们的注意力。出现这种情况，或是以下四个因素共同作用的结果：

（1）中国传统文学批评"大都重继承和崇往古，因而晚近年代的作家多受到忽视"[41]，这种"崇古"、"好古"的思维惯性和评价标准不但深刻塑造了中国学者的文学史观，也兼而影响了西方学者对中国文学发展脉络的一般性认识。

（2）相较于通俗易懂的明清小说和戏剧，明清诗词因创作规模惊人，参与作者众多，大部分材料尚有待于必要的整理、校对、笺注及研究，西方学者对其阅读及利用的难度更大。

（3）翟理斯（Herbert Allen Giles）在他那本影响力巨大的《中国文学史》（*A History of Chinese Literature*）[42]中对清代诗词创作的贬抑和轻视，阻碍了后世西方学者对其价值的正确认识与评价。

（4）新文学运动的参与者对于传统白话文学的价值重估以及在进化论影响下形成的"一代有一代之文学"的文学史叙事模式，将中西学界的主要研究兴趣导引到了明清小说、戏剧等文体上。囿于上述诸种因素，英语世界的清代诗词研究在整体规模上远不如对唐宋诗词以及明清小说、戏剧的研究，甚至也不如后来兴起的对中国现当代文学及文化的研究，并且在可以预见的未来，这种弱势的情况应还会继续下去。

---

40 伊维德撰，李国庆译，北美的明清文学研究[G]// 张海惠，薛朝慧，蒋树勇编，北美中国学——研究概述与文献资源，北京：中华书局，2010 年，第 644 页。

41 孙康宜，宇文所安主编；刘倩等译，剑桥中国文学史（下卷）[M]，北京：生活. 读书. 新知三联书店，2013 年，第 14 页。

42 Giles, Herbert A. *A History of Chinese Literature*. London: W. Heinemann, 1901.

　　然而，正如本书第五、六两章所展示的那样，即使是在如此不利的发展格局下，英语世界仍有学者以此领域为志业，默默垦拓，取得了不少令人钦服的学术成果。在以重要汉学家为脉络评述了英语世界清代诗词研究领域最有代表性的学术成果后，为了更清楚地呈现英语世界在本领域研究的整体风貌，本节一方面将从历时性维度梳理英语世界清代诗词研究的发展脉络，并总结其各个阶段的特征，另一方面也会从共时性层面统计分析英语世界的研究者对不同时期的清代诗人、词人以及相关主题的关注情况和侧重程度，最后还会对英语世界清代诗词研究之于国内学界的整体启示进行说明。

（一）英语世界清代诗词研究的发展阶段

　　英语世界的清代诗词研究的发展当然与西方汉学的整体演进有着密不可分的关联，但与此同时，由于研究对象的特殊性，它又呈现出了较为明显的阶段性特征。笔者依据目前所掌握的情况，大致将其划分为四个阶段——20世纪50年代之前、20世纪50-60年代、20世纪70-80年代及20世纪90年代以来，接着还分别统计了在不同阶段中参与本领域研究的学者数量以及不同类型的研究文献（文学史/工具书、专著、学位论文、期刊/论文集论文）的数量，并在此基础上进而绘制了表7-2"英语世界清代诗词研究发展轨迹"。从中，我们可以清楚地看到百余年来英语世界清代诗词研究的整体发展情况。

表 7-2　英语世界清代诗词研究的发展轨迹

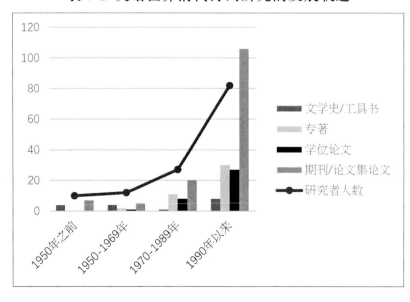

（1）20 世纪 50 年代以前

自 18 世纪中叶中国文学开始进入英语世界到 20 世纪 50 年代以前的漫长岁月中，英语世界对清代诗词主要集中在翻译领域，而非研究领域；即使有零星的论述文字，其性质也更近于常识性的"介绍"，而非探析性的"研究"。例如，德庇时（John Francis Davis）虽在 1829 年发表的《汉文诗解》（"On the Poetry of the Chinese"）[43]中译有不少清代诗词，但是他的论述文字是对中国诗歌体制、内容分类等一般性问题的介绍，并未专门谈及他对于清代诗词的认识。又如，翟理斯虽在《中国文学史》中为清代诗歌专门设有一节，但却在行文中认为大部分清代诗歌都是"矫揉造作"和"浅陋"的[44]，从而在整体上否定了清诗的艺术价值；况且，此书重翻译而少论述，相关文字数量十分有限，又大都属于基于主观印象和个人好恶得出的结论，亦难称之为合格的"研究"。再如，20 世纪初期的在华英文报刊虽偶尔载有若干论及清代诗人（吴历、王闿运、八指头陀、陈三立等，详参本书第三章论述）的文章，但其篇幅较短、数量有限，相较于清代诗词的巨大体量，涉及范围既狭且小。此外，在这一阶段出版的工具书中，如《中国文献纪略》、《古今姓氏族谱》（A Chinese Biographical Dictionary, 1898）、《清代名人传略》（Eminent Chinese of the Ch'ing Period, 1944）等，即使零星散布有一些简要介绍清代诗词作家及书目的内容，然而它们大多摘编、转译自中文材料，且其信息价值远胜于学术价值，因此，也很难称得上是"研究"。有鉴于此，将英语世界在 20 世纪 50 年代以前的清代诗词研究领域形容为"一片空白"，其实并不是言过其实的。

（2）20 世纪 50-60 年代

受惠于《美国退伍军人权利法案》（Servicemen's Readjustment Act of 1944）提供的大量青年生源、二战后美国大学规模和数量的急剧扩张、《国防教育法案》（National Defense Education Act）的施行以及一系列公私基金会的研究补助计划，西方汉学的中心从欧洲逐渐转移至北美地区的同时，其自身也经历了从重视文史语文的传统汉学到归属为"区域研究"的"中国研究"的研究范式上的转变。二战动荡的国际形势以及二战后东西方对峙的冷战格局的形成，客观上使得美国学界接纳了许多来自欧洲与中国的优秀学者和学术资源；

---

43 Davis, John Francis. "On the Poetry of the Chinese." *Transactions of the Royal Asiatic Society of Great Britain and Ireland*, vol. 2, No. 1, 1829, pp. 393-461.
44 Giles, H.A. *A History of Chinese Literature*.London: WilliamHeinemann, 1901, p. 416.

尤其是这一时期赴美任教的中国学者，如赵元任、萧公权、洪业、邓嗣禹、何炳棣、袁同礼、刘若愚、柳无忌、罗郁正、叶嘉莹等人，"他们谙熟中文资料，又能掌握当代的研究方法，对于美国的中国研究发挥了关键性的扶翼之功"，"他们与美国已经有所成就的学者彼此之间，亦师亦友，却经常自居客位，让学者叱咤风云，成就学者的领导地位"[45]，直接推动了美国的中国研究的迅速发展。

就清代诗词研究而言，这一时期在此领域进行垦拓的大多为寓居北美的中国学者。例如，这一时期新出的几本英语中国文学史著作（陈受颐[Shou-yi Chen]《中国文学史导论》[*Chinese Literature: A Historical Introduction*, 1961]、赖明[Ming Lai]《中国文学史》[*A History of Chinese Literature*, 1964]、柳无忌[Wu-chi Liu]《中国文学概论》[*An Introduction to Chinese Literature*, 1966]等，详参本书第六章论述）皆为华人学者所作，虽然其中述及清代诗词处有详略高下之分，但实属翟理斯《中国文学史》之后对于清代诗词价值与地位的首次肯定。又如，洪业1955-1956年期间在《哈佛亚洲学报》（*Harvard Journal of Asiatic Studies*）发表的《黄遵宪的〈罢美国留学生感赋〉》（"Huang Tsun-Hsien's Poem *The Closure of The Educational Mission in America*"）[46]以及《钱大昕的三首有关元代历史的诗作》（"Three of Ch'ien Ta-Hsin's Poems on Yüan History"）[47]等文，以中国传统的笺注方式细致地考查了一些清代诗歌文本，给这一学术领域带来了方法和内容上的双重启示。再如，刘若愚（James J.Y. Liu）依据清初沈德潜的格调说、袁枚的性灵说、翁方纲的肌理说以及王士祯的神韵说这四大诗论，在 1962 年出版的《中国诗学》（*The Art of Chinese Poetry*）[48]中将传统的中国诗歌观念概括为"教化论"、"唯我论"、"技巧论"以及"妙悟说"，首次向西方系统地阐释了中国诗歌理论，影响极为深远；而澳大利亚华裔学者刘渭平（Wei-ping Liu）1967 年在悉尼大学完成的题为《清代诗学之发展》（"A Study of the Development of Chinese Poetic Theories in the

45 许倬云，序[G]// 张海惠，薛朝慧，蒋树勇编，北美中国学——研究概述与文献资源，北京：中华书局，2010 年，第3-4 页。

46 Hung, William. "Huang Tsun-Hsien's Poem 'The Closure of The EducationalMission in America.'" *Harvard Journal of Asiatic Studies*, vol. 18, No. 1/2, 1955, pp. 50-73.

47 Hung, William. "Three of Ch'ien Ta-Hsin's Poems on Yüan History." *Harvard Journal of Asiatic Studies*, vol. 19, No. 1/2, 1956, pp. 1-32.

48 Liu, James J. Y. *The Art of Chinese Poetry*. Chicago & London: The University of Chicago Press, 1962.

Ch'ing Dynasty")[49]的博士论文，不但是英语世界第一篇以清代诗词为研究对象的学位论文，也是截止到目前为止唯一一篇完整论述清代诗学发展状况的英语文献。此外，从这一阶段起开始任教于北美的刘若愚和叶嘉莹不但自身对清代诗词有独到的研究，他们所培养的学生中很多在 70 年代之后都成为了英语世界清代诗词研究领域的骨干力量，像刘若愚所培养的博士生林理彰（Richard John Lynn）和麦大伟（David R. McCraw），后来分别成为了英语世界专治清初诗和清初词的著名学者，而叶嘉莹所培养的博士生施吉瑞（Jerry Schmidt）和方秀洁（Grace S. Fong），前者陆续出版了有关黄遵宪、袁枚、郑珍等专著，确立了其在英语世界清诗研究的大家地位，后者持续在明清女性文学领域深耕，亦成长为英语世界清代女性诗词研究群体中的翘楚之一；林、麦、施、方等人随后在各自教职上所培养的学生，现在也逐渐成为了北美地区本领域研究的新生力量——由此可见，英语世界的清代诗词研究传统的建立和延续着实有赖于 20 世纪 50-60 年代华人学者的筚路蓝缕之功。

然而，这并意味着欧美本土学者这一时期对清代诗词研究领域没有任何贡献，诸如阿瑟·韦利（Authur Waley）1956 年出版的《袁枚：18 世纪的中国诗人》（*Yuan Mei：Eighteenth Century Chinese Poet*）[50]以及卫德明（Hellmut Wilhelm）1967 年撰写有关康有为诗歌创作的《明夷阁诗集》（"The Poems from the Hall of Obscured Brightness"）[51]一文，皆是英语世界在清代诗词研究领域的重要文献；尤其需指出，前者乃是英语世界第一部清代诗人专论，标志着清代诗词开始正式地进入到了西方主流的学术视野之中。

（3）20 世纪 70-80 年代

笔者在此将 70 年代初作为本阶段的起点，是因为从这时起，英语世界在二战后接受系统的中文学习及汉学研究训练的本土青年学者开始逐渐在学界崭露头角，他们开始与 50-60 年代任教于英语世界的中国学者群体一道，围绕着清代诗词取得了较为多元的研究成果；而从 80 年代中后期开始，受社会性

---

49 Liu, Wei-Ping, "A Study of the Development of Chinese Poetic Theories in the Ch'ing Dynasty, 1644-1911." Diss. University of Sydney, 1967.

50 Waley, Authur. *Yuan Mei：Eighteenth Century Chinese Poet*. London: George Allen & UnwinLtd., 1956.

51 Wilhelm, Hellmut. "The Poems from the Hall of Obscured Brightness." *K'ang Yu-wei：A Biography and a Symposium*. Jung-pang Lo, ed. Tucson: The University of Arizona Press, 1967, pp. 319-340.

别理论（gender theory）的影响，英语世界对明清两代女性作家的诗词的兴趣日益增长，许多优秀的中国文学研究者都积极投身其中，使之一跃成为英语世界中国文学研究领域中最引人瞩目的分支之一，英语世界的清代诗词研究自此也进入到了一个全新的阶段，故而笔者将 80 年代末作为本阶段的终点。

需要首先指出的是，英语世界的清代诗词研究在本阶段的长足进步，与英语世界这一时期系统译介清代诗词的努力有密不可分的关联，例如，柳无忌、罗郁正编译的《葵晔集：中国诗歌三千年》、齐皎瀚编译的《哥伦比亚元明清诗选》以及罗郁正、舒威霖编译的《待麟集：清代诗词选》等大型中国诗歌英语选集对于清代诗词的关注、重视，无疑有助于英语世界的读者及研究者形成对清代诗词独立审美价值的感性认识，从而为进一步的理性研探奠定下了良好的基础。

在"译"与"研"良性互动的背景下，英语世界迎来了今后数十年间专治清代诗词的中坚学者的集体亮相，如叶嘉莹、刘若愚、林理彰、齐皎瀚、孙康宜、黄秀魂等人，在这一时期皆有论及清代诗词的著述发表。目前，笔者所见的这一阶段直接与清代诗词研究相关的学位论文有 8 篇，期刊及论文集论文有 20 篇，学术专著有 11 部，牵涉有钱谦益、王士禛、王夫之、吴伟业、吴嘉纪、陈维崧、郑燮、龚自珍、梁启超、王国维、苏曼殊等清代重要的诗人、词人。其中，林理彰的博士论文《传统与综合：作为诗人和诗论家的王士禛》（"Tradition and Synthesis: Wang Shih-chen as a Poet and Critic"，1971）、朱门丽（Madeline Men-li Chu，音译）的博士论文《词人陈维崧》（"Ch'en Wei-sung, the Tz'u Poet"，1978）、黄秀魂的专著《龚自珍》以及柳无忌的专著《苏曼殊》（*Su Man-shu*，1972）等尤为重要，它们是继阿瑟·韦利的《袁枚：18世纪的中国诗人》之后、英语世界再次以专著或专著的规模深入系统译介、评述某一特定清代作家的论著，开辟之功自不待言；而像孙康宜发表在《哈佛亚洲学报》上的《吴伟业的"面具"观》（"The Idea of The Mask in Wu Wei-Yeh [1609-1671]"）[52]一文，试图用西方现代诗人对"主体"（self）的探讨（如

---

52 Chang, Kang-i Sun. "The Idea of The Mask in Wu Wei-Yeh(1609-1671)." *Harvard Journal of Asiatic Studies*, vol. 48, No. 2, 1988, pp. 289-320. 本文曾由严志雄译为中文，题为《隐情与"面具"——吴梅村诗试说》，后被收录进孙康宜的《文学经典的挑战》（百花洲文艺出版社，2002 年）一书中；另外，本文还有一个中译本，题为《吴伟业的"面具"观》，译者为陈磊，收入至《文学的声音》（台北：三民书局，2001 年）一书中。

庞德的"角色"[persona]、艾略特的"声音"[voice]及叶芝的"面具"[mask])来分析吴伟业"假诗中人物口吻传情达意,既收匿名的效果,又具有自我指涉的作用"[53]的写作技巧及其背后的隐衷,这类以西格中、中西互证式的研究成果的出现,显示了英语世界的清代诗词研究自这一阶段起,开始走向成熟,并初步拥有了区别于相关中文研究成果的"异质性"因素。

(4)20世纪90年代以来

进入到20世纪90年代以来,英语世界的清代诗词研究进入迅速发展阶段,呈现出一派繁荣之势。这种繁荣最明显地体现在相关研究成果的数量激增上。在笔者为撰写本书所搜集的英语世界自18世纪中叶一直到2018年为止的有关清代诗词译介与研究的近400则文献条目中,出现在20世纪90年代以后的多达160余则,占所有已取得成果的半数左右,其中包括各类文学译集22部、期刊及论文集论文106篇、学位论文27部、专著30本、文学史及工具书8部。这种繁荣局面的形成,一方面是自20世纪50年代以来英语世界在清代诗词研究领域学术积淀的自然结果,如诗词等文本的系统化译介、研究人才的培养与储备、学科体制的确立、专门性研究机构的增加以及大学教育的普及化等,另一方面也离不开改革开放后的中国与英语世界日益深化的相互交流与互动,例如,八十年代中后期以后中国出现的赴欧美留学的热潮,实际上为英语世界源源不断地提供了大量的中西兼通的优秀青年学者,像近年来在清代诗词研究领域较为活跃的李小荣[54]、孟留喜[55]等人,都是在国内接受完整的大学教育后,赴外留学并接着供职于英语世界的相关研究机构的;又如,随着中国的开放,英语世界有志从事中国文学研究的学者,逐渐有机会来华生活、学习及交流,像美国著名汉学家罗溥洛(Paul S. Ropp)2001年在密歇根大学出版社出版的研究清代女诗人贺双卿的专著《女谪仙:寻找

---

53 孙康宜,文学经典的挑战[M],南昌:百花洲文艺出版社,2002年,第170页。

54 李小荣,北京大学文学学士、文学硕士,后赴加拿大麦吉尔大学留学,师从方秀洁教授攻读博士学位,现任教于加州大学-圣塔芭芭拉分校(University of California, Santa Barbara),代表作有《重塑闺阁:晚期帝制中国的女性诗歌》(*Women's Poetry of Late Imperial China : Transforming the Inner Chambers*, 2012)等。

55 孟留喜,中国人民大学文学学士,纽约州立大学奥斯威戈分校(State University of New York at Oswego)硕士,不列颠哥伦比亚大学(University of British Columbia)亚洲研究系博士,代表作有《诗歌作为力量:袁枚的女弟子屈秉筠(1767-1810)》(*PoetryasPower: Yuan Mei's Female Disciple Qu Bingyun, 1767-1810*)等。

双卿，中国的农民女诗人》（*Banished Immoral: Searching for Shuangqing, China's Peasant Woman Poet*），其实是他 1997 年在江苏金坛市（今常州市金坛区）两个月的实地调研的成果，倘无日益开放的外部条件，这类学术研究出现的概率就会大大降低。

这种繁荣局面的形成，其背后更深层次的原因在于 80 年代后期以来性别理论在西方人文社会科学研究领域的应用与普及。正如孙康宜在一次访谈中指出的那样："当代西方性别研究成为显学，其重要贡献，一是增强了学术研究的跨学科性质，因为性别视角必然牵涉到文学、社会、心理、政治、经济等种种层面；另一个是透过性别含义的棱镜，必然引起对男性社会传统下形成的知识结构与诠释的反思，并重新发现过去忽视的知识产物，比如妇女的著作。这也正是性别研究的汉学之道。"[56]换言之，在性别理论的视域下重新观照中国文学及文化，在过去二三十年间已经成为了西方汉学研究的一个强劲的学术增长点。其中，在这一持续至今的研究热潮里，清代诗词研究藉由"与中国明清时期相比，没有任何一个国家能拥有数量如此之多的女性诗歌选集或别集"[57]这一事实的存在，一举从学科的边缘地位跃居成为了英语世界的人文学者关注的核心领域之一。事实上，上文所提及的 20 世纪 90 年代以来的 160 余则清代诗词研究材料中，超过六成都直接以清代女性诗词作为研究对象；并且，我们有充分理由相信，清代女性诗词在今后很长一段的时间里还将继续成为英语世界清代诗词研究的重点领域及主要特色。

从上述对近百年来英语世界的清代诗词研究史的简略回顾之中，我们可以看到：英语世界在这一领域的研究起步非常晚，在相当长的时间内，它在研究规模和成熟度上，都无法与国内学者的研究相提并论；由于华人学者在此领域发挥的重大作用，它在起步阶段所取得的成果，甚或可视为是中国的学术研究在英语世界的自然延伸。然而，英语世界的清代诗词研究毕竟在整体上从属于西方汉学，自 20 世纪 70、80 年代以后，随着西方人文科学的发展，它逐渐拥有了与中国国内研究界相区别的研究对象、方法理论以及学术

---

56 孙康宜，钱南秀，美国汉学研究中的性别研究[M]//孙康宜，孙康宜自选集：古典文学的现代观，上海：上海译文出版社，2013 年，第 299 页。

57 Kang-i Sun Chang. "Ming and Qing Anthologies of Women's Poetry and Their Selection Strategies." *Writing Women in Late Imperial Chinese*. Ellen Widmer, Kang-i Sun Chang, ed. Stanford: Stanford University Press, 1997, p. 147.

视野；特别是经过 90 年代以来的迅速发展后，它在某种意义上已经发展成为了可堪与国内清代诗词研究相对照的一个"他者"式的存在——这正是本书第五、六章的主要论述依据和学理背景。

（二）英语世界清代诗词研究的关注重点

在历时性的梳理及回顾之后，为了完整地呈现英语世界清代诗词研究的整体风貌，我们还有必要在共时性层面上对英语世界的学者所关注的清代诗词作家、作品及特定主题作更为细致深入地定量分析，以期能清晰地把握住英语世界清代诗词研究的关注重点及其分布情况，并进而尝试探究形成这种研究态势背后的深层原因。

由于"清代诗词"牵涉范围极广，兼之"英语世界"的相关研究又相当分散，为确保统计的可信度与可操作性之间的平衡，有必要对"英语世界的清代诗词研究"这一统计对象作限定、区分，并确立若干统计原则。说明如下：

（1）时间分期。为了探究英语世界清代诗词研究侧重点的分布情况，笔者在统计中参照了章培恒、骆玉明在《中国文学史》中对于清代文学的三个阶段的划分方法——这也是国内学界的通行做法，将清代诗词作家或相关主题置入"清代初期"（1644-1735）、"清代中期"（1736-1839）、"清代晚期"（1840-1911）这样的时间框架之中。当然，由于英语世界的研究对于以政治事件界定文学史分期的做法多有批判反思，加之不少研究对象还存有横跨两个时期或其活动范围溢出政治史边界的情况，这样的分期只能是一种权宜之计，因此，笔者在归置某些研究对象时也保持了相当的灵活性。

（2）统计对象。首先，诗体和词体分别统计。虽然清代作家往往诗词二体兼长，英语世界的论者往往也诗词并论，然而作家对某一特定文体各有偏嗜好，研究者的论述重心亦主次分明，对二者予以分别统计，有助于细化我们对英语世界在该领域研究状况的认知。其次，以诗人/词人为统计主体。英语世界大部分的清代诗词研究成果皆属作家专论，以此为统计主体，不但能定位出其研究焦点，还能将其结果与国内情况作一直观对照。再次，考虑到某些重要论著的完整性，一些特定群体还会被专门择出统计。例如，麦大伟的《十七世纪中国词人》（*Chinese Lyricists of the Seventeenth Century*）[58]选

---

58 McCraw, David R. *Chinese Lyricists of the Seventeenth Century*. Honolulu: University of Hawaii Press, 1990.

取陈子龙、吴伟业、王夫之、陈维崧、朱彝尊、纳兰性德这六位清初词人进行评述，并进而指出他们与清词复兴间的关联，无法将其生硬切割至作家个体，与之类似的还有寇志明（Jon Eugene von Kowallis）的《微妙的革命：清末民初的"旧派"诗人》[59]一书，故而特设"清初词"、"清末诗"两栏。又次，对于一些无法归于特定作家或作家群体的论著，另设"其他主题"一栏进行统计。最后，限于篇幅，本统计只单独列出被英语世界的学者反复论及的重点作家或主题，其余皆划归至"其他"之下统计。

（3）女性文学、清代诗学/词学。正如上文所述，清代的女性诗词在 80 年代得到了广泛关注，事实上已经发展成为英语世界清代诗词的研究主流，笔者将这一部分单独列出统计，以凸显这一领域的特殊地位。此外，由于英语世界对清代丰富的文学理论遗产多有关注，中国传统文论与西方文论这两种异质话语的碰撞与对话，构成了一个极具价值的平行研究的主题，有鉴于此，笔者还将清代诗学/词学单独列出统计。虽然知道诗词作家作品研究不可避免亦涉及讨论诗学的内容，如施吉瑞的《随园：袁枚的生平、文学批评及诗歌》（*Harmony Garden: The Life, Literary Criticism, and Poetry of Yuan Mei*）[60]作为英语世界研究袁枚的扛鼎之作，设有专章分析袁枚诗学思想，但是为了统计便利以及研究对象细化的考虑，依据研究者主观意图的不同，笔者还是在此将这部分材料区分而出。

（4）文献类型及加权排名。涉及清代诗词的研究文献将会被分为"专著"、"学位论文"、"期刊/论文集论文"这三类进行统计。某个研究对象命中的文献数目多寡，固然能反映出其被英语世界学者重视的程度，然而，在此必须辨明，不同类型的文献在研究体量及重要性差距悬殊。因此，笔者分别将"专著"、"学位论文"、"期刊/论文集论文"赋权为 50%、30%、20%。以此为基础，在统计不同文献类型命中数目的同时，笔者还对各个研究对象（不包括特设的群体或主题）进行了"加权排名"，意在更客观地反映英语学界的关注重点。

---

59 Kowallis, Jon Eugene von. *The subtle revolution: poets of the" old schools "during late Qing and early Republican China*. Berkeley. Institute of East Asian Studies, University of California, 2006.

60 Schmidt, Jerry D. *Harmony Garden: The Life, Literary Criticism, and Poetry of Yuan Mei(1716-1798)*. London & New York: Routledge, 2003.

表 7-3　英语世界清代诗词研究的关注重点及分布情况

		作家/主题	专著	学位论文	期刊/论文集论文	合计	加权排名
清代初期	诗	王士禛	0	2	7	9	二
		钱谦益	1	2	3	5	三
		吴历	1	0	2	3	七
		吴伟业	0	1	3	4	七
		其他	2	6	4	12	-
	词	清初词	1	0	1	2	-
		陈维崧	0	1	0	1	十二
		王夫之	0	0	1	1	十三
清代中期	诗	袁枚	2	0	3	5	四
		郑燮	0	3	0	3	七
		乾隆	0	0	3	3	十
		其他	0	0	2	2	-
	词	-	-	-	-	-	-
清代晚期	诗	黄遵宪	1	0	9	10	一
		龚自珍	1	0	1	2	九
		郑珍	1	0	1	2	九
		清末诗	1	0	1	2	-
		其他	3	2	9	14	-
	词	-	-	-	-	-	-
其他主题		地域文化	3	0	1	4	-
		其他	0	1	5	6	-
女性文学	诗	贺双卿	2	0	2	4	五
		顾太清	0	2	2	4	六
		屈秉筠	1	1	0	2	八
		薛绍徽	1	1	0	2	八
		骆绮兰	0	1	1	2	十一
		其他	10	7	43	60	-
	词	-	0	1	4	5	-
清代诗学		-	8	5	12	25	-
清代词学		-	3	0	3	6	-

　　结合上表的统计结果，我们不难看出英语世界清代诗词研究的关注重点及其分布情况，大致归纳并探因如下：

　　其一，就时代分期而言，英语世界的清代诗词研究成果的分布大致呈现为"两头大、中间小"的"沙漏"状。换言之，英语世界的研究者们大都将关注点集中于清代初期与清代晚期，除了袁枚、郑燮等极个别作家外，清代中期的诗词很少被论及。体现在具体数量上，有关清代初期与晚期的研究成果分别命中 35 则、29 则，而清代中期仅命中了 13 则，前两者受到的关注几乎是后者的 2、3 倍。作家作品领域如此，诗学、词学领域亦复如此。英语世界学者聚焦处，在于清初之叶燮、王夫之、王士禛以及清末之王国维、梁启超等诗论家的主张，而少有笔墨涉及清代中期的诗学建构情况。清初与晚清之所以受到域外学者的格外关注，首先当然与这两个时期的文学所取得的成就以及所独具的价值密不可分。正如英语世界文学史论者意识到的那样，"明清之交持续抗争，战乱频仍，常被称作天崩地解的时代，此际文字充满了暴力、破坏、灭裂的意象……这是歌哭无端的苦难时代，但'国家不幸诗家幸'，世变沧桑使文学大放异彩"，"清初各种文类均有卓越成就，时势动荡似乎促使作家反思甚或挑战政治体制、道德依归、文学形式等各种规限"[61]，而在晚清时期，"本土之创新与国外之刺激，激进之挑衅与怀柔之反应，种种力量短兵相接，激烈交锋"，"文学之孕育、实践、传播和评价同样产生了绝大变化"[62]。这两个时期历史的剧烈变动，牵引、触发中国文学走向了自身的关键转捩点，包括诗词在内的各类文体因之充满了张力、活力——这无疑构成了对中西文学研究者特别的吸引力。像孙康宜在《情与忠：陈子龙、柳如是诗词因缘》[63]中以陈子龙、柳如是二人作品去透视十七世纪诗词史、麦大伟在《十七世纪中国词人》中探析书中所论六位词人与词体在清代的复振之间的关联，以及寇志明在《微妙的革命：清末民初的"旧派"诗人》中研探古典旧诗如何过渡至现代新诗等选题的出现，就充分说明了清初与晚清诗词这一学术畛域所独具的巨大阐释潜力。清初和晚清之所以受到域

61　Sun, Kang-i, Stephen Owen. ed. *The Cambridge History of Chinese Literature(Vol. II)*. Cambridge: Cambridge University Press, 2010, pp. 152-153. 中文译文引自此书 2013 年在三联书店出版的中译本。

62　Sun, Kang-i, Stephen Owen. ed. *The Cambridge History of Chinese Literature(Vol. II)*. p. 413.

63　Sun, Kang-i. *The Late-Ming Poet Ch'en Tzu-lung: Crises of Love and Loyalism*.Yale University Press, 1991.

外学者的格外关注，其次还与中国文学研究领域现代性话语的引入有关。自
20 世纪 90 年代以来，以王德威为代表的现代文学研究者，敏锐地指出：
"……中国作家将文学现代化的努力，未尝较西方为迟。这股跃跃欲试的冲
动不始自'五四'，而发端于晚清。"[64]这种观点实质上打破了传统的文学史
观，将"现代"的起点上移到了鸦片战争后的晚清。虽然王德威立论的基础
是他本人对于晚清小说的研究，但是"没有晚清，何来五四？"这一极其发
人深思的话题，逐渐吸引中西学者将注意力放在探寻晚清其他文类的"现代
性"上。例如，施吉瑞 2013 年出版的巨著《诗人郑珍与中国现代性的崛起》
（*The Poet of Zheng Zhen (1806-1864) and the Rise of Chinese Modernity*），即
是受此学术风潮影响下的研究产物。同时，一批从事现代文学的研究者也由
此加入到了晚清文学的研究中，如寇志明对于晚清诗歌的兴趣其实缘起于他
对鲁迅旧诗的持续关注。另外，英语世界中还有论者将"现代性"话语引至
十七世纪的清初，认为在这一阶段，"自佛教进入中国后，中国历史中最重
大的文化转型开始发生"，"中国由此踏上了通向现代性的漫长征程"[65]，因
此对十七世纪的文学世界予以了充分重视。正是基于上述原因，英语世界的
清代诗词研究成果自然而然地呈"沙漏"状分布，清代中期的诗词创作虽繁
荣，但反而却被有意或无意地"冷落"了。

　　其二，英语世界的清诗研究远多于清词研究，两者的发展态势极不均衡。
清词研究在英语世界中的弱势，主要源于清词翻译的不足。孙康宜曾谈到：
"学者若想在西方'推销'中国文学，若想把诗词的艺术层面介绍给读者（尤
其是不谙中文者），则首要之务当在把作品译成流畅典雅的英文。因为西方汉
学界常年不变的铁则是，'无翻译，则无文学研究可言'。这种情形诗词界尤
其严重。"[66]然而，回顾中国词在英语世界的传播历程，相较于中国诗，它遭
受了更多的忽视与误解。翟理斯在《中国文学史》中对于词体的彻底"遗忘"
即为显例之一，而英国著名译者阿瑟·韦利认为"词的内容完全是陈腐的"、
"词很少被翻译，它也明显不适合翻译，因为它的全部价值在于韵律的抑扬

64　[美]王德威著；宋伟杰译，被压抑的现代性——晚清小说新论[M]，北京：北京大
　　学出版社，2005 年，第 9-10 页。

65　Mair, Victor H. ed. *The Columbia History of Chinese Literature*. p. 428. 中文译文引
　　自此书 2016 年在新星出版社出版的中译本。

66　[美]孙康宜著；李奭学译，词与文类研究[M]，北京：北京大学出版社，2004 年，
　　第 161-173 页。

顿挫"的观点[67]，更是代表了中词英译史初期很多译者的想法。受此影响，迟至《风信集》、《中华隽词》出版的 20 世纪 30 年代后，中国词才开始在英语世界得到系统译介，不过在规模上仍比中国诗逊色不少，关注词体翻译的译者亦十分有限。在如此的态势下，英语世界对于宋词的翻译尚捉襟见肘，更遑论顾及长期被清代小说戏剧、乃至清诗遮蔽的清词了。清代诗词断代译集《待麟集》在 20 世纪 80 年代的出现，一定程度上虽改善了英语世界清词缺乏译介的情况，但这相较于清词丰富的文本资源，不过是杯水车薪。清词翻译之不足，严重影响了清词研究之开展。在发表于上世纪 90 年代的回顾北美词学研究发展史的一篇综述文章中，孙康宜曾乐观地表示："70 年代一登场，词学研究正式在北美翻开历史新页，在词家的具体评价与作品的具体赏析方面尤见新猷。学者见解精辟，佳作逐渐面世，论词的观点与方法则东西合璧，欧美文论与华夏词话同衾共裘。"[68]然而不能不忽视的是，在其述评的北美词学二十年来的发展脉络中，研究成果基本集中于五代、两宋词上，罕有言及清词的内容；即便近十几年来，英语世界的清词研究稍有增加，像对纳兰性德、陈维崧、顾太清等词家创作的研究皆有进展，但"诗强词弱"、"宋多清寡"的整体格局仍未发生大的变动。

其三，英语世界清代诗词研究的关注侧重点与国内学界既有重合，又有自身的鲜明特色。通过关键词提取、文献分类、加权统计等一系列手段，笔者最终得出了英语世界的研究者关注的重点清代诗人/词人的排名，按照重要性从高到低排列，依次为黄遵宪、王士禛、钱谦益、袁枚、贺双卿、顾太清、吴历与郑燮及吴伟业、屈秉筠与薛绍徽、龚自珍与郑珍、乾隆、骆绮兰、陈维崧、王夫之。国内的清代诗词研究成果众多，逐一分类统计显然并不现实，不过我们可以通过一些综述性质的著述，大致把握到国内学界较为关注的清代诗人/词人有哪些。余恕诚在《中国诗学研究》中回顾了国内 20 世纪清诗研究历程后，择选出了百年来被论述最多的五位清代诗人，分别为钱谦益、吴伟业、王士禛、袁枚、龚自珍[69]，不过他并未对清词的研究情况作出说明；汪龙麟在《清代文学研究》中则更细致地评述了国内 20 世纪清代诗词研究概

---

67 Waley, Authur. *A Hundred and Seventy Chinese Poems*. London: Constable and Company Ltd., 1920, p. 17.

68 [美]孙康宜著；李奭学译，词与文类研究[M]，北京：北京大学出版社，2004 年，第 161-173 页。

69 余恕诚，中国诗学研究[M]，福州：福建人民出版社，第 491-523 页。

况，认为百年来国内清诗研究的重点诗人及诗人群体分别为清初诗人群体、钱谦益、吴伟业、王士禛、袁枚，而百年来国内清词研究的重点词人为吴伟业、陈维崧、朱彝尊、纳兰性德[70]。倘对比英语世界和国内研究的重点诗词作家的话，我们可以发现：（1）一些国内研究者关注的重点诗人、词人，如钱谦益、王士禛、吴伟业、袁枚、龚自珍等，同样为英语世界的研究者所关注，中西学者虽然或许在研究视域、方法上有所区别，但对于传统意义上的清代诗词大家还是有共识的。（2）清代女性诗词研究在国内学界基本上处在相对边缘的地位，而在英语世界却占据了清代诗词研究领域的"半壁江山"，处在绝对主体的地位——最受英语世界的学者关注的前十位清代诗词作家中，有 4 位皆为女性；与清代女性诗词相关的研究文献，几乎能占到英语世界所有清代诗词研究文献的六成左右。（3）由于文化、学术等方面的差异，英语世界的研究者对于一些并不太受国内学者重视的诗词作家显示出了格外的兴趣。例如，由于出使欧美的外交经历，黄遵宪竟在所有的清代诗词作家中受到了英语世界学者最多的关注，虽然国内学界对他亦有不少研究成果，但绝不会将他视为是最主要的诗人去讨论。又如，由于其晚年皈依天主教的宗教行为，在国内并非是研究热点的清初画家、诗人吴历在英语世界竟然得到了比王夫之、陈维崧、龚自珍这样的传统意义上的诗词大家更多的注意力。

此外，虽然表 7-3 中并未直接体现出英语世界从事清代诗词研究的学者的状况，但是笔者在实际的统计过程中仍发现了以下两个非常明显的特征。

其一，虽然 20 世纪 90 年代以来，英语世界从事清代诗词研究的学者已达 80 余人（参见表 7-2），但事实上真正承担着大量工作、发挥有主导作用的核心学者只有寥寥几位而已。根据粗略统计，倘若将施吉瑞、林理彰、孙康宜、齐皎瀚、方秀洁等这些长期深耕于清代诗词领域的代表学者的相关成果合在一起的话，大致能占到所有研究成果的半数左右。除了成果数量众多外，这部分核心学者的研究大多在本领域具有领一时风气之先的开拓作用。例如，施吉瑞围绕黄遵宪、袁枚、郑珍所作的三本专著，述前人之所无，探前人之未探，详实厚重，皆是英语世界对于这几位清代诗词作家最系统全面的论析。又如，孙康宜在女性文集编选、女性诗词研究用功甚勤，英语世界清代女性诗词研究的兴起，实赖于她的大力提掖、亲自示范。再如，方秀洁除了自身对清代诗词有精湛的研究外，还在 2003 年牵头发起的"明清妇女著作数字化

---

70 段启明，汪龙麟编，清代文学研究[M]，北京：北京出版社，2001 年，第 43-206 页。

项目"（Ming Qing Women's Writing），嘉惠士林，意义深远，为英语世界的清代女性诗词研究提供了最为便捷、最可靠、最基础的文献材料。

其二，英语世界从事清代诗词研究的学者师承有序，"圈子化"十分明显。总体而言，大致可分为几脉：（1）以刘若愚为核心的学术团体，成员主要有刘若愚的博士生林理彰、麦大伟等，林、麦二人所培养的博、硕士生，如以《王士禛的禅林诗评：讨论和翻译》（"Chan Grove Remarks on Poetry by Wang Shizhen: A Discussion and Translation"）的硕士论文选题的达瑞尔·卡梅伦·斯特克(Darryl Cameron Sterk)、以《镜、梦、影：顾太清的生平与创作》（"Mirror, Dream and Shadow: Gu Taiqing's Life and Writings"）为博士论文选题的耿长琴（Changqin Geng，音译）亦属此团体。（2）以叶嘉莹为核心的学术团体，成员主要有叶嘉莹的博士生施吉瑞、方秀洁等，施、方二人所培养的博、硕士生，如近年来英语世界清代诗词研究的后起之秀孟留喜、李小荣等，亦可划归至此团体。（3）以孙康宜为核心的学术团体，由她所指导的博士生、后来成为英语世界钱谦益的主要研究者的严志雄（Lawrence Chi-hung Yim）自然属于这一团体，另外像魏爱莲（Ellen Widmer）、管佩达（Beata Grant）、钱南秀（Nanxiu Qian）等与孙康宜研究志趣相近、互有合作、声气相通，亦可将其一同视为是英语世界的一个热心于明清女性文学研究的松散联盟。以上三个"圈子"基本上囊括了英语世界清代诗词研究的学术骨干力量。

以上两点英语世界研究者群体存在着的特征启示我们，以这些研究个体或群体为主干去述评略显纷繁驳杂的文献材料，其实是客观展示英语世界清代诗词研究实绩的最便捷、最有效的方法——事实上，本书第五、六两章即以此思路展开了论述。

（三）对话与融通：英语世界清代诗词研究的学术启示

1922 年，梅光迪撰文指出："国人受古大家之薰染太深，每尊古逾恒，不能脱略陈言，发抒己言。西人则以崭新之头脑，自由之眼光，衡量其间，而无牵拘之弊，颇能出其创见，为国人之考镜。"[71]此语前半所言国人治学之弊，随时代进步、风气开放，现今已获极大改善，此语后半所言西人治学之堪为考镜，对当下学界而言，仍是精辟有效的判断。以本书所胪列的英语世界清代诗词研究成果为例，它们虽然限于中国文学研究在西方学术体系的边缘地

---

71 梅光迪，中国文学在现在西洋之情形[J]，文哲学报，1922（01）。

位以及专治清代诗词学者的数量较少等因素，在规模上无法与国内同类成果相提并论，但无论是在材料还是方法上，却均有区别于国内清代诗词研究的独到之处。笔者在第五、六章中按"文学史"、"文学批评"、"文学理论"的顺序，已对英语世界最具代表性和影响力的清代诗词研究者及其研究成果进行了较为详尽的展示，并分别就其学术思路及价值、影响作了适当述评，还在上述两小节中，从纵横两方面讨论了英语世界清代诗词研究的发展阶段及关注重点；接下来有必要从整体上对作为"他者"的英语世界清代诗词研究可能带来的"考镜之功"或学术启示做出归纳，以进一步推动国内学界、英语学界在本领域的对话与融通。

首先，英语世界的清代诗词研究能在研究对象的择取及材料的利用上为国内学界带来若干启示。包括清代诗词在内的整个清代文学，相较于其他朝代文学的特殊之处在于，它的生发和演进是在中西交通的大背景下进行的，某些清代文人不但能直接参与到中西交通的进程中，其文学创作亦可视作是中西交通的具体产物，因此，如欲完整自洽地对清代文学作出说明，就不能不将其置入更为广阔的地理空间及语言界域中去审视、考察。国内清代诗词界对此虽有一定认识，但局限于固有的学术思维和惯性，在研究上尚存有不少误解和盲区；而英语世界的学者，却可凭其跨语际的天然优势及跨学科的灵活视角，经常能在研究对象的择取及相关材料的利用方面，见国内学人之未见，发国内学人之未发。

例如，晚清"诗界革命"的旗帜黄遵宪，作为清廷使臣，其足迹遍布日本、新加坡、英美等国，《人境庐诗草》中有不少诗歌对其海外经历都有直接或间接的反映，因此，要想对黄遵宪的诗作内容及其创作活动展开研究，不可避免地要对那些诗中所涉及"古人未有之物、未辟之境"（《人境庐诗草·自序》）进行考察。国内的黄遵宪研究在这一方面做得并不充分，正像加拿大学者施吉瑞所指出的那样，这种不充分体现在以下三方面：其一，作为考察黄遵宪使美期间活动的重要史料，公务禀文很少为中国学者所使用，"钱仲联完全没有提及"、"这些禀文在麦若鹏和吴天任的传记中不见踪迹，在郑子瑜对黄遵宪的叙述中也没有现身"。施吉瑞分析到，之所以如此，是因为"如果不熟悉美国、加州以及旧金山历史，不具备对秘鲁、夏威夷、不列颠哥伦比亚省历史的了解，那么将很难读懂那些禀文"、"中国国内的很多研究黄遵宪的学者不具备这样的学术背景"。其二，19世纪加州地区的英文报纸中，对以黄遵宪为代表的使臣群体有不少新闻报道，国内学界基本无人关注这类材料，施吉瑞指出，"尽管这些报纸对华人带有根深蒂固的偏见，但是在作为文本阅读的时候，可以做摒弃偏见、详细还原黄遵宪旧金山驻任经历的努力"。其三，多年旅居海外的过程中，黄遵宪应在各地遗有不少诗文手札，未收入其集中，尚有待于研究者留心寻访搜罗，以期还原黄遵宪创作之全貌。[72]由于语言能力及文献占有的"近水楼台先得月"，目前英语世界有关黄遵宪海外经历的研究，事实上已走到了国内同仁的前列：比如，施吉瑞在《金山三年苦：黄遵宪在旧金山》[73]、《金山三年苦：黄遵宪使美研究的新材料》[74]、《排华时期黄遵宪智取旧金山海关襄助加拿大华人旅客之史实》[75]等文章中，不但经由实地探索成功将黄遵宪禀文中"飐地桑"与美西小镇汤森港（Port Townsend）对应在一起，还在《萨克拉门托每日联合新闻》（*Sacramento Daily Record-Union*）等英文报纸中搜集到了不少非常有价值的记载黄遵宪领事活动的片段，更是对藏于加拿大维多利亚中华会馆的黄遵宪稀见手稿进行了初步释读；又如，任教于加拿大维多利亚大学的华裔学者林宗正，通过考察黄遵宪使美期间参与《金山联玉》这一美西华侨文人酬唱诗集的评审、编选情况，指出"这份史料似乎透露着黄遵宪透过参与这些活动在寻求文化上的慰藉与文化归属感"、"只有在中华文化的慰藉之下，黄遵宪在旧金山如此困厄的环境之中才能够让他稍微感觉到片刻的欣慰而暂时远离被歧视被隔离的困境、稍微远离无法改变他想要改变的现状的苦闷"[76]。英语世界的上述成果，无疑有助于推动国内学界今后对黄遵宪海外诗文创作的重视与关注。又如，近现代以来，由于国家贫弱、时局动荡，有不少珍本古籍流落海外，反而不易为国内学者所使用。诚如梁绳祎所述："资料所在，学术以兴，……自鸦片战争以来，屡更丧

---

72 施吉瑞，孙洛丹，金山三年苦：黄遵宪使美研究的新材料[J]，中山大学学报（社会科学版），2016，56（01）：48-63。

73 施吉瑞，刘倩，金山三年苦：黄遵宪在旧金山[J]，华南师范大学学报（社会科学版），2018（03）：5-17。

74 施吉瑞，孙洛丹，金山三年苦：黄遵宪使美研究的新材料[J]，中山大学学报（社会科学版），2016，56（01）：48-63。

75 施吉瑞，李芳，排华时期黄遵宪智取旧金山海关襄助加拿大华人旅客之史实[J]，华南师范大学学报（社会科学版），2015（03）：5-17。

76 参见《〈金山联玉〉与黄遵宪任职旧金山总领事的三年期间——从〈金山联玉〉对黄遵宪美国诗歌的一些想法》，此文乃未刊稿，首次宣读于 2017 年 7 月 1-2 日在南京大学举办的第二届"南京大学域外汉籍研究国际学术研讨会"上。

乱，文物散失，国宝流亡，而外人之研究益以便利。复以政治嬗变，焚倾祸炽。人事迁移、俗尚迥殊。流行典册阅世而后，或澌灭无存，或窜乱失实。而佚书原本反存海外，如摩尼化胡等经、明季野史、太平天国政书是也。……资料搜集为学问之始而非其成，然文献无征，宣尼兴叹。孤本神物，随舶西东，乃外国汉学者之大利，而中国国学者之不幸也。"[77]清代诗词领域最能体现这一点的，莫过于亨利·哈特 1946 年捐赠给哈佛燕京图书馆的、由他多年来从中国精心搜罗来的近三百册古籍珍本了。方秀洁指出："……致力于明清女性研究的学者们在哈佛燕京图书馆的'哈特藏书'（Hart Collection）中发现了宝藏。哈佛燕京图书馆的中国古代妇女著作由'哈特藏书'中的 53 种明清妇女著作和另外四十余种普通古组成。这些收藏，使得哈佛燕京图书馆成为西方大学图书馆中拥有中国古代妇女著作最为丰富的机构。即使在中国，除少数例外，一般的大学图书馆也难与之相比。"[78]这批古籍珍本事实上为英语世界 20 世纪 90 年代以来明清女性文学研究的迅猛发展提供了极为坚实的文献基础，其功用不容小觑；2003 年以来，由方秀洁教授主持的"明清妇女著作数字化项目"，更是极大地便利了英语世界学者对这批资源的利用，持续不断地为本领域的学术生产提供"原料"和"动能"，且对国内学界亦不无沾溉。英语学界对于文献资源的重视以及对于"数字人文"成功运用，都值得国内清代诗词研究界去学习借鉴。再如，晚清规模不小的海外移民群体所创作的古典诗词作品，近年来颇受英语世界学者的关注，整理及研究性质的代表著述有谭雅伦（Marlon K. Hom）编译的《金山歌集》（*Songs of Gold Mountain*）[79]、马克·赖（Mark Lai）等人编译的《埃崙诗集》（*Poetry and History of Chinese Immigrants on Angel Island 1910-1940*）[80]等，设若这些晚清移民诗词能被纳入至清代诗词的视野之中的话，"清代诗词"这一表述特定研究领域的概念，将会突破单纯由政治疆域所局限的地理空间，而重新从人口流动、文化归属与创作语言等多个角度被定义和赋能，从而能为国内的清代诗词研究提供另一可能的维度和资源。

77　梁绳祎，外国汉学研究论[J]，国学丛刊，1941（03）。

78　[加]方秀洁，[美]魏爱莲，跨越闺门：明清女性作家论[M]，北京：北京大学出版社，2014 年，第 6-7 页。

79　Hom, Marlon K. *Songs of Gold Mountain: Cantonese Rhymes from San Francisco Chinatown*. Berkeley: University of CaliforniaPress, 1992.

80　Lai, H. Mark, et al. *Island: Poetry and History of Chinese Immigrants on Angel Island 1910-1940*. Seattle: University of Washington Press, 1980.

其次，英语世界的清代诗词研究亦能在文学研究与理论视域之间的关系上为国内学界带来若干启示。学界惯将海外汉学研究视为是"他山之石"，以为其成果足为国内相关领域研究的参照、借鉴，所强调其特殊及优胜处，多集中于海外学人能以西方理论视域审视中国文学，论说严整缜密且常现新意。这一判断似乎也大体适用于英语世界的清代诗词研究，自上世纪 50 年代以来，通过自觉将西方理论运用到清代诗词的释读、分析之中，英美学者确实取得了不少令人耳目一新、颇具启发意义的学术成果。

例如，在《中国文学理论》中，刘若愚通过借用、改造艾布拉姆斯的"文学四要素说"，将中国文学理论分为"形而上的理论"、"决定的理论"、"表现的理论"、"技巧的理论"、"审美的理论"、"实用的理论"六大范型，在这一理论架构下，清代纷乱各异的诗论观点不但得到了妥善地归置分类，还在中西比较中呈现了自身的独特价值所在：刘若愚在分析以袁枚"性灵说"为代表的"表现的理论"时，经由与西方表现理论的对比，指出了中国表现理论的三点独特之处，一则中国的表现理论家很少将想象力的创造性特点居于中心地位，二则中国的表现理论家"并不象西方表现理论家那样重视激情，并将其视为艺术创作的先决条件"，三则"虽然大多数中国表现理论主要是强调自然表现，却也不完全排除自觉的艺术技巧"[81]。又如，叶嘉莹有感于"中国文学批评一向缺少逻辑严明的理论分析，因此虽有一些极精微的体会，却都只形成了一些模糊影响的概念，而不能对其所以然的道理作出详细的说明"这一现象，试图通过借用阐释学、符号学、接受美学等西方理论，以实现对中国诗学词学传统的系统说明和分析。她的这一研究思路被证明是十分有效的：通过引入索绪尔、雅各布森等人的符号学观点，叶嘉莹指出常州词派的代表人物张惠言对温庭筠《菩萨蛮》（小山重叠金明灭）的解读，"所依据的原是由于文本中一些语码所提示的带有历史文化背景的联想轴的作用"，这一类语码往往"在历史文化中已经有了定位"且"在文本中是比较明白可见的"，因此，"这种解说方式，从表面看来虽然似乎也是一种可以使词之诠释更为丰富的衍义，但实际上反而给词的诠释更加上了一层拘执比附的限制"，"背离了诗歌之自由开放的多义之特质"；这样的解说既直击本质地阐明了常州词派说词的基本模式，又一针见血地指出词派说词的根本弊端所在[82]。再如，新批评

---

81 [美]刘若愚，中国的文学理论[M]，田守真，饶曙光译，第 127-128 页。
82 叶嘉莹，迦陵著作集·词学新诠[M]，北京：北京大学出版社，2008 年，第 174-177 页。

理论的文本细读法在英语世界清代诗词研究领域中的广泛运用，常能令人惊喜地带来了许多阐发上的新意：宇文所安在《中国文论：英译与评论》中，通过细读王夫之、叶燮之诗论，常能发现两人理论表述中的自相矛盾的"缝隙"，指出王夫之《夕堂永日绪论》第十七条为情景关系所举诗例，"经常给他的理论观点造成疑问，或者使本来精细的观点变得更粗糙了"，而叶燮"那些精巧的冷嘲热讽使他不得不费尽周折地附和他在其他地方论述得颇有说服力的立场"，且"糟糕的是，叶燮的修辞往往与其立场背道而驰"[83]；麦大伟在《十七世纪中国词人》中，通过对词作文本之措辞、意象、句法、用典、韵律等因素的精密分析，令人信服地指出了清初六词人各自创作之短长优劣及相互之间的影响关联[84]。此外，20 世纪 80 年代中后期以来，女性主义批评及性别理论在西方人文研究领域的广泛引入和运用，深刻地改变了英语世界中国古典文学研究的格局，以诗词为主体的明清女性文学创作一跃成为英美汉学最热门的研究对象之一，正如宇文所安所感慨的那样，"我们发现了一些令人兴奋的和新的事物，仅仅因为我们改变了观看事物的角度，也就改变了我们要寻找的对象"[85]。

　　不过，我们也应清晰地看到，至少在清代诗词研究领域，英语世界并不是所有研究者都对中国文学研究的理论化倾向毫无异议的。例如，在和笔者对谈的过程中，林理彰旗帜鲜明地表示："我不会完全地依赖于诸如后现代主义、后殖民主义等西方视角去研究中国诗歌以及文学。我完全不支持那样做，那是一种（对中国文学的）扭曲。要想了解真正的古代中国，就必须去直接阅读文本本身。所以，我很反感那些现今大行其道的形形色色的后现代理论。……那些着迷于各种后现代理论以及意识形态立场的研究者……更愿意去读索绪尔、福柯以及德里达，而不愿在文本阅读上花时间。我相信文本完整性自有其意义所在，作者自有其写作意图。我们不应该肆意扭曲古代人的作品，然后把它们强行塞进那些来自中国本土之外的文学理论当中，而应该去试着站在古人的立场去研究这些作品，这是我们欠他们的。"[86]又如，基于

83　[美]宇文所安，中国文论：英译与评论[M]，王柏华，陶庆梅译，上海：上海社会科学院出版社，2003 年，第 529，571 页。

84　详参本书第六章第二节的相关论述。

85　[美]宇文所安，中国文论：英译与评论[M]，王柏华，陶庆梅译，上海：上海社会科学院出版社，2003 年，第 2 页。

86　Lynn, R. J., Guang Shi. " 'I'man Old-fashioned Chinese-Style Scholar Who Writes in English': An Interview with Professor Richard John Lynn." *Comparative Literature & World literature(CLWL)*. Vol. 3, No. 1.(August 2018): 10-38. 此文乃笔者 2018 年 5

自己的宗教信仰及多年文学研究经验，齐皎瀚认为，"解构主义"、"新历史主义"、"女性主义批评"以及福柯的性与身体批评等后现代主义理论在文学研究领域的风行，将会造成对文学之美的严重戕害，使文学成为理论浅薄的注脚，并表示，这一趋向代表和造成了"我们这个时代的普遍堕落"[87]。两人反对中国文学研究理论化倾向的声音，虽然源自于不同的立场，但它们的存在，使我们意识到笼统地将"以西释中"视为是作为"他者"的海外汉学研究的主要特色，或许并不完全合适；更何况，即使是英语世界那些积极将西方理论引入中国文学研究的学者，也对于"以西释中"的阐发模式表示了十足的警惕。例如，叶嘉莹虽肯定以西方理论去整理中国古典批评传统的思路，但她同时也清醒意识到这一思路在实际操作中可能存在的生硬嵌套西方理论的误区，主张能将西方理论"如食物之被消化吸收"一样，"转化为自己的营养和生命"，其最终目的在于"把西方富于思辨的理论概念融入中国传统之中，为中国文学批评建立其批评的理论体系来"。又如，英语世界明清女性诗词研究的领军人物孙康宜，并未将"以西释中"的单向阐发视为是理所当然，相反，她表示，"西方的理论必须结合到中国研究中来，而中国研究必须用来产生特殊的基础性的社会性别理论，它对于普遍的性别理论或是一种补充，或是一种挑战"[88]，这一信念实际上赋予其研究以"以中格西"的可贵特质。再如，刘若愚对中国文论的分类虽借鉴了来自西方理论的"文学四要素说"，但他的主要目的是想在尽量不篡改中国文论思想的基础上，以英语读者易于理解的方式去推介中国文论，并进而构建出一个具有普遍性及世界性意义的文学理论，换言之，刘若愚的研究本质上是超越中西界域的，将其归入"以西释中"或"以中格西"模式中的任何一个，都有失公允。相较于英语世界研究者对西方理论及"以西释中"模式的谨慎和警觉，国内学界在面对西方理论时却往往存在着"盲目崇信"的不良心态及"消化不良"的生硬套用，两相对照，所呈现之差异是颇为耐人寻味的。因此，本书所例举的英语世界清代诗词研究的具体成果固然极具"考镜"价值，但笔者相信，它们背后能所引发的有关文学研究与理论视域之间关系的思考，恐怕对国内学界的启示意义更大。

月对林理彰教授访谈的英文稿，附录二"林理彰（Richard John Lynn）教授访谈录"即为其中译文。

87 参见本书第六章第一节中的相关论述。

88 孙康宜，性别理论与美国汉学的互动研究[J]，清华大学学报（哲社版），17（S1）：51-55。

　　最后，英语世界的清代诗词研究还能在研究团队建设、国际交流对话及本领域今后的发展方向等方面为国内学界带来不少有益启示。经由回顾英语世界清代诗词研究的学术史，我们不难发现在本领域中的最活跃的研究群体莫过于那些华人/华裔学者了。受益于中西文学的同时滋养，他们在英语世界清代诗词研究领域的学术垦拓、合作交流以及人才培育方面，发挥着极为关键的作用。例如，在学术垦拓方面，刘若愚几乎凭借一己之力，将以清代诗学为代表的中国文学理论推介至英语世界研究者的视野中，叶嘉莹的常州词派及其词论研究至今仍是英语世界最权威的诠释文献。又如，在合作交流方面，叶嘉莹与海陶玮的精诚合作，所结成的《中国诗歌论集》这一硕果，已成中西学界之间的佳话，具有典型的示范意义。再如，在人才培育方面，刘若愚所指导的林理彰、麦大伟，叶嘉莹所指导的施吉瑞、方秀洁，后来皆成长为英语世界清代诗词研究领域的柱石。正如田晓菲所言："个体学者的'榜样'之所以意义重大，是因为北美汉学界和欧洲文学尤其是英语文学研究界比起来，是一个相当小的群体，在这样小范围的学术社区里，一位卓有成就的前辈学者，特别是那些在带有研究生院的大学里任教、培养出自己的研究生的前辈学者，自然会对下一代学者产生更为深远的影响。"[89]以上事实启示国内学界在"深炼内功"的同时，也应将研究视野的持续拓展、多元资源的自觉获取视为是推进学术进步的必由之路。

　　经由回顾英语世界清代诗词研究的学术史，我们也十分清楚地看到：一方面，随着全球化的深入，英语世界与国内学界之间的联系愈发紧密，研究人员日益频繁的双向流动以及中英双语写作发表的整体趋势[90]，在一定程度上漫漶了"英语世界"与"中文世界"的区分，包括清代诗词研究在内的中国

89　田晓菲，关于北美中国中古文学研究之现状的总结和反思[G]// 张海惠，薛朝慧，蒋树勇编，北美中国学——研究概述与文献资源，北京：中华书局，2010 年，第605 页。

90　伊维德指出："即使有人能够提供一份完整的关于明清文学的英文研究目录，那也只能是一幅越来越不完整的北美明清文学研究图景，因为越来越多的在北美工作的中国文学研究者开始用中文发表著作。用中文发表关于中国文学的作品可以在汉语国家获得更多的读者。在过去的 30 年，用中文发表作品的机会日益增多并且更具吸引力；与此同时，传统的用英文发表学术专著的机会正逐渐减少。尤其在某些研究领域，用中文发表作品似乎是最合乎逻辑的选择。"（《北美的明清文学研究》，收于《北美中国学——研究概述与文献资源》，中华书局，2010 年）。如本人所例举的施吉瑞有关黄遵宪使美期间的研究成果，皆是与国内学者合作译为中文，优先发表在中国的学术刊物上。

文学研究实际上已经发展成一门国际化的学问，另一方面，受到 20 世纪 90 年代以来的文化研究的强力冲击，英语世界、乃至整个西方人文研究中所使用的"文学"概念已逐渐模糊不清，泛理论化、跨学科的研究范式正越来越成为学界主流。我们应该如何及时客观地对英语世界的最新动态及成果进行描述？又该以何种姿态面对这一如影随形的"他者"，并积极调整自己的研究方式与言说策略，以平等地参与已成为"必须"的国际交流与对话中？这不仅应是国内清代诗词界要思考的问题，而且更应成为国内所有人文学者需要严肃对待的问题。

黄卓越先生在"海外汉学与中国文论"的"总序"中，敏锐地注意到了"海外汉学研究"与"海外汉学的研究"之间或然存在着的偏差。他指出后者实际上"等于是从'界'的另一端，再次观望或凝视异方的他者，由此成为另一重意义上的，也是附加在前一个他者之上的他者"，坦然承认，因为"即使是在貌似严整的知识性梳理中，也免不了会带某种主体的习性"的缘故，"像这样一些研究，要想彻底担保自身的正确性与权威性，并为对方所认可，显然存在一定困难"；不过，他也认可汉学研究的再研究成果对于中西学术沟通的功用，表示："如果将理解作为一种前提，那么两个'他者'之间也可能产生一种目光的对流，在逐渐克服陌生感与区隔感之后，于交错的互视中取得一些会意的融通。"[91]本书以"英语世界的清代诗词译介与研究"为论题，在性质上当然属于是"海外汉学的研究"，囿于笔者的学力和潜在的文化身份，文中所梳理、建构出的清代诗词传播/译介及研究史或与英语世界的真实情况存有出入，可能亦是所谓"附加在他者之上的他者"；然而，笔者确信自己在对相关成果的呈现及评述过程中，勉力做到了客观和忠实，并期待本研究能在促进中西学界理解与对话的基础上，对今后的清代诗词的跨语际传播/译介、研究方法的更新及研究视野的拓展有所推动或贡献。

---

91 黄卓越，海外汉学与中国文论·英美卷[M]，北京：北京师范大学出版社，2018年，第14-15页。

參考文獻

一、中文參考文獻

（一）中文專／譯著類

1. [美]艾布拉姆斯，鏡與燈——浪漫主義理論批評傳統[M]，袁洪軍、操鳴，譯，金慧敏校，北京：中國社會科學出版社，1991。

2. [法]艾田蒲著，許鈞、錢林森譯，中國之歐洲[M]，鄭州：河南人民出版社，1994。

3. [英]愛尼斯·安德遜著，費振東譯，英使訪華錄[M]，北京：商務印書館，1963。

4. [德]卜松山，與中國作跨文化對話[M]，劉慧儒、張國剛等譯，北京：中華書局，2000。

5. 曹順慶，比較文學學[M]，成都：四川大學出版社，2005。

6. 曹順慶，中國古代文論話語[M]，成都：巴蜀書社，2001。

7. 曹順慶，中西比較詩學史[M]，成都：巴蜀書社，2008。

8. 陳躍紅，比較詩學導論[M]，北京：北京大學出版社，2005。

9. 陳銘，龔自珍評傳[M]，南京：南京大學出版社，1998。

10. 程千帆，全清詞·順康卷[M]，北京：中華書局，2002。

11. 程相占，哈佛訪學對話錄，北京：商務印書館，2011。

12. 程亞林，近代詩學[M]，長沙：湖南人民出版社，2000。

13. 邓之诚，清诗纪事初编[M]，北京：中华书局，1965。

14. 邓潭洲，谭嗣同传论[M]，上海：上海人民出版社，1981。

15. 丁福保，历代诗话续编[M]，北京：中华书局，2006。

16. [美]丁韪良著，沈弘、恽文捷、郝田虎译，花甲忆记——一位美国传教士眼中的晚清帝国[M]，桂林：广西师范大学出版社，2004。

17. 丁祖馨，中国诗歌集[M]，沈阳：辽宁大学出版社，2001。

18. 丁祖馨，中国诗萃[M]，沈阳：辽宁大学出版社，2004。

19. 段怀清、周俐玲，《中国评论》与晚清中英文学交流[M]，广州：广东人民出版社，2006。

20. 段启明，汪龙麟编，清代文学研究[M]，北京：北京出版社，2001。

21. [法]梵第根著，戴望舒译，比较文学论[M]，上海：商务印书馆，1937。

22. 范存忠，中国文化在启蒙时期的英国[M]，南京：译林出版社，2010。

23. 方汉奇，中国近代报刊史[M]，太原：山西教育出版社，2012。

24. 方豪，方豪六十自定稿[M]，台北：学生书局，1969。

25. [加]方秀洁，[美]魏爱莲，跨越闺门：明清女性作家论[M]，北京：北京大学出版社，2014。

26. [加]方秀洁，[美]伊维德，美国哈佛燕京图书馆藏明清妇女著述汇刊[M]，桂林：广西师范大学出版社，2009。

27. [美]费正清，费正清对华回忆录[M]，陆惠勤，陈祖怀，陈维益，等译，上海：知识出版社，1991。

28. [法]费赖之著，冯承钧译，在华耶稣会士列传及书目[M]，北京：中华书局，1995。

29. 冯沅君，陆侃如，中国古典文学简史[M]，北京：中国青年出版社，1957。

30. 戈公振，中国报学史[M]，上海：上海书店出版社，2013。

31. 葛桂录，中英文学关系编年史[M]，上海：上海三联书店，2004。

32. 葛桂录，含英咀华：葛桂录教授讲中英文学关系[M]，北京：中央编译出版社，2014。

33. 葛桂录，雾外的远音：英国作家与中国文化[M]，银川：宁夏人民出版社，

2002。

34. 葛桂录，他者的眼光：中英文学关系论稿[M]，银川：宁夏人民教育出版社，2003。

35. 葛桂录，20 世纪中国古代文学在英国的传播与影响[M]，郑州：大象出版社，2017。

36. 葛桂录，中国古典文学的英国之旅——英国三大汉学家年谱：翟理斯、韦利、霍克斯[M]，郑州：大象出版社，2018。

37. 龚景浩，英译中国古词精选[M]，北京：商务印书馆，2007。

38. 顾犇编，中国国家图书馆外文善本书目[M]，北京：北京图书馆出版社，2001。

39. 辜鸿铭著，黄兴涛、宋小庆译，中国人的精神[M]，海口：海南出版社，1996。

40. 顾钧，卫三畏与美国早期汉学[M]，北京：外语教学与研究出版社，2009。

41. 顾钧，陶欣尤，20 世纪中国古代文化经典在美国的传播编年[M]，郑州：大象出版社，2017。

42. 顾钧，杨慧玲整理，《中国丛报》篇名目录及分类索引[M]，桂林：广西师范大学出版社，2008。

43. 顾远芗，随园诗说的研究[M]，北京：商务印书馆，1936。

44. 郭绍虞，中国文学批评史[M]，天津：百花文艺出版社，2008。

45. 郭绍虞，照隅室古典文学论集[M]，上海：上海古籍出版社，1983。

46. 郭延礼，龚自珍年谱[M]，济南：齐鲁书社，1987。

47. 何崇焕，历代诗话[M]，北京：中华书局，1981。

48. [美]恒慕义，清代名人传略[M]，西宁：青海人民出版社，1990。

49. 侯且岸，当代美国的显学——美国现代中国学研究[M]，北京：人民出版社，1995。

50. 胡明，袁枚诗学述论[M]，合肥：黄山书社，1986。

51. 胡适，胡适全集[M]，周质平、韩荣芳整理，合肥：安徽教育出版社，2003。

52. 胡适，白话文学史[M]，天津：百花文艺出版社，2001。

53. 胡文楷，历代妇女著作考[M]，上海：上海古籍出版社，1985。

54. 胡先骕，胡先骕文存[M]，南昌：江西高校出版社，1995。

55. 黄鸣奋，英语世界中国古典文学之传播[M]，上海：学林出版社，1997。

56. 黄强，李渔研究[M]，杭州：浙江古籍出版社，1996。

57. 黄景进，王渔洋诗论之研究[M]，台北：文史哲出版社，1980。

58. 黄葆树，黄仲则研究资料[M]，上海：上海古籍出版社，1986。

59. 黄霖，近代文学批评史[M]，上海：上海古籍出版社，1993。

60. 黄卓越，海外汉学与中国文论·英美卷[M]，北京：北京师范大学出版社，
2018。

61. 黄遵宪著、钱仲联笺注，人境庐诗草笺注[M]，上海：上海古籍出版社，
1981。

62. [法]基亚著，颜保译，比较文学[M]，北京：北京大学出版社，1983。

63. 江岚，唐诗西传史论——以唐诗在英美的传播为中心[M]，北京：学苑出
版社，2009。

64. 蒋寅，清诗话考[M]，北京：中华书局，2005。

65. 蒋寅，清代诗学史（第一卷）[M]，北京：中国社会科学出版社，2012。

66. 柯愈春，清人诗文集总目提要[M]，北京：北京古籍出版社，2004。

67. [澳]寇志明译，黄乔生编，中英对照鲁迅旧体诗[M]，沈阳：春风文艺出
版社，2016。

68. 孔慧怡，翻译·文学·文化[M]，北京：北京大学出版社，1999。

69. [美]雷孜智著，尹文涓译，千禧年的感召——美国第一位来华新教传教
士神治文传[M]，桂林：广西师范大学出版社，2008。

70. 李安光，英语世界的元杂剧研究[M]，北京：中国社会科学出版社，2017。

71. 李学勤，国际汉学著作提要[M]，南昌：江西教育出版社,1996。

72. 李学勤，国际汉学漫步[M]，石家庄：河北教育出版社,1997。

73. 李永春编，湖南新文化运动史料[M]，长沙：湖南人民出版社，2011。

74. [清]李渔，十二楼[M]，北京：华夏出版社，1995。

75. 李真，20 世纪中国古代文化经典在英国的传播编年[M]，郑州：大象出版社，2017。

76. 梁乙真，清代妇女文学史[M]，太原：山西人民出版社，2015。

77. 梁启超，清代学术概论[M]，北京：中华书局，2010。

78. 林煌天，中国翻译词典[M]，武汉：湖北教育出版社，1997。

79. 柳无忌，苏曼殊传[M]，王晶曤译，北京：生活·读书·新知三联书店，1992。

80. 柳无忌，柳无忌散文选——古稀话旧[M]，北京：中国友谊出版公司，1984。

81. 柳亚子，南社纪略[M]，上海：上海人民出版社，1983。

82. 刘若愚，中国的文学理论[M]，田守真、饶曙光译，成都：四川人民出版社，1987。

83. 刘若愚，中国的文学理论[M]，赵帆声,译，郑州：中州古籍出版社，1986。

84. 刘若愚，中国诗学[M]，韩铁椿、蒋晓雯译，武汉：长江文艺出版社，1991。

85 [美]刘若愚，中国诗学[M]，赵帆声、周领顺、王周若龄译，郑州：河南人民出版社，1990。

86. 刘世南，清诗流派史[M]，北京：人民文学出版社，2004。

87. 骆玉明，简明中国文学史[M]，上海：复旦大学出版社，2004。

88. 刘勰，文心雕龙注[M]，范文澜注，北京：人民文学出版社，1958。

89. [新西兰]路易·艾黎著，路易·艾黎研究室译，艾黎自传[M]，兰州：甘肃人民出版社，1987。

90. [清]陆以湉，冷庐杂识[M]，上海：上海古籍出版社，2012。

91. 罗新璋，翻译论集[M]，北京：商务印书馆，1984。

92. 吕叔湘，中诗英译比录[M]，北京：中华书局，2002。

93. [英]马礼逊夫人编，顾长声译，马礼逊回忆录[M]，桂林：广西师范大学出版社，2004。

94. [美]M.G.马森，西方的中华帝国观[M]，北京：时事出版社，1999。

95. 马祖毅、任荣珍，汉籍外译史[M]，武汉：湖北教育出版社，1997。

96. 马积高，清代学术思想的变迁与文学[M]，长沙：湖南出版社，1996。

97. [美]梅维恒编，马小悟、张治、刘文楠译，哥伦比亚中国文学史[M]，北京：新星出版社，2016。

98. [美]孟德卫著，陈怡译，奇异的国度：耶稣会适应政策及汉学的起源[M]，郑州：大象出版社，2010。

99. 莫东寅，汉学发达史[M]，郑州：大象出版社，2006。

100. [清]纳兰性德，纳兰性德词集[M]，上海：上海古籍出版社，2016。

101. 彭发胜，向西方诠释中国《天下月刊》研究[M]，北京：清华大学出版社，2016。

102. 裴世俊，钱谦益诗歌研究[M]，银川：宁夏人民出版社，1991。

103. 钱基博，中国文学史[M]，北京：中华书局，1993。

104. 浦江清著；浦汉明编，浦江清文史杂文集[M]，北京：清华大学出版社，1993。

105. [清]乾隆著；钱德明[法]，龙云译注，御制盛京赋：法汉对照[M]，北京：外语教学与研究出版社，2015。

106. 钱穆，中国近三百年学术史[M]，北京：中华书局，1986。

107. [日]清木正儿，清代文学评论史[M]，北京：中国社会科学出版社，1988。

108. 钱仲联，清诗纪事[M]，南京：江苏古籍出版社，1989。

109. 钱锺书，谈艺录[M]，北京：生活·读书·新知三联书店，2001。

110. 钱锺书，七缀集[M]，北京：生活·读书·新知三联书店，2002。

111. 邱霞，中西比较视域下的刘若愚及其研究[M]，北京：知识产权出版社，2012。

112. 任访秋，中国近代文学作家论[M]，郑州：河南人民出版社，1984。

113. 任治稷、余正，从诗到诗：中国古诗词英译[M]，北京：外语教学与研究出版社，2006。

114. 阮元撰[清]，邓经元点校，研经室集[M]，北京：中华书局，1993。

115. 上海图书馆编，上海图书馆西文珍本书目[M]，上海：上海社会科学院出版社，1992。

116. 邵毅平，中国诗歌·智慧之珠[M]，杭州：浙江人民出版社，1991。

117. [英]斯当东著，叶笃义译，英使谒见乾隆纪实[M]，北京：商务印书馆，1963。

118. 宋柏年，中国古典文学在国外[M]，北京：北京语言学院出版社，1994。

119. [加]施吉瑞著，孙洛丹译，人境庐内：黄遵宪其人其诗考[M]，上海：上海古籍出版社，2010。

120. [加]施吉瑞著；王立译，诗人郑珍与中国现代性的崛起[M]，开封：河南大学出版社，2016。

121. 石玲，袁枚诗论[M]，济南：齐鲁书社，2003。

122. 苏曼殊，汉英文学因缘[M]，上海：群益书社，1910。

123. 苏曼殊编译；朱少璋编，曼殊外集：苏曼殊编译集四种[M]，北京：学苑出版社，2009。

124. 孙碧奇，沧海浮生记[M]，台北：传记文学出版社，1973。

125. 孙之梅，钱谦益与明末清初文学[M]，济南：山东大学出版社，2010。

126. 孙立，明末清初诗论研究[M]，广州：广东高等教育出版社，2011。

127. [美]孙康宜，古典与现代的女性阐释[M]，台北：联合文学出版社，1998。

128. [美]孙康宜，文学经典的挑战[M]，南昌：百花洲文艺出版社，2002。

129. [美]孙康宜著，李奭学译，情与忠：陈子龙、柳如是诗词因缘[M]，北京：北京大学出版社，2012。

130. [美]孙康宜，古典文学的现代观[M]，上海：上海译文出版社，2013。

131. [美]孙康宜、宇文所安编，剑桥中国文学史[M]，北京：生活·读书·新知三联书店，2013。

132. [美]孙康宜著；李奭学译，词与文类研究，北京：北京大学出版社，2004。

133. 孙轶旻，近代上海英文出版与中国古典文学的跨文化传播[M]，上海：上海古籍出版社，2014。

134. 谭承耕，船山诗论及创作研究[M]，长沙：湖南出版社，1992。

135. 唐圭璋编, 词话丛编[M], 北京: 中华书局, 1986.

136. 陶文钊编, 费正清集[M], 天津: 天津人民出版社, 1992。

137. 涂慧, 如何译介, 怎样研究: 中国古典词在英语世界[M], 北京: 中国社会科学出版社, 2014。

138. 汪次昕编, 英译中文诗词曲索引: 五代至清末[M], 台北: 汉学研究中心, 2000。

139. [美]王德威著; 宋伟杰译. 被压抑的现代性——晚清小说新论[M], 北京: 北京大学出版社, 2005。

140. 王国强,《中国评论》(1872-1901) 与西方汉学[M], 上海: 上海书店出版社, 2010。

141. 王国维, 宋元戏曲史[M], 北京: 中国和平出版社, 2014。

142. 王郦玉, 明清女性的文学批评[M], 上海: 华东师范大学出版社, 2017。

143. 王士禛, 王士禛全集[M], 济南: 齐鲁书社, 2007。

144. 王士禛, 渔洋山人精华录集释[M], 李毓芙、牟通、李肃茂整理, 上海: 上海古籍出版社, 1999。

145. 王士禛, 带经堂诗话[M], 张宗柟、戴鸿森校点, 北京: 人民文学出版社, 1963。

146. 王士禛, 池北偶谈[M], 北京: 中华书局, 1987。

147. 王士禛, 带经堂集[M], 七略书堂刻本, 1711(康熙五十年)。

148. 王晓路, 中西诗学对话——英语世界的中国古代文论研究[M], 成都: 巴蜀书社,2000。

149. 王晓路, 北美汉学界的中国文学思想研究[M], 成都: 巴蜀书社, 2008。

150. 汪晓勤, 中西科学交流的功臣——伟烈亚力[M], 北京: 科学出版社, 2000。

151. 王向远, 王向远著作集[M], 银川: 宁夏人民出版社, 2007。

152. 王向远, 比较文学系谱学[M], 北京: 北京师范大学出版社, 2009。

153. 王象之, 舆地纪胜[M], 北京: 中华书局, 1992。

154. 王运熙, 中国古典文论管窥[M], 上海: 上海古籍出版社, 2006。

155. 王英，性灵派研究[M]，沈阳：辽宁大学出版社，1998。

156. 王晓路，北美汉学界的中国文学思想[M]，成都：巴蜀书社，2008。

157. 王晓路，中西诗学对话——英语世界的中国古代文论研究[M]，成都：巴蜀书社，2000。

158. 王毅，皇家亚洲文会北中国支会研究[M]，上海：上海书店出版社，2005。

159. 王英志，清人诗论研究[M]，南京：江苏教育出版社，1986。

160. 王英志，袁枚评传[M]，南京：南京大学出版社，2002。

161. 文殊，诗词英译选[M]，北京：外语教学与研究出版社，1989。

162. 闻一多，闻一多全集[M]，北京：生活·读书·新知三联书店，1982。

163. [英]威廉·钱伯斯著，邱博舜译注，东方造园论[M]，台北：联经出版社，2012。

164. [英]伟烈亚力著，倪文君译，1867年以前来华基督教传教士列传及著作目录[M]，桂林：广西师范大学出版社，2011。

165. [美]卫三畏著，陈俱译，中国总论[M]，上海：上海古籍出版社，2014。

166. [美]韦勒克、沃伦著；刘象愚，邢培明等译，文学理论[M]，北京：生活·读书·新知三联书店，1984。

167. 邬国平，清代文学批评史[M]，上海：上海古籍出版社，1995。

168. 吴宏一，清代诗话知见录[M]，台北：中央研究院中国文哲研究所，2002。

169. 吴经熊著，周伟弛译，雷立柏校，超越东西方：吴经熊自传[M]，北京：社会科学文献出版社，2013。

170. 吴珺如，论词之意境及其在翻译中的重构[M]，上海：上海外语教育出版社，2012。

171. 吴历著；章文钦笺注，吴渔山集笺注[M]，北京：中华书局，2007。

172. 吴义雄，在华英文报刊与近代早期的中西关系[M]，北京：社会科学文献出版社，2012。

173. 吴中胜，翁方纲与乾嘉形式诗学研究[M]，北京：中国社会科学出版社，2013。

174. 谢天振，译介学[M]，上海：上海外语教育出版社，1999。

175. 肖荣，李渔评传[M]，杭州：浙江文艺出版社，1985。

176. 萧驰，抒情传统与中国思想：王夫之诗学发微[M]，上海：上海古籍出版社，2003。

177. 谢正光，明遗民传记索引[M]，上海：上海古籍出版社，1992。

178. 谢正光，余汝丰，清初人选清初清诗汇考[M]，南京：南京大学出版社，1998。

179. 徐定宝，黄宗羲年谱[M]，上海：华东师范大学出版社，1995。

180. 许渊冲，汉英对照中国古诗精品三百首[M]，北京：北京大学出版社，2004。

181. 许渊冲，新编千家诗[M]，北京：中华书局，1997。

182. 许渊冲，元明清诗[M]，北京：中国对外翻译出版公司，2006。

183. 杨天石，南社史长编[M]，北京：中国人民大学出版社，1995。

184. 叶嘉莹，中英参照迦陵诗词论稿[M]，天津：南开大学出版社，2014。

185. 叶嘉莹，迦陵著作集[M]，北京：北京大学出版社，2008。

186. 叶维廉，比较诗学[M]，台北：东大图书公司，1988。

187. 叶维廉，中国诗学[M]，北京：人民文学出版社，2006。

188. 叶维廉，中国古典文学比较研究[M]，台北：黎明文化事业公司，1977。

189. 叶君远，吴伟业评传[M]，北京：首都师范大学出版社，1999。

190. 叶君远，吴梅村年谱[M]，北京：文化艺术出版社，2007。

191. [美]宇文所安，中国文论：英译与评论[M]，王柏华、陶庆梅译，上海：上海社会科学院出版社，2003。

192. [美]宇文所安，中国传统诗歌与诗学：世界的征象[M]，陈小亮译，北京：中国社会科学出版社，2013。

193. [美]宇文所安，他山的石头记——宇文所安自选集[M]，南京：江苏人民出版社，2003。

194. 余恕诚，中国诗学研究[M]，福州：福建人民出版社，第491-523页。

195. 余英时，人文与理性的中国[M]，台北：联经出版事业公司，2008。

196. [清]袁枚，小仓山房诗文集[M]，上海：上海古籍出版社，1988。

197. 袁同礼，袁同礼著书目汇编[M]，北京：国家图书馆出版社，2010。

198. 袁行霈，中国文学史[M]，北京：高等教育出版社，1999。

199. 袁行云，清人诗集叙录[M]，北京：文化艺术出版社，1994。

200. 严迪昌，清诗史[M]，北京：人民文学出版社，2011。

201. 严迪昌，清词史[M]，北京：人民文学出版社，2011。

202. 严慧，超越与建构《天下》与中西文学交流,1935-1941[M]，北京：光明日报出版社，2011。

203. [美]约翰·海达德著，何道宽译，中国传奇：美国人眼里的中国[M]，广州：花城出版社，2015。

204. 伊沛霞，姚平编，当代西方汉学研究集萃（妇女史卷）[M]，上海：上海古籍出版社，2016。

205. [英]翟理斯著，刘帅译，中国文学史[M]，北京：首都师范大学出版社，2017。

206. 张国刚，从中西初识到礼仪之争：明清传教士与中西文化交流[M]，北京：人民出版社，2003。

207. 章太炎，中国近三百年学术史论[M]，上海：上海古籍出版社，2006。

208. 张今，文学翻译原理[M]，开封：河南大学出版社，1987。

209. 张少康，古典文艺美学论稿[M]，北京：中国社会科学出版社，1988。

210. 张仲谋，清代文化与浙派诗[M]，上海：东方出版社，1997。

211. 张健，清代诗学研究[M]，北京：北京大学出版社，1999。

212. 张堂锜，黄遵宪及其诗研究[M]，台北：文史哲出版社，1991。

213. 张弘，中国文学在英国[M]，广州：花城出版社，1992。

214. 张宏生，明清文学与性别研究[M]，南京：江苏古籍出版社，2002。

215. 张红扬编，北京大学图书馆藏西文汉学珍本提要[M]，桂林：广西师范大学出版社，2009。

216. 张宗祥，清代文学[M]，北京：商务印书馆，1930。

217. 张寅彭，新订清人诗学书目[M]，上海：上海古籍出版社，2003。

218. 张西平，20 世纪中国古代文化经典在域外的传播与影响研究导论[M]，郑州：大象出版社，2018。

219. 张西平，传教士汉学研究[M]，郑州：大象出版社，2005。

220. 张西平，欧洲早期汉学史：中西文化交流与西方汉学的兴起[M]，北京：中华书局，2009。

221. 张西平，交错的文化史：早期传教士汉学研究史稿[M]，北京：学苑出版社，2017。

222. 张治，异域与新学：晚清海外旅行写作研究[M]，北京：北京大学出版社，2014。

223. 赵敏恒，外人在华的新闻事业[M]，上海：中国太平洋国际学会，1932。

224. [清]赵翼撰，曹光甫校点，赵翼全集[M]，南京：凤凰出版社，2009。

225. 赵毅衡，诗神远游——中国诗如何改变了美国现代诗[M]，成都：四川文艺出版社，2013。

226. 赵执信，谈龙录[M]，北京：中华书局，1991。

227. [清]郑板桥，郑板桥集详注[M]，王锡荣注，长春：吉林文史出版社，1986。

228. 郑骞著，曾永义编，从诗到曲[M]，北京：商务印书馆，2015。

229. 郑幸，袁枚年谱新编[M]，上海：上海古籍出版社，2011。

230. 郑逸梅，南社丛谈：历史与人物[M]，北京：中华书局，2006。

231. 钟贤培，广东近代文学史[M]，广州：广东人民出版社，1996。

232. 钟玲，美国诗与中国梦：美国现代诗里的中国文化模式[M]，南宁：广西师大出版社，2003。

233. 朱东润，中国文学论集[M]，北京：中华书局，1983。

234. 朱徽，中国诗歌在英语世界：英美译家汉诗翻译研究[M]，上海：上海外语教育出版社，2009。

235. 朱则杰，清诗鉴赏[M]，杭州：浙江大学出版社，1991。

236. 朱则杰，清诗史[M]，南京：江苏古籍出版社，1992。

237. 朱则杰，朱彝尊研究[M]，杭州：浙江古籍出版社，1993。

238. 朱则杰，清诗代表作家研究[M]，济南：齐鲁书社，1995。

239. 朱则杰，清诗考证[M]，北京：人民文学出版社，2012。

（二）报纸、期刊文章类

1. 卞浩宇，《印中搜闻》对近代西方汉学发展的影响[J]，苏州教育学院学报，2014，31(05)：49-53。

2. 蔡玉辉，挣扎在自然、上帝和自我之间——论G.霍普金斯式纠结[J]，安徽师范大学学报(人文社会科学版)，2017，45(06)：764-771。

3. 曹顺庆，教育部社科基金重大投标项目特稿：英语世界中国文学译介与研究[J]，中外文化与文论，2013(3)。

4. 陈橙，他者视域中的文学传统——以宇文所安《中国文学选集》为中心的考查[J]，云南师范大学学报：哲学社会科学版，2010(1)。

5. 陈国球，书评[J]，汉学研究，27(01)：351-356。

6. 陈受颐，十八世纪欧洲文学里的《赵氏孤儿》[J]，岭南学报，1929(1)：114-147。

7. 陈受颐，《好逑传》之最早的欧译[J]，岭南学报，1930(4)：120-153。

8. [清]陈廷焯撰，孙克强、杨传庆点校，《云韶集》辑评（之三）[J]，中国韵文学刊，2011，25(1)。

9. 陈垣，吴渔山晋铎二百五十年纪念[J]，辅仁学志，1936，5(1-2)：1-34。

10. 陈跃红，汉学家的文化血统[J]，国际汉学，2003(01)：9-36。

11. 陈引驰，李姝，鸟瞰他山之石——英语学界中国文论研究[J]，中国比较文学，2005(3)。

12. 党宝海，房兆楹先生和他的学术研究[J]，中国史研究动态，2005(2)。

13. 董首一，张叹凤，领异标新，玉树中华——"英语世界中国文学译介与研究"阶段成果述论[J]，中外文化与文论，2014(27)。

14. [法]杜赫德，杨保筠，刘雪红译，杜赫德《中华帝国全志》的编撰缘由和原则[J]，国际汉学，2015(03)。

15. 范祥涛，文化专有项的翻译策略及其制约因素[J]，外语与外语教学，2008(6)。

16. [加]方秀洁著，聂时佳译，性别与经典的缺失：论晚明女性诗歌选本[J]，南阳师范学院学报，2010 (2)：73-81。

17. 葛文峰，李延林，香港《译丛》杂志与中国文化翻译出版[J]，出版科学，2014，22(6)：88-92。

18. 耿强，文学译介与中国文学"走出去"[J]，解放军外国语学院学报，2010(3)。

19. 韩军，欧美中国文学史写作与文学史研究新变——以《剑桥中国文学史》为例[J]，文化与诗学，2016(01)：260-285。

20. 郝田虎，论丁韪良的英译中文诗歌[J]，国外文学，2007(01)：45-51。

21. 黄俊，骆玉明：离不开章培恒先生对我的指导，《简明中国文学史》闯入西方学术圈[N]，劳动报，2011-07-12(08)。

22. 黄立，英语世界中国文学译介与研究的得与失[J]，中外文化与文论，2013(3)。

23. 黄维廉，评《清代名人传略》[N]，申报，1947 年 5 月 8 日，第 9 版。

24. 江岚，葵晔·待麟——罗郁正与清诗英译[J]，苏州大学学报，2014(5)。

25. 江岚，苏曼殊·采茶词·茶文化的西行[N]，中华读书报，2014-05-21 (017)。

26. 蒋向艳，吴历研究综述[J]，国际汉学，2016 (02)：165-170+205。

27. 梁绳祎，外国汉学研究论[J]，国学丛刊，1941 (03)。

28. 刘绍铭，孤鹤随云散——悼刘若愚先生[N]，中国时报（台北），1987 年 5 月 26 日。

29. 梅光迪，中国文学在现在西洋之情形[J]，文哲学报，1922，(2)：1-8。

30. 欧阳红，曾纪泽的"中西合璧诗"[N]，中华读书报，2015-04-22。

31. 彭发胜，中国古诗英译文献篇目信息统计与分析[J]，外国语，2017，40(05)：44-56。

32. 时光，移植与采撷：王士禛诗歌进入英语世界之路径[J]，燕山大学学报，2016(2)。

33. 时光，英语世界王士禛的译介与研究[J]，西南民族大学学报，2016(8)。

34. [加]施吉瑞，孙洛丹译，金山三年苦：黄遵宪使美研究的新材料[J]，中山大学学报(社会科学版)，2016，56(01)：48-63。

35. [加]施吉瑞，刘倩译，金山三年苦：黄遵宪在旧金山[J]，华南师范大学学报(社会科学版)，2018(03)：5-17。

36. [加]施吉瑞，李芳译，排华时期黄遵宪智取旧金山海关襄助加拿大华人旅客之史实[J]，华南师范大学学报(社会科学版)，2015(03)：5-17。

37. [美]孙康宜，改写文学史：妇女诗歌的经典化[J]，读书，1997(2)：111-115。

38. [美]孙康宜，新的文学史可能吗？[J]，清华大学学报(哲学社会科学版)，2005(04)：98-108。

39. [美]孙康宜，钱南秀，美国汉学研究中的性别研究[J]，社会科学论坛，2006，(21)：102-115。

40. [美]孙康宜，性别理论与美国汉学的互动研究[J]，清华大学学报（哲社版），17(S1)：51-55。

41. 唐敬杲，近世纪西洋人之中国学研究[J]，东方文化，1942，1(2)：9-27。

42. 王飈，传教士文化与中国文学近代化变革的起步[J]，汉语言文学研究，2010(1)：35-49。

43. 王国强，"侨居地汉学"与十九世纪末英国汉学之发展——以《中国评论》为中心的讨论[J]，清史研究，2007(04)：51-62。

44. 汪家熔，有关墨海书馆三诗[J]，出版史料，1989，(1)：107。

45. 王凯凤，英国汉学家克莱默-宾唐诗英译研究[J]，电子科技大学学报(社科版)，2014，16(02)：104-108。

46. 王丽娜，英国汉学家德庇时之中国古典文学译著与北图藏本[J]，文献，1989(01)：266-275。

47. 王晓路，关注术语的困惑——西方汉学界的中国古代文论研究述评[J]，文艺理论研究，1999(4)。

48. 王晓路，文化语境与文学阐释——简论西方汉学界的中国古代文论研究[J]，文艺理论研究，2002(2)。

49. 王晓路，体系的差异——西方汉学界的中国古代文论研究述评[J]，文艺理论研究，2000(1)。

50. 王顺贵，王士禛研究综述[J]，齐鲁学刊，2003(2)。

51. 吴义雄，《印中搜闻》与 19 世纪前期的中西文化交流[J]，中山大学学报 (社会科学版)，2010，50(02)：70-82。

52. 吴原元，民国学者视野中的美国汉学研究[J]，华南农业大学学报：社会 科学版，2014(3)。

53. 吴原元，试述 1950-1970 年代海外汉学著作在中国的译介及启示[J]，江 西师范大学学报：哲学社会科学版，2010(5)。

54. 夏和顺，陈受颐：从传统到西化[N]，深圳：深圳商报，2009-01-05。

55. 夏志清，东夏悼西刘——兼怀许芥昱[N]，台北：中国日报，1987-05-26。

56. 谢天振，中国文学"走出去"不只是个翻译问题[N]，中国科学社会报，2014-03-05。

57. 许双双，从《汉文诗解》看英国早期对汉诗的接受[J]，汉学研究，2015，18：592-608。-

58. 许渊冲，"毛主席诗词"译文研究[J]，外国语，1979(1)。

59. 许渊冲，再谈"意美"、"音美"、"形美"[J]，外语学刊，1983(4)。

60. 许渊冲，三谈"意美"、"音美"、"形美"[J]，深圳大学学报，1987(2)。

61. 杨国桢，牛津大学中国学的变迁[J]，中国史研究动态，1995(8)：5-6。

62. 姚从吾，欧洲学者对于匈奴的研究[J]，国学季刊，1930，2(3)：467-540。

63. [荷]伊维德，马小鹤，伊维德教授访问记[J]，海外中国学评论，2007(2)：112-124。

64. [美]宇文所安，史中有史（上）——从编辑《剑桥中国文学史》谈起[J]，读书，2008(05)：21-30。

65. [美]宇文所安，史中有史（下）——从编辑《剑桥中国文学史》谈起[J]，读书，2008(06)：96-102。

66. 詹福瑞等，文学史的另一种写法——关于《剑桥中国文学史》和《哥伦 比亚中国文学史》[N]，光明日报，2019-11-18。

67. 詹杭伦，刘若愚及其比较诗学体系[J]，文艺研究，2005(02)：57-63+159。

68. 张小溪，齐皎瀚：翻译就是重现原作之美——访美国乔治·华盛顿大学 中国语言与文学教授齐皎瀚[N]，中国社会科学报，2014-02-19。

69. 郑振铎，评 H. A. Giles 的《中国文学史》[J]，文学旬刊，1922，(50)：1-2。

70. 周绚隆，论清词中兴的原因[J]，东岳论丛，1997 (06)。

71. 朱巧云，论孙康宜中国古代女性文学研究的多重意义[J]，江苏社会科学，2013(3)：168-172。

（三）学位论文类

1. 陈鑫，袁枚在英语世界的译介与研究[D]，北京师范大学，2017。

2. 耿强，文学译介与中国文学"走向世界"——"熊猫丛书"英译中国文学研究[D]，上海外国语大学，2010。

3. 时光，英语世界王士禛诗歌译介之研究[D]，北京师范大学，2015。

4. 王绍祥，西方汉学界的"公敌"——英国汉学家翟理斯（1845-1935）研究[D]，福建师范大学，2004。

5. 严慧，1935-1941：《天下》与中西文化交流[D]，苏州大学，2009。

6. 尹文涓，《中国丛报》研究[D]，北京大学，2003。

7. 张浩然，英语世界的梁启超文学研究[D]，北京师范大学，2018。

（四）专题论文集、会议论文集类

1. 黄卓越编，汉风（第 01 辑）[C]，北京：五洲传播出版社，2017。

2. 莫砺锋，神女之探寻——英美学者论中国古典诗歌[C]，尹禄光，校对，上海：上海古籍出版社，1994。

3. 钱林森，牧女与蚕女[C]，上海：上海古籍出版社，1990。

4. 上海鲁迅纪念馆编，上海鲁迅研究（2017 年春）[C]，上海：上海文艺出版社，2007。

5. [美]孙康宜、孟华编，比较视野中的传统与现代[C]，北京：北京大学出版社，2007。

6. 王成勉编，明清文化新论[C]，台北：文津出版社，2000。

7. 香港大学中文系编，香港大学五十周年纪念论文集（第一册）[C]，香港：香港大学中文系，1964。

8. 张海惠、薛朝慧、蒋树勇编，北美中国学——研究概述与文献资源[G]，

北京：中华书局，2010。

9. 张宏生，张雁编，古代女诗人研究[C]，武汉：湖北教育出版社，2002。

10. 张西平，他乡有夫子——汉学研究导论[C]，北京：外语教学与研究出版社，2005。

二、外语参考文献

（一）英语书籍类

1. Abrams, M.H. *The Mirror and the Lamp: Romantic Theory and the Critical Tradition.* Oxford: Oxford University Press, 1953.

2. Alley, Rewi. *Peace Through the Ages, Translation from the Poets of China.* Peking, China, 1954.

3. Alley, Rewi. *The People Sing: More Translations of Poems and Songs of the People of China.* Peking, China, 1958.

4. Alley, Rewi. *Poems of Revolt: Some Chinese Voices Over the Last Century.* Peking: New World Press, 1962.

5. Ayling, Alan, Duncan Mackintosh. *A Collection of Chinese Lyrics.* London: Routledge & Kegan Paul Ltd., 1965.

6. Ayling, Alan, Duncan Mackintosh. *A Further Collection of Chinese Lyrics and Other Poems.* London: Routledge & Kegan Paul Ltd., 1969.

7. Ayling, Alan, Duncan Mackintosh. *A Folding Screen: Selected Chinese Lyrics from T'ang to Mao Tse-tung.* London: Heinemann Educational Books Ltd., 1976.

8. Bai, Qianshen. *Fu Shan's World: The Transformation of Chinese Calligraphy in the Seventeenth Century.* London; Cambridge: Harvard University Asia Center, 2003.

9. Ball, J. Dyer. *Rhythms and Rhythms in Chinese Climes: A Lecture on Chinese Poetry and Poets.* Shanghai: Kelly & Walsh, 1907.

10. Barnstone, Aliki, Willis Barnstone. *A Book of Women Poets from Antiquity to Now.* New York: Schocken Books, 1980.

11. Barnstone, Tony, Chou Ping. *The Anchor Book of Chinese Poetry: From Ancient to Contemporary, The Full 3000-Year Tradition.* New York: A Division of Random House, Inc., 2005.

12. Barnstone, Tony, Chou Ping. *Chinese Erotic Poems.* New York: Alfred A. Knopf, 2007.

13. Baxter, Glen. *Index to the Imperial of Tz'u Poetry.* Cambridge: Harvard University Press, 1956.

14. Black, Alison H. *Man and Nature in Philosophical Thought of Wang Fu-chih.* Seattle: University of Washington Press, 1989.

15. Birch, Burton. ed. *Anthology of Chinese Literature: From Early Times to the Fourteen Century.* New York: Grove Press, 1965.

16. Birch, Burton. ed. *Anthology of Chinese Literature: From the Fourteen Century to the Present Day.* New York: Grove Press, 1972.

17. Bishop, John ed. *Studies in Chinese Literature.* Cambridge: Harvard University Press, 1966.

18. Bonner, Joey. *Wang Kuo-wei: An Intellectual Biography.* No. 101. Harvard University Press, 1986.

19. Brookes, Richard, trans. T*he General History of China.* London: John Watts, 1736.

20. Budd, Charles. *A Few Famous Chinese Poetry.* Shanghai: Kelly & Walsh, Ltd., 1911.

21. Budd, Charles. *Chinese Poems.* London: Oxford University Press, 1912.

22. Butler, Judith. *Bodies that Matter: on the Discursive Limits of "Sex."* London: Routledge, 1993.

23. Cai, Zongqi. Ed. *How to Read Chinese Poetry: A Guided Anthology.* New York: Columbia University Press, 2007.

24. Candlin, Clara M. *The Herald Wind: Translations of Sung Dynasty Poems, Lyrics and Songs.* London: J. Murray, 1933.

25. Candlin, George T. *Chinese Fiction.* Chicago: The Open Court Publishing

Company, 1898.

26. Cao, Shun-qing. *The Variation Theory of Comparative Literature.* Berlin & Heidelberg: Springer-Verlag, 2013.

27. Cave, Edward. *A Description of the Empire of China and Chinese-Tartary, together with the Korea and Tibet.* London: Edward Cave, 1741.

28. Chambers, William. *A Dissertation on Oriental Gardening; to which is annexed, An Explanatory Discourse, by Tan Chet-qua, of Quang-chew-fu, Gent.* London: W. Griffin, 1773.

29. Chang, Kang-i Sun, Haun Saussy, ed. *Women Writers of Traditional China: An Anthology of Poetry and Criticism.* Stanford: Stanford University Press, 1999.

30. Chang, Kang-i Sun, Stephen Owen. *The Cambridge History of Chinese Literature.* Cambridge: Cambridge University Press, 2010.

31. Chang, Kang-i Sun. *The Late-Ming Poet Ch'en Tzu-lung: Crises of Love and Loyalism.* New Haven: Yale University Press, 1991.

32. Chang, Kang-i Sun. *Six Dynasties Poetry*. Princeton: Princeton University Press, 1986.

33. Chaves, Jonathan. *The Columbia Book of Later Chinese Poetry: Yuan, Ming and Ch'ing Dynasties (1279-1911).* New York: Columbia University Press, 1986.

34. Chaves, Jonathan. *Singing of the Source: Nature and God in the Poetry of the Chinese Painter Wu Li.* Honolulu: University of Hawaii Press, 1993.

35. Chaves, Jonathan. *Every Rock a Universe: The Yellow Mountains and Chinese Travel Writing; Including A Record of Comprehending the Essentials of the Yellow Mountains.* Floating World Editions, 2013.

36. Chaves, Jonathan. *Mei Yao-ch'en and the Development of Early Sung Poetry.* New York & London: Columbia University Press, 1976.

37. Chaves, Jonathan. *Heaven My Blanket, Earth My Pillow: Poems from Sung Dynasty China By Yang Wan-li.* New York & Tokyo: Weatherhill, 1975.

38. Chaves, Jonathan. *West Cliff Poems: The Poetry of Weng Chüan* 翁卷 *(d. after 1214)*. Tokyo & Toronto: Ahadada Books, 2010.

39. Chaves, Jonathan. *Cave of the Immortals: The Poetry and Prose of Baboo Painter Wen Tong (1019-1079)*. Warren, CT: Floating World Editions, 2017.

40. Chaves, Jonathan. *Cloud Gate Song: The Verse of Tang Poet Zhang Ji [Chang Chi]* 张籍 *(766?-830?)*. Warren, CT: Floating World Editions, 2006.

41. Chaves, Jonathan. *Pilgrim of the Clouds: Poems and essays from Ming China by Yüan Hung-tao and His Brothers*. New York & Tokyo: Weatherhill, 1978.

42. Chen, Peng-hsiang, and Whitney Crothers Dilley, eds. *Feminism/femininity in Chinese literature*. No. 18. New York: Rodopi, 2002.

43. Chen, Shou-yi. *Chinese Literature: A Historical Introduction*. New York: The Ronald Press Co., 1961.

44. Choy, Elsie. *Leaves of Prayer: The Life and Poetry of He Shuangqing, a Farmwife in Eighteen-century China*. Hong Kong: The Chinese University Press, 1993.

45. Ch'u, Ta-kao. *Chinese Lyrics*. Cambridge: Cambridge University Press, 1937.

46. Coates, P.D. *China Consuls: British Consular Officers, 1843-1943*. Oxford: Oxford University Press, 1988.

47. Cordier, *H. Biliotheca Sinica [2nd edition]*. Paris: Librairie Orientaliste Paul Geuthner, 1904-1924.

48. Cranmer-Byng, L.A. *The Never Ending Wrong and Other Renderings*. London: Grant Richards, 1902.

49. Cranmer-Byng, L.A. *The Book of Odes: the Classic of Confucius*. London: John Murray, 1908.

50. Cranmer-Byng, L.A. *A Lute of Jade: Being Selections from the Classical Poets of China*. London: John Murray, 1909.

51. Cranmer-Byng, L.A. *A Feast of Lanterns*. London: John Murray, 1916.

52. Davis, A.R. ed. *The Penguin Book of Chinese Verse*. Robert Kotewall & Norman L. Smith, trans. Baltimore: Penguin Books, 1962.

53. Davis, A. R., A. D. Stefanowska, eds. *Austrina: Essays in Commemoration of the Twenty-Fifth Anniversary of the Founding of the Oriental Society of Australia.* Sydney: Oriental Society of Australia, 1982.

54. Davis, John Francis. *The Poetry of the Chinese.* London: Asher and Co. 1870.

55. Davis, John Francis. *Chinese Miscellanies: A Collection of Essays and Notes.* London: John Murray, 1865.

56. Davis, John Francis. *San-Yu-Low, or the Three Dedicated Rooms.* Canton: East India Company's Press, 1815.

57. Davis, John Francis. *Chinese Novels, Translated from the Originals.* London: John Murray, 1822.

58. Davis, John Francis. *The Chinese: A General Description of the Empire of China and Its Inhabitants.* London: Charles Knight & Co., 1836.

59. Davis, John Francis. *The Fortunate Union, A Chinese Romance.* London: J.L. Cox, 1829.

60. Davis, John Francis. *Laou-Seng-Urh, or An Heir in His Old Age.* London: John Murray, 1817.

61. De Bary, W.T. ed. *The Unfolding of Neo-Confucianism.* New York: Columbia University Press, 1975.

62. Denton, Kirk A. *Modern Chinese Literary Thought: Writing on Literature, 1893-1945.* Stanford: Stanford University, 1996.

63. Feng, Yuan-chun. *A Short History of Classical Chinese Literature.* Yang Hsien-yi & Gladys Yang trans. Peking: Foreign Languages Press, 1958.

64. Finnane A. *Speaking of Yangzhou: A Chinese city, 1550-1850.* Cambridge: Harvard University Asia Center, 2004.

65. Fong, Grace S. *Herself an Author: Gender, Agency, and Writing in Late Imperial China.* Honolulu: University of Hawaii Press, 2008.

66. Fong, Grace S. *Wu Wenying and the Art of Southern Song 'Ci' Poetry.* New Jersey: Princeton University Press, 1987.

67. Fong, Grace S. *Jade Mirror: Women Poets of China.* New York: White Pine

Press, 2013.

68. Fong, Grace S., Nanxiu Qian, and Harriet Zurndorfer. *Beyond Tradition and Modernity: Gender, Genre and Cosmopolitanism in Late Qing China.* Leiden: Brill, 2004.

69. Fong, Grace S., and Ellen Widmer, eds. *The Inner Quarters and Beyond: Women Writers from Ming through Qing.* Leiden: Brill, 2010.

70. Fong, Grace S., Nanxiu Qian, and Harriet Zurndorfer. *Beyond Tradition and Modernity: Gender, Genre and Cosmopolitanism in Late Qing China.* Leiden: Brill, 2004.

71. French, Joseph Lewis, ed. *Lotus and Chrysanthemum: An Anthology of Chinese and Japanese poetry.* New York: Liveright Publishing Co., 1934.

72. Grant, Beata. *Eminent Nuns: Women Chan Masters of Seventeenth-Century China.* Honolulu: University of Hawaii Press, 2009.

73. Grant, Beata. *Daughters of Emptiness: Poems of Chinese Buddhist Nuns.* Boston: Wisdom Publications, 2003.

74. Giles, Herbert A. *Chinese Poetry in English Verse.* Shanghai: Kelly & Walsh, Ltd., London: Bernard Quaritch, 1898.

75. Giles, Herbert A. *A History of Chinese Literature.* London: W. Heinemann, 1901.

76. Giles, Herbert A. *Gems of Chinese Literature* (2 Vol. s). Shanghai: Kelly & Walsh, Ltd., 1923.

77. Giles, H.A. *A Chinese Biographical Dictionary.* Shanghai: Kelly & Walsh, 1898.

78. Girardot, Norman J. *The Victorian Translation of China: James Legge's Oriental Pilgrimage.* Berkeley: California University Press, 2002.

79. Hamill, Sam, J.P. Seaton. *The Poetry of Zen.* Boston: Shambhala Publications, Inc., 2007.

80. Hargett, James M. *On the Road in Twelfth Century China: the Travel Diaries of Fan Chengda.* Stuttgart: Franz Steiner Verlag Wiesbaden Gmbh, 1989.

81. Hart, Henry H. *The Hundred Names: A Short Introduction to the Study of Chinese Poetry with Illustrative Translations.* Berkeley: University of California Press, 1933.

82. Hart, Henry H. *A Garden of Peonies: Translations of Chinese Poems into English Verse.* San Francisco: Stanford University Press, 1938.

83. Hart, Henry H. *A Chinese Market: Lyrics from the Chinese in English Verse.* Peking: The French Bookstore, 1931.

84. Hart, Henry H. *The Charcoal Burner and Other Poems: Original Translations from Poetry of the Chinese.* Norman: University of Oklahoma Press, 1974.

85. Hightower, James R. & Florence Chia-ying Yeh. *Studies in Chinese Poetry.* Cambridge: Harvard University Asia Center, 1998.

86. Holcombe, Chester. *The Real Chinaman.* New York: Dood, Mead & Company, 1895.

87. Hom, Marlon K. *Songs of Gold Mountain: Cantonese Rhymes from San Francisco Chinatown.* Berkeley: University of California Press, 1992.

88. Honey, David B. *The Southern Garden Poetry Society: Literary Culture and Social Memory in Guangdong.* Hong Kong: Chinese University Press, 2013.

89. Houghton, Ross C. *Women of the Orient.* New York: Nelson and Phillips, 1877.

90. Hummel, Arthur W. *Eminent Chinese of the Ch'ing Period (1644-1912).* Washington: United States Government Printing Office, 1944.

91. Huters, Theodore, R. Bin Wong, and Pauline Yu, eds. *Culture & State in Chinese History: Conventions, Accommodations, and Critiques.* Stanford: Stanford University Press, 1997.

92. Idema, Wilt L. *Two Centuries of Manchu Women Poets: An Anthology.* Seattle: University of Washington Press, 2017.

93. Idema, Wilt L., and Beata Grant. *The Red Brush: Writing Women of Imperial China.* Cambridge, Mass: Harvard University Asian Center, 2004.

94. Idema, Wilt, Lloyd Haft. *A Guide to Chinese Literature.* Ann Arbor: The

University of Michigan, 1997.

95. Idema, Wilt L., Wai-yee Li, and Ellen Widmer, eds. *Trauma and Transcendence in Early Qing Literature.* Harvard University Asia Center, 2006.

96. Joerissen, Gertrude L. *The Lost Flute and Other Chinese Lyrics.* New York: The Elf Publishers, 1929.

97. Karl, Rebecca E., Peter Zarrow, ed. *Rethinking the 1898 Reform Period: Political and Cultural Change in Late Qing China.* Cambridge: Harvard University Asia Center, 2002.

98. King, Richard, Cody Poulton, and Katsuhiko Endo. ed. *Sino-Japanese Transculturation: From the late Nineteenth Century to the End of the Pacific War.* New York and Toronto: Lexington Books, 2012.

99. Klemer, D.J., ed. *Chinese Love Poem.* New York: Doubleday & Company, Inc., 1959.

100. Ko, Dorothy. *Teachers of the Inner Chambers: Women and Culture in Seventeenth-Century China.* San Francisco: Stanford University Press, 1994.

101. Kowallis, Jon Eugene von. *The Subtle Revolution: Poets of the" Old Schools" During Late Qing and Early Republican China.* Berkeley. Institute of East Asian Studies, University of California, 2006.

102. Kowallis, Jon Eugene von. *The Lyrical Lu Xun: A Study of His Classical-style Verse.* Honolulu: University of Hawai'i Press, 1996.

103. Kwock, C.H., Vincent McHugh. *Old Friend from Far Away:150 Chinese Poems from the Great Dynasties.* San Francisco: North Point Press, 1980.

104. Lai, H. Mark, et al. *Island: Poetry and History of Chinese Immigrants on Angel Island 1910-1940.* Seattle, WA: University of Washington Press, 1980.

105. Lai, Ming. *A History of Chinese Literature.* New York: The John Day Company, 1964.

106. Lai, Monica, T.C. Lai. *The Young Cowherd and Other Poems.* Hong Kong: kelly & Walsh, 1978.

107. Latourette, K. S. *A History of Christian Mission in China.* London: Society for Promoting Christian Knowledge, 1929.

108. Lau, Tak Cheuk. *Sitting Up at Night and Other Chinese Poems.* Hong Kong: The Chinese University Press, 2004.

109. Lee, Alan Simms. *Flower Shadows: Translations from the Chinese.* London: Elkins Mattews, Ltd., 1925.

110. Lee, Lily Xiao Hong, A.D. Stefanowska and Clara Wing-chung Ho, eds. *Biographical Dictionary of Chinese Women, the Qing period, 1644-1911.* New York: M. E. Sharpe, 1998.

111. Li, Xiaorong. *Women's Poetry of Late Imperial China: Transforming the Inner Chambers.* Seattle: University of Washington Press, 2012.

112. Li, Yu-ning. *Two Self-Portraits: Liang Ch'i-Ch'ao and Hu Shih.* New York: Outer Sky Press, 1992.

113. Liu, James J. Y. *Chinese Theories of Literature.* Chicago: University of Chicago Press, 1975.

114. Liu, James J. Y. *Essentials of Chinese Literary Art.* North Scituate, Mass: Duxbury Press, 1979.

115. Liu, James J. Y. *The Interlingual Critic: Interpreting Chinese Poetry.* Bloomington: Indiana University Press, 1982.

116. Liu, James J.Y. *Languages-Paradox-Poetics: A Chinese Perspectives.* New Jersey: Princeton University Press, 1988.

117. Liu, James J. Y. *The Art of Chinese Poetry.* Chicago & London: The University of Chicago Press, 1962.

118. Liu, James J.Y. *Major Lyricists of the Northern Sung.* Princeton: Princeton University Press, 1974.

119. Liu, Wu-chi. *Su Man-shu.* Boston: Twayne, 1972.

120. Liu, Wu-chi. *An Introduction to Chinese Literature.* Bloomington & Indianapolis: Indiana University Press, 1966.

121. Liu, Wu-chi, Irving Yucheng Lo., *Sunflower Splendor: Three Thousand Years*

of Chinese Poetry. Bloomington & Indianapolis: Indiana University Press, 1975.

122. Lo., Irving Yucheng, William Schultz. *Waiting for the Unicorn: Poems and Lyrics of China's Last Dynasty, 1644-1911.* Bloomington & Indianapolis: Indiana University Press, 1986.

123. Lo, Jung-pang. *K'ang Yu-wei: A Biography and a Symposium.* Tucson: The University of Arizona Press, 1967.

124. Lomova, olga. *Path Toward Modernity: A Conference Volume in Commemoration of Jaroslav Prusek (1906-2006).* Prague: Charles University, 2008.

125. Luo, Yuming, and Yang Ye. *A Concise History of Chinese Literature.* Brill, 2011.

126. Lynn, Richard John. *Chinese Literature: A Draft Bibliography in Western European Languages.* Canberra: Australian National University Press, 1979.

127. Lynn, Richard John. *The Classic of Changes: A New Translation of the I Ching as Interpreted by Wang Bi.* New York: Columbia University Press, 1994.

128. Lynn, Richard John. *The Classic of the Way and Virtue: A New Translation of the Daodejing of Laozi as Interpreted by Wang Bi.* New York: Columbia University Press, 1999.

129. McCraw, David R. *Chinese Lyricists of the Seventeenth Century.* Honolulu: University of Hawaii Press, 1990.

130. Mair, Victor H. ed. *The Columbia History of Chinese Literature.* New York: Columbia University Press, 2001.

131. Mair, Victor H. ed. *The Columbia Anthology of Traditional Chinese Literature.* New York: Columbia University Press, 1994.

132. Mair, Victor H. ed. *The Shorter Columbia Anthology of Traditional Chinese Literature.* New York: Columbia University Press, 1994.

133. Mann, Susan. *Precious Records: Women in China's Long Eighteenth Century.* Stanford: Stanford University Press, 1997.

134. Mann, Susan, and Yu-Yin Cheng, eds. *Under Confucian eyes: Writings on Gender in Chinese History*. Berkeley: University of California Press, 2001.

135. Mann, Susan. *The Talented Women of the Zhang Family*. University of California Press, Berkeley, 2007.

136. Mathers, Edward Powys. *Coloured Stars: Fifty Asiatic Love Lyrics*. Oxford: Basil Blackwell, 1920.

137. Mathers, Edward Powys. *The Garden of Bright Waters: One Hundred and Twenty Asiatic Love Poems*. Oxford: Basil Blackwell, 1920.

138. Martin, W.A.P. *Chinese Legends and Other Poems*. Shanghai: Kelly & Walsh, 1894.

139. Martini, Martino. *Bellum Tartaricum or the Conquest of the Great and Most Renowned Empire of China*. London: John Crook, 1654.

140. McAleavy, Henry. *Su Man-shu (1884-1918): A Sino-Japanese genius*. London: China Society, 1960.

141. Meyer-Fong, Tobie. *Building Culture in the Early Qing Yangzhou*. San Francisco: Stanford University Press, 2003.

142. Mayers, William Frederick. *The Chinese Reader's Manual*. Shanghai: American Presbyterian Mission Press, 1874.

143. Meng, Liuxi. *Poetry as Power: Yuan Mei's Female Disciple Qu Bingyun (1767-1810)*. Lexington Books, 2007.

144. Mogridge, George. *Points and Pickings of Information about China and the Chinese*. London: Grant and Griffith, 1844.

145. Möllendorff, P.G. & O.F. *Manual of Chinese Bibliography, Being a List of Works and Essays Relating to China*. Shanghai: Kelly & Walsh, 1876.

146. Morrison, Robert. *Chinese Miscellany*. London: S. Medowall, 1825.

147. Mostow, Joshua. *The Columbia Companion to Modern East Asian Literature*. New York: Columbia University Press, 2013. pp. 333-340.

148. Murck, Christian F. *Artists and Traditions: Uses of the Past in Chinese Culture*. Princeton: Princeton University, 1976.

149. Nienhauser Jr., William H. *The Indiana Companion to Traditional Chinese Literature.* Bloomington: Indiana University Press, 1986.

150. O'Connor, Mike, Red Pine. *The Clouds Should Know Me by Now: Buddhist Poet Monks of China.* Boston: Wisdom Publications, 1998.

151. Owen, Stephen. *An Anthology of Chinese Literature: Beginnings to 1911.* New York & London: W.W. Norton & Co., 1996.

152. Owen, Stephen. *Reading in Chinese Literary Thought.* Cambridge: Harvard University Press, 1992.

153. Payne, Robert. *The White Pony. An Anthology of Chinese Poetry from the Earliest Times to the Present Day.* New York: John Day Company, 1947.

154. Percy, Thomas. *Hau Kiou Choaan or The Pleasing History.* London: R. & J. Dodsley, 1761

155. Pindar, Peter. *Odes to Kien Long.* Dublin: William Potter, 1792.

156. Pindar, Peter. *The Works of Peter Pindar, ESQ., to which are prefixed memoirs of the author's life.* London: J. Walker, 1812.

157. Preminger, Alex, T.V.F. Brogan. *The New Princeton Encyclopedia of Poetry and Poetics.* New Jersey: Princeton University Press, 1993.

158. Qian, Nanxiu. *Politics, Poetics, and Gender in Late Qing China: Xue Shaohui and the Era of Reform.* San Francisco: Stanford University Press, 2015.

159. Qian, Nanxiu., Grace S. Fong, and Richard J. Smith. *Different Worlds of Discourse Transformations of Gender and Genre in Late Qing and Early Republican China.* Leiden: Brill, 2008.

160. Rexroth, Kenneth. *Love and the Turning Year: One Hundred More Poems from the Chinese.* New York: New Directions Publishing, 1970.

161. Rexroth, Kenneth, Ling Chung. *Orchid Boat: Women Poets of China.* New York: New Directions Book, 1972.

162. Rickett, Adele A. *Wang Kuo-Wei's Jen-Chien Tz'u-Hua, A Study in Chinese Literary Criticism.* Hong Kong: Hong Kong University Press, 1977.

163. Rickett, Adele. *Chinese Approaches to Literature from Confucius to Liang*

Ch'i-Chao. Princeton, N.J: Princeton University Press, 1978.

164. Ronald C. Miao, ed., *Studies in Chinese Poetry and Poetics.* San Francisco: Chinese Materials Center, 1978.

165. Ropp, Paul S. *Banished Immortal: Searching for Shuangqing, China's Peasant Woman Poet.* Ann Arbor: The University of Michigan Press, 2001.

166. Ropp, Paul Stanley, Paola Zamperini, and Harriet Thelma Zurndorfer, eds. *Passionate Women: Female Suicide in Late Imperial China.* Leiden: Brill, 2001.

167. Sayer, G.R. *Hong Kong 1862-1919 Years of Discretion.* Hong Kong: Hong Kong University Press, 1975.

168. Schmidt, Jerry D. *Within the Human Realm: The Poetry of Huang Zunxian, 1848-1905.* Cambridge: Cambridge University Press, 1994.

169. Schmidt, Jerry D. *Harmony Garden: The Life, Literary Criticism, and Poetry of Yuan Mei (1716-1798).* London & New York: Routledge, 2003.

170. Schmidt, Jerry D. The Poet of Zheng Zhen (1806-1864) and the Rise of Chinese Modernity. Leiden: Brill, 2013.

171. Schneider, David K. ed. T*he Poet as Scholar Eassys and Translations in Honor of Jonathan Chaves*, Philadelphia: Sino-Platonic Papers, 2017.

172. Seaton, Jerome P. *I Don't Bow to Buddhas: Selected Poems of Yuan Mei.* Port Townsend: Copper Canyon Press, 1997.

173. Seaton, Jerome P. *The Shambhala Anthology of Chinese Poetry.* Boston: Shambhala Publications, Inc., 2006.

174. Seaton, Jerome P., Dennis Maloney. *A Drifting Boat: An Anthology of Chinese Zen Poetry.* New York: White Pine Press, 1994.

175. Soong, Stephen C. *Song without Music: Chinese Tz'u Poetry.* Hong Kong: The Chinese University Press, 1980.

176. Soong, Stephen C. *A Brotherhood in Song: Chinese Poetry and Poetics.* Hong Kong: The Chinese University Press, 1985.

177. Stent, George Carter. *The Jade Chaplet, in Twenty-Four Beads, A Collection*

of Songs, Ballads, etc., from the Chinese. London: W.H. Allen&Co,1874.

178. Stent, George Carter. *Entombed Alive and Other Songs, ballads, etc.* London: W.H. Allen&Co,1878.

179. Steuber, Jason. *China: 3000 Years of Art and Literature.* New York: Welcome Books, 2007.

180. Strachey, Lytton. *Characters and Commentaries.* New York: Harcourt, Brace and Company, 1933.

181. Strassberg, Richard E. *Thirty-Six Views: The Kangxi Emperor's Mountain Estate in Poetry and Prints.* Washington, D.C.: Dumbarton Oaks Research Library and Collection, 2016.

182. Tam, Laurence Chi-Sing. *Six Masters of Early Qing and Wu Li.* Hong Kong: Urban Council, 1986.

183. The Peter Pauper Press. *Chinese Love Poems: From Most Ancient to Modern Times.* Mount Vernon: The Peter Pauper Press, 1942.

184. Thoms, Peter Perring. *The Flower's Leaf: Chinese Courtship, in Verse.* London: John Murray, 1824.

185. Tietjens, Eunice, ed. *Poetry of the Orient: an anthology of the classic secular poetry of the major eastern nations.* New York: AA Knopf, 1928.

186. Tu, Ching-i. *Poetic Remarks in The Human World, Jen Chien Tz'u Hua.* Taipei: Chung Hwa Book Company, 1970.

187. Turner, John A. *A Golden treasury of Chinese poetry: 121 classical poems.* Hong Kong: The Chinese University Press, 1976.

188. van Crevel, Maghiel, Tian Yuan Tan, and Michel Hockx, eds. *Text, Performance, and Gender in Chinese Literature and Music: Essays in Honor of Wilt Idema.* Brill, 2009.

189. Waley, Authur. *Yuan Mei: Eighteenth Century Chinese Poet.* London: George Allen & Unwin Ltd., 1956.

190. Wang, David Der-wei, and Wei Shang. *Dynastic Crisis and Cultural Innovation: from the Late Ming to the Late Qing and Beyond.* Vol. 249.

Cambridge & London: Harvard University Press, 2005.

191. Wang, John C.Y. ed. *Chinese Literary Criticism of the Ch'ing period (1644-1911)*. Hong Kong: Hong Kong University Press, 1993.

192. Wang, Yanning. *Reverie and Reality: Poetry on Travel by Late Imperial Chinese Women*. New York: Lexington Books, 2014.

193. Wei, Betty Peh-T'i. *Ruan Yuan, 1764-1849: The Life and Work of a Major Scholar-official in Nineteenth Century China Before the Opium War*. Hong Kong: Hong Kong University Press, 2006.

194. Weston, Stephen. *Ly Tang: An Imperial Poem in Chinese by Kien Lung, with a Translation and Notes*. London: C. & Baldwin, 1809.

195. Weston, Stephen. *The Conquest of the Miao-tse: An Imperial Poems by Kien-Lung, entitled a Choral Song of Harmony for the First Part of the Spring*. London: C. & Baldwin, 1810.

196. Weston, Stephen. *Fan-Hy-Cheu: A Tale, in Chinese and English, with Notes and A Short Grammar of the Chinese Language*. London: Robert Baldwin, 1814.

197. Weston, Stephen. *A Chinese Poem, Inscribed on Porcelain, in the Thirty-Third Year of the Cycle, A.D. 1776, with a double translation and notes*. London: C. & Baldwin, 1816.

198. Whitall, James. *Chinese Lyrics from the Book of Jade*. New York: B.W. Huebsch, 1918.

199. White, William Charles, and Ch'ên Lin. *An Album of Chinese Bamboos: A Study of a Set of Ink-Bamboo Drawings A.D. 1785*. The University of Toronto Press, 1939.

200. White, William C. *Chinese Temple Frescoes: A Study of Three Wall-Paintings of the Thirteenth Century*. Toronto: The University of Toronto Press, 1940.

201. White, William C. *Tomb Tile Pictures of Ancient China: An Archaeological Study of Pottery Tiles from Tombs of Western Honan, Dating About the Third Century B.C.* Toronto: The University of Toronto Press, 1939.

202. White, William C. *Chinese Jews: A Compilation of Matters Relating to the Jews of K'ai-Fêng Fu.* New York: Paragon Book Reprint Corp, 1966.

203. Widmer, Ellen, and Kang-i Sun Chang. *Writing Women in Late Imperial China.* Stanford: Stanford University Press, 1997.

204. Williams, Samuel Wells. *The Middle Kingdom.* New York & London: Wiley & Putnam, 1848.

205. Williams, Samuel Wells. *The Middle Kingdom.* London: C. Scribner's sons, 1883.

206. Wong, Siu-kit, trans. *Notes on Poetry from the Ginger Studio.* Hong Kong: Chinese University Press, 1987.

207. Wong, Shirleen S. *Kung Tzu-chen.* Boston: Twayne, 1975.

208. Wood, Frances. *Great Books of China: From Ancient Times to the Present.* New York: Blue Bridge, 2016.

209. Wu, Shengqing. *Modern Archaics: Continuity and Innovation in the Chinese Lyric Tradition, 1900–1937.* Cambridge: Harvard University Asia Center, 2014.

210. Wylie, Alexander. *Notes on Chinese Literature: With Introductory Remarks on the Progressive Advancement of the Art and a List of Translations from the Chinese into Various European Languages.* Shanghai: American Presbyterian Mission Press, 1867.

211. Xu, Yuanchong. *Songs of the Immortals: An Anthology of Classical Chinese Poetry.* London: Penguin Books, 1994.

212. Yang, Haihong. Women's Poetry and Poetics in Late Imperial China: A Dialogic Engagement. Lexington Books, 2017.

213. Yang, Xianyi. *Poetry and Prose of the Ming and Qing.* Beijing: Panda Books. 1986.

214. Yim, Lawrence C.H. *The Poet-historian Qian Qianyi.* London and New York: Routledge, 2009.

215. Yu, Pauline, ed. *Voices of the Song Lyric in China.* Berkeley: University of

California Press, 1994.

216. Yu, Pauline. *The Reading of Imagery in the Chinese Poetic Tradition.* Princeton: Princeton University Press, 1987.

217. Zurndorfer, Harriet Thelma, ed. *Chinese Women in the Imperial Past: New Perspectives.* Vol. 44. Brill, 1998.

（二）英语报刊类

1. Ball, J. Dyer. "Dr. Giles's History of Chinese Literature." *The China Review*, Vol. XXV, p. 208.

2. Bruneau, Marie F. "Learned and Literary Women in Late Imperial China and Early Modern Europe." *Late Imperial China*, Vol. 13, No. 1, 1992, pp. 156-172.

3. Bryant, Daniel. "Syntax, Sound, and Sentiment in Old Nanking: Wang Shih-Chen's 'Miscellaneous Poems on the Ch'in-Huai.'" *Chinese Literature: Essays, Articles, Reviews (CLEAR)*, Vol. 14, 1992, pp. 25–50.

4. Cai, Zongqi. "THE RETHINKING OF EMOTION: THE TRANSFORMATION OF TRADITIONAL LITERARY CRITICISM IN THE LATE QING ERA." *Monumenta Serica*, Vol. 45, 1997, pp. 63–100.

5. Chang, Kang-i Sun. "Wang Shizhen (1634-1711) and the 'New' Canon." *Tsing Hua Journal of Chinese Studies, New Series* Vol. 37, No. 1 (June 2007), pp. 305-320.

6. Chang, Kang-i Sun. "The Literary Voice of Widow Poets in the Ming and Qing." *Ming Qing Studies*, Vol. 1 (2012): 15-33.

7. Chang, Kang-i Sun. "The Idea of The Mask in Wu Wei-Yeh (1609-1671)." *Harvard Journal of Asiatic Studies*, Vol. 48, No. 2, 1988, pp. 289–320.

8. Chang, Kang-i Sun. "Ming-Qing Anthologies of Women's Poetry and Their Selection Strategies." *The Gest Library Journal*, 1992, 5(2): 119-160.

9. Chang, Michael G. "The Emperor Qianlong's Tours of Southern China: Painting, Poetry, and the Politics of Spectacle." *The Asia-Pacific Journal*, Vol. 13, Issue 8, No. 3, 2015.

10. Chalmers, J. "Chinese Poetical Romance." *Notes and Queries: On China and Japan*. Vol. 1, No. 5, 1867, pp. 54-56.

11. Chalmers J. "A Chinese Poetical Romance." *Notes and Queries: On China and Japan*. Vol. 2, No. 1, 1868, pp. 8-10.

12. Chaves, Jonathan. "Asleep or Awake? Thoughts on Literature and Reality." *Translation Review*, Vol. 93, No. 1, pp. 51-54.

13. Chaves, Jonathan. "From the 1990 AAS Roundtable." *Chinese Literature: Essays, Articles, Reviews (CLEAR)*, Vol. 13, 1991, pp. 77–82.

14. Chaves, Jonathan. "The sister arts in China: Poetry and painting." *Orientations* 31.7 (2000): 129-130.

15. Chaves, Jonathan. "Soul and reason in literary criticism: Deconstructing the deconstructionists."*Journal of the American Oriental Society* (2002): 828-835.

16. Chaves, Jonathan. "On Translating Chinese Poetry." *The Journal of Asian Studies*, 1977, Vol.37.

17. Chaves, Jonathan. "Moral Action in the Poetry of Wu Chia-Chi (1618-84)." *Harvard Journal of Asiatic Studies*, Vol. 46, No. 2, 1986, pp. 387–469.

18. Chaves, Jonathan. "The Yellow Mountain Poems of Ch'ien Ch'ien-i (1582-1664): Poetry as Yu-Chi." *Harvard Journal of Asiatic Studies*, Vol. 48, No. 2, 1988, pp. 465–492.

19. Chaves, Jonathan. "Wu Li (1632-1718) and the First Chinese Christian Poetry." *Journal of the American Oriental Society*, Vol. 122, No. 3, 2002, pp. 506–519.

20. Ch'en Yüan, Eugene Feifel. "WU YÜ-SHAN 吴渔山." *Monumenta Serica*, Vol. 3, 1938, pp. 130–170b.

21. Chu, Madeline. "Interplay between Tradition and Innovation: The Seventeenth Century Tz'u 词 Revival." *Chinese Literature: Essays, Articles, Reviews (CLEAR)*, Vol. 9, No. 1/2, 1987, pp. 71–88.

22. Davies, Gloria. "Liang Qichao in Australia: A Sojourn of No Significance?"

East Asian History No. 21, 2001.

23. Davis, John Francis. "On the Poetry of the Chinese." *Transactions of the Royal Asiatic Society of Great Britain and Ireland*, Vol. 2, No. 1, 1829, pp. 393–461.

24. Ferguson, J.C. "Obituary: Dr. Herbert Allen Giles." *Journal of North-China Branch of the Royal Asiatic Society*, 1935, p. 134.

25. Ferguson, J.C. "Dr. Giles at 80." *China Journal*, Vol. IV, No. 1, 1926, p. 2.

26. Fong, Grace S. "Writing Self and Writing Lives: Shen Shanbao's (1808-1862) Gendered Auto/Biographical Practices." *NAN NÜ: Men, Women and Gender in China*, Vol. 2, No. 2, Apr. 2000, pp. 259-303.

27. Fong, Grace S. "Persona and Mask in the Song Lyric (Ci)." *Harvard Journal of Asiatic Studie*s, 1990, 50(2): 459-484.

28. Fong, Grace S. "Inscribing Desire: Zhu Yizun's Love Lyrics in Jingzhiju Qinqu." *Harvard Journal of Asiatic Studies*, Vol. 54, No. 2, 1994, pp. 437–460.

29. Fong, Grace S. "Inscribing a Sense of Self in Mother's Family: Hong Liangji's (1746-1809) Memoir and Poetry of Remembrance." *Chinese Literature: Essays, Articles, Reviews (CLEAR)*, Vol. 27, 2005, pp. 33–58.

30. Fong, Grace S. "A Recluse of the Inner Quarters: The Poet Ji Xian (1614—1683)." *Early Modern Women*, Vol. 2, 2007, pp. 29–41.

31. Fong, Grace S. "Private Emotion, Public Commemoration: Qian Shoupu's Poems of Mourning." *Chinese Literature: Essays, Articles, Reviews (CLEAR)*, Vol. 30, 2008, pp. 19–30.

32. Fong, Grace S. "Alternative Modernities, or a Classical Woman of Modern China: The Challenging Trajectory of Lü Bicheng's (1883-1943) Life and Song Lyrics." *NAN NÜ* 6.1 (2004): 12-59.

33. Fong, Grace S. "Reclaiming Subjectivity in a Time of Loss: Ye Shaoyuan (1589-1648) and Autobiographical Writing in the Ming-Qing Transition." *Ming Studies* 2009.1 (2009): 21-41.

34. Fong, Grace S. "The Life and Afterlife of Ling Zhiyuan (1831－1852) and Her Poetry Collection." *Journal of Chinese Literature and Culture* 1.1 (2014): 125-54.

35. Fong, Grace S. "Gender and the Failure of Canonization: Anthologizing Women's Poetry in the Late Ming." *Chinese Literature: Essays, Articles, Reviews (CLEAR)*, Vol. 26, 2004, pp. 129-149.

36. Fong, Grace S. "Female Hands: Embroidery as a Knowledge Field in Women's Everyday Life in Late Imperial and Early Republican China." *Late Imperial China*, Vol. 25, No. 1, 2004, pp. 1-58.

37. Fu, Shang-Ling. "One Generation of Chinese Studies in Cambridge: An Appreciation of Professor H. A. Giles." *The Chinese Social & Political Science Review*, Vol. XV, No. 1, 1931, pp. 78-91.

38. Gertz, Sunhee Kim, and Paul S. Ropp. "Literary Women, Fiction, and Marginalization: Nicolette and Shuangqing." *Comparative Literature Studies*, Vol. 35, No. 3, 1998, pp. 219–254.

39. Goodrich, L. C. "Chinese Studies in the United States." *Chinese Social and Political Science Review*, No.1, 1931.

40. Grant, Beata. "Who is this I? Who is that Other? the Poetry of an Eighteenth-Century Buddhist Laywoman." *Late Imperial China*, Vol. 15, No. 1, 1994, pp. 47.

41. Hamilton, Robyn. "The Pursuit of Fame: Luo Qilan (1775-1813?) and the Debates about Women and Talent in Eighteenth-Century Jiangnan." *Late Imperial China*, Vol. 18, No. 1, 1997, pp. 39.

42. Hawkes, D. "Review of *The Penguin Book of Chinese Verse* by Robert kotewall & Norman L. Smith." *Journal of the Royal Asiatic Society of Great Britain and Ireland*, No. 3/4, 1963, pp. 261–262.

43. Hawkes, David. "Review of *Chinese Literature: A Historical Introduction* by Chen Shou-yi." *The Journal of Asian Studies*, Vol. 21, No. 3, 1962, pp. 387–389.

44. Hightower, James R. "Reviewed Work(s): *The Art of Chinese Poetry* by James J. Y. Liu." *The Journal of Asian Studies*, Vol. 23, No. 2, Feb., 1964, pp. 301-302.

45. Ho, Clara Wing-Chung. "The Cultivation of Female Talent: Views on Women's Education in China during the Early and High Qing Periods." *Journal of the Economic and Social History of the Orient*, 1995, 38(2): 191-223.

46. Hopkins, Lionel Charles. "Triennial Medal Presentation." *Journal of Royal Asiatic Society*, Oct. 1922, pp. 624-646.

47. Hung, William. "Huang Tsun-Hsien's Poem 'The Closure of The Educational Mission in America'." *Harvard Journal of Asiatic Studies*, Vol. 18, No. 1/2, 1955, pp. 50–73.

48. Hung, William. "Three of Ch'ien Ta-Hsin's Poems on Yüan History." *Harvard Journal of Asiatic Studies*, Vol. 19, No. 1/2, 1956, pp. 1–32.

49. Johnston, Reginald F. "The Roman of An Emperor." *The New China Review*, Vol. II, No. 1, 1920: 1-24. + Vol. II, No. 2, 1920: 180-194.

50. Johnston, Reginald F. "A Poet-Monk of Modern China." *Journal of the North-China Branch of the Royal Asiatic Society*, Vol. LXIII, 1932.

51. Kern, Martin, and Robert E. Hegel. "A History of Chinese Literature?" *Chinese Literature: Essays, Articles, Reviews (CLEAR)*, Vol. 26, 2004, pp. 159–179.

52. Ko, Dorothy. "Pursuing Talent and Virtue: Education and Women's Culture in Seventeenth- and Eighteenth-Century China." *Late Imperial China*, Vol. 13, No. 1, 1992, pp. 9-39.

53. Lee, Alan Simms. "Chao I." *China Journal of Science and Arts*. Vol. V, No. 4, 1926.

54. Li, Wai-Yee. "Heroic Transformations: Women and National Trauma in Early Qing Literature." *Harvard Journal of Asiatic Studies*, Vol. 59, No. 2, 1999, pp. 363–443.

55. Li Xiaorong. "'Singing in Dis/Harmony' in Times of Chaos: Poetic Exchange between Xu Can and Chen Zhilin during the Ming-Qing Transition." *Research on Women in Modern Chinese History*, 2011, 19: 217-56.

56. Li, Xiaorong. "Engendering Heroism: Ming-Qing Women's Song Lyrics to the Tune Man Jiang Hong." *NAN NÜ: Men, Women and Gender in China*, Vol. 7, No. 1, Mar. 2005, pp. 1-39.

57. Li, Xiaorong. "Woman Writing about Women: Li Shuyi's (1817-?) Project on One Hundred Beauties in Chinese History." *NAN NÜ: Men, Women and Gender in China*, Vol. 13, No. 1, June 2011, pp. 52-110.

58. Li, Xiaorong. "Beauty without Borders: A Meiji Anthology of Classical Chinese Poetry on Beautiful Women and Sino-Japanese Literati Interactions in the Seventeenth to Twentieth Centuries." *Journal of the American Oriental Society*, Vol. 136, No. 2, 2016, pp. 371-395.

59. Lin, Tsung-Cheng. "YUAN MEI'S (1716-1798) NARRATIVE VERSE." *Monumenta Serica*, Vol. 53, 2005, pp. 73-111.

60. Lin, Tsung-cheng. "Lady Avengers in Jin He's (1818-1885) Narrative Verse of Female Knight-Errantry." *Frontiers of History in China* 8 (4): 493-516.

61. Lin, Tsung-Cheng. "Historical Narration under Multiple Temporalities: A Study of Narrative Style in Wu Weiye's (1609-1672) Poetry." *Asian Cultural Studies*, Vol. 30, 2004, pp. 127-143.

62. Lin, Xiaoping. "Wu Li's Religious Belief and a Lake in Spring." *Archives of Asian Art*, Vol. 40, 1987, pp. 24-35.

63. Liu, James J. Y. "Time, Space, and Self in Chinese Poetry." *Chinese Literature: Essays, Articles, Reviews (CLEAR)*, Vol. 1, No. 2, 1979, pp. 137-156.

64. Liu, Xun. "Of Poems, Gods, and Spirit-writing Altars: The Daoist Beliefs and Practice of Wang Duan (1793-1839)." *Late Imperial China*, Vol. 36, No. 2, 2015, pp. 23-81.

65. Lynn, Richard John. "The Talent-Learning Polarity in Chinese Poetics: Yan

Yu 严羽 (ca.1195-ca.1245) and the Later Tradition." *Chinese Literature: Essays, Articles, Reviews (CLEAR)*, 1983, 5 (1/2): 157-184.

66. Lynn, Richard John. "Women in Huang Zunxian's Riben zashi shi (Poems On Miscellaneous Subjects From Japan)." *Journal of the Royal Asiatic Society* 17:2 (2007), 157-182.

67. Lynn, Richard John. "This Culture of Ours 斯文 and Huang Zunxian's 黃遵宪 Literary Experiences in Japan (1877-82)." *Chinese Literature: Essays, Articles, Reviews* 19 (December 1997), 113-38.

68. Lynn, Richard John. "A 19th Century Chinese Cross-Cultural Perspective: Huang Zunxian 黃遵宪 in Japan (1877-82)." *Canadian Review of Comparative Literature*, 24:4 (1997), pp. 947-64.

69. Lynn, Richard John. "Huang Zunxian 黃遵宪 (1848-1905) and His Association with Meiji Era Japanese Literati (Bunjin 文人)." *Japan Review: Bulletin of the International Research Center for Japanese Studies* 10 (1998), 73-91.

70. Lynn, Richard John. "Aspects of Meiji Culture represented in the Poetry and Prose of Huang Zunxian's Riben zashi shi (1877-1882)." *Historiography and Japanese Consciousness of Values and Norms*. Ed. Joshua A Fogel and James C. Baxter. (Kyoto: International Research Center for Japanese Studies, 2002), pp. 17-51.

71. Lynn, Richard John. "Huang Zunxian and His Association with Meiji Era Japanese Literati (Bunjin), Part 2: Formation of the Early Meiji Canon of Kanshi." *Japan Review: Journal of the International Research Center for Japanese Studies* 15 (2003), pp. 101-125.

72. Lynn, Richard Lynn. "Pursuit of the Modern While Preserving Tradition: The Japan Poems of Huang Zunxian." *Frontiers of Literary Studies in China* 12(2): 182-216.

73. Mair, Victor H. "The Synesthesia of Sinitic Esthetics and Its Indic Resonances." *Chinese Literature: Essays, Articles, Reviews (CLEAR)*, Vol. 30, 2008, pp. 103–116.

74. Martin, Helmut. "A Transitional Concept of Chinese Literature 1897-1917: Liang Ch'i-Ch'ao on Poetry-Reform, Historical Drama and the Political Novel." *Oriens Extremus*, Vol. 20, No. 2, 1973, pp. 175–217.

75. Martin, W. A. P. "The Poetry of the Chinese." *The North American Review*, Vol. 172, No. 535, 1901, pp. 853–862.

76. Medhurst, Walter Henry. "Chinese Poetry." *The China Review*, Vol.4, No. 1, 1875, pp.46-56.

77. Mercer. W.T. "Chun yuen tsae cha sze, Sansheih show. A ballad on picking tea in the gardens in springtime, In thirty stanzas." *Chinese Repository*, Vol. 8, No. 4, 1839, pp. 269-284

78. Owen, Stephen. "Hans Frankel: The Gentle Revolutionary." *Tang Studies*, 13(1995): 7.

79. Pohl, Karl-Heinz. "Ye Xie's 'On the Origin of Poetry' (Yuan Shi), A Poetic of the Early Qing." *T'oung Pao*, Vol. 78, No. 1/3, 1992, pp. 1–32.

80. Porter, Harold. "Translation of A Poem by the Emperor Ch'ien Lung Inscribed upon a Stone Tablet on the Terrace of the Shrine of Flute Player at Kaifeng." *China Journal*. Vol. XVII, No. 4, 1932.

81. Rexroth, Kenneth. "On Mei And Yang." *The American Poetry Review*, Vol. 7, No. 6, 1978.

82. Riegel, Jeffrey. "Yuan Mei 袁枚 (1716–1798) and a Different 'Elegant Gathering'." *Chinese Literature: Essays, Articles, Reviews (CLEAR)*, Vol. 32, 2010, pp. 95–112.

83. Robertson, Maureen. "Voicing the Feminine: Constructions of the Gendered Subject in Lyric Poetry by Women of Medieval and Late Imperial China." *Late Imperial China*, Vol. 13, No. 1, 1992, pp. 63-110.

84. Schultz W. "Chinese Literature and Twayne's World Authors Series: A Status Report." *Chinese Literature: Essays, Articles, Reviews (CLEAR)*, 1979, 1(2): 215-217.

85. Schwarcz, Vera. "Circling the Void: Memory in the Life and Poetry of the

Manchu Prince Yihuan (1840-1891)." *History & Memory*, Vol. 16, No. 2, 2004, pp. 32-66.

86. Schmidt, J. D. "Yuan Mei (1716-98) on Women." *Late Imperial China*, Vol. 29, No. 2, 2008, pp. 129-185.

87. Sieber, Patricia. "GETTING AT IT IN A SINGLE GENUINE INVOCATION TANG ANTHOLOGIES, BUDDHIST RHETORICAL PRACTICES, AND JIN SHENGTAN'S (1608-1661) CONCEPTION OF POETRY." *Monumenta Serica*, Vol. 49, 2001, pp. 33–56.

88. Sutton, Donald S. "A Case of Literati Piety: The Ma Yuan Cult from High-Tang to High-Qing." *Chinese Literature: Essays, Articles, Reviews (CLEAR)*, Vol. 11, 1989, pp. 79–114.

89. Tu, Ching-I. "CONSERVATISM IN A CONSTRUCTIVE FORM : THE CASE OF WANG KUO-WEI 王国维 (1877-1927)." *Monumenta Serica*, Vol. 28, 1969, pp. 188–214.

90. Tu, Ching-I. "Some Aspects of the Jen-Chien Tz'u-Hua." *Journal of the American Oriental Society*, Vol. 93, No. 3, 1973, pp. 306–316.

91. Wakeman, Frederic. "Romantics, Stoics, and Martyrs in Seventeenth-Century China." *The Journal of Asian Studies*, Vol. 43, No. 4, 1984, pp. 631–665.

92. Wang, C. H. "Ch'en Yin-K'o's Approaches to Poetry: A Historian's Progress." *Chinese Literature: Essays, Articles, Reviews (CLEAR)*, Vol. 3, No. 1, 1981, pp. 3–30.

93. Wang, Di. "The Rhythm of the City: Everyday Chengdu in Nineteenth-Century Bamboo-Branch Poetry." *Late Imperial China*, Vol. 24, No. 1, 2003, pp. 33-78.

94. Wang, Yanning. "Qing Women's Poetry on Roaming as a Female Transcendent." *NAN NÜ: Men, Women and Gender in China*, Vol. 12, No. 1, June 2010, pp. 65-102.

95. Wang, Yanning. "A Manchu Female Poet's Oneiric and Poetic Worlds: Gu Taiqing's (1799-1877) Dream Poems." *Quarterly Journal of Chinese Studies*,

Vol. 3, No. 2. pp. 1-22.

96. Wang, Yanning. "Fashioning Voices of Their Own: Three Ming-Qing Women Writers' Uses of Qu Yuan's Persona and Poetry." *NAN NÜ: Men, Women and Gender in China*, Vol. 16, No. 1, June 2014, pp. 59-90.

97. Werner, E.T.C. "A Little-Known Chinese Writer." *The New China Review*, Vol. I, No. 6, 1919: 435-438.

98. Widmer, Ellen. "The Epistolary World of Female Talent in Seventeenth-Century China."*Late Imperial China*, Vol. 10, No. 2, 1989, pp. 1-43.

99. Widmer, Ellen. "Xiaoqing's Literary Legacy and the Place of the Woman Writer in Late Imperial China." *Late Imperial China*, Vol. 13, No. 1, 1992, pp. 111-155.

100. Wilhelm, Hellmut. "Bibliographical Notes on Ch'ien Ch'ien-i 钱谦益." *Monumenta Serica*, Vol. 7, No. 1/2, 1942, pp. 196–207.

101. Wilhelm, Hellmut. "Review of *Chinese Literature: A Historical Introduction* by Chen Shou-yi." Journal of the American Oriental Society, Vol. 82, No. 3, 1962, pp. 458–458.

102. Wong, Shireen S. "Ironic Reflections on History: Some Yung-shih Shih of Ch'ing Period." *Monumenta Serica*, Vol. 34 (1979-1980), pp. 371-388.

103. Woon, Ramon L. Y., and Irving Yu-cheng Lo. "Poets and Poetry of China's Last Empire." *Literature East & West*, Vol. 9, No. 4 (Dec. 1965), pp. 331-361.

104. Wu, Fu-sheng. "THE CONCEPT OF DECADENCE IN THE CHINESE POETIC TRADITION." *Monumenta Serica*, Vol. 45, 1997, pp. 39–62.

105. Wu, Shengqing. "'Old Learning' and the Refeminization of Modern Space in the Lyric Poetry of Lü Bicheng." *Modern Chinese Literature and Culture*, Vol. 16, No. 2, 2004, pp. 1-75.

106. Xu, Sufeng. "Domesticating Romantic Love during the High Qing Classical Revival: The Poetic Exchanges between Wang Zhaoyuan (1763-1851) and Her Husband Hao Yixing (1757-1829)." *NAN NÜ: Men, Women and Gender in China*, Vol. 15, No. 2, Sept. 2013, pp. 219-264.

107. Yan, Zinan. "Poetic Convention and Hierarchy at the Imperial Court: Analysing the Structure of Qing Examination Poems（诗歌传统与朝廷政治构架：分析清代的应试诗作）."*Korea Journal of Chinese Language and Literature*, No. 1, Vol. 2 (2012): pp. 89–128.

108. Yan, Zinan. "A Change in Poetic Style of Emperor Qianlong: Examining the Heptasyllabic Regulated Verses on the New Year's Day（乾隆诗体之变化：分析以元旦为题的七言律诗）." *Ming Qing Studies* 2013 (Rome: Aracne, 2013), Edited by Paolo Santangelo, pp. 371–394.

109. Yan, Zinan. "On the Divergent Implications of Archery: Discussing the Poetry by Nobles and Officials on Manchu and Han-Chinese Cultures（"射艺"的不同涵义：探讨亲贵与大臣有关满汉文化的诗作）." *Political Strategies of Identity Building in Non-Han Empires in China* (Wiesbaden: Harrassowitz Verlag, 2014), Edited by Francesca Fiaschetti and Julia Schneider, pp. 197–224.

110. Yan, Zinan. "Routine Production: Publishing Qianlong's Poetry Collections（程式化的生产：乾隆诗集的出版）." *T'oung Pao*, Volume 103, Issue 1–3 (2017): pp. 206–245.

111. Yan, Zinan. "An Object-Oriented Study on Yongwu shi: Poetry on Eyeglasses in the Qing Dynasty（以物为导向的咏物诗研究：清代的咏眼镜诗）."*Bulletin of the School of Oriental and African Studies*, Volume 79, Issue 02 (2016): pp. 375–397.

112. Yang, Haihong. "Allusion and Self-Inscription in Wang Duanshu's Poetry." *Chinese Literature: Essays, Articles, Reviews (CLEAR)*, Vol. 33, 2011, pp. 99–120.

113. Yang, Zhiyi. "Introduction to the Special Issue on Modern Chinese Lyric Classicism." *Frontiers of Literary Studies in China*. Vol. 9, No. 4, 2015: 510-514.

114. Yang, Zhiyi. "The Making of a Master Narrative and How to Break It — Introduction to the Double Special Issue 'Multivalent Lyric Classicism'." *Frontiers of Literary Studies in China*. Vol. 12, No. 2, 2018: 153-181.

115. Yeh, Michelle. "Review of *Waiting for the Unicorn, Poems and Lyrics of China's Last Dynasty, 1644-1911* by Irving Yucheng Lo, William Schultz." *World Literature Today*, Vol. 62, No. 1, 1988, pp. 179–179.

116. Yeh, Chia-ying. "The Ch'ang-Chou School of Tz'u Criticism." *Harvard Journal of Asiatic Studies*, Vol. 35, 1975, pp. 101–132.

117. Yim, Lawrence C.H. "Qian Qianyi's Theory of Shishi during the Ming-Qing Transition." Taibei: Occasional Papers, Institute of Chinese Literature and Philosophy, Academia Sinica, 2005.

118. Yu, Pauline. "Metaphor and Chinese Poetry." *Chinese Literature: Essays, Articles, Reviews (CLEAR)*, Vol. 3, No. 2, 1981, pp. 205–224.

119. Yu, Pauline. "Charting the Landscape of Chinese Poetry." *Chinese Literature: Essays, Articles, Reviews (CLEAR)*, Vol. 20, 1998, pp. 71–87.

120. Zhao, Yingzhi. "Catching Shadows: Wang Fuzhi's Lyrics and Poetics." *CLEAR: Chinese Literature: Essays, Articles, Reviews*, Volume 38 (2016/17).

（三）英语学位论文类

1. Bai, Qianshen. "Fu Shan (1607-1684/85) and the transformation of Chinese calligraphy in the seventeenth century." Diss. Yale University, 1996.

2. Brix, Donald Edmond. "The Life and Art of Mei Qing (1623-1697) ." Diss. University of Southern California, 1988.

3. Chang, Kang-i Sun. "The Evolution of T'zu from Late T'ang to Northaern Sung: A Genre Study." Diss. Princeton University, 1978.

4. Che, Doris Kit-ling. "Ch'ien Ch'ien-i (1582-1664) on Poetry." Diss. University of Hong Kong, 1973.

5. Chen, Janet C. "Representing Talented Women in Eighteenth-Century Chinese Painting: Thirteen Female Disciples Seeking Instruction at the Lake Pavilion." Diss. University of Kansas, 2016.

6. Chiang, Ying-ho. "Literayr Reactions to the Keng-tzu Incident [1900]." Diss. University of California, Los Angeles, 1982.

7. Chiu, Suet Ying. "The Political Views of Zheng Xie (1693-1765): An Analysis

Through His Literary and Artistic Works." Diss. California State University, Long Beach, 1999.

8. Chu, Madeline Men-li. "Ch'en Wei-sung, the Tz'u Poet." Diss. The University of Arizona, 1978.

9. Davies, Gloria, "Liang Qichao and the Chinese in Australia." BA (Hons) Thesis, University of Melbourne, 1981.

10. Dorothy Ko. "Toward a Social History of Women in Seventeenth Century China." Diss. Stanford University, 1989.

11. Fong, Grace S. "Wu Wenying and the Art of Southern Song 'Ci' Poetry." Diss. The University of British Columbia, 1984.

12. Geng, Changqin. "Mirror, Dream and Shadow: Gu Taiqing's Life and Writings." Diss. University of Hawai'i at Manoa, 2012.

13. Hao, Ji. "Poetics of Transparency: Hermeneutics of Du Fu (712-770) during the Late Ming (1368-1644) and Early Qing (1644-1911) Periods." Diss. University of Minnesota, 2012.

14. Huang, Hongyu. "History, Romance and Identity: Wu Weiye (1609-1672) and His Literary Legacy." Diss. Yale University, 2007.

15. Huang, Qiaole. "Writing from within a Women's Community: Gu Taiqing (1799-1877) and Her Poetry." Diss. McGill University, 2004.

16. Li, Xiaorong. "Woman Writing about Women: Li Shuyi (1817-?) and Her Gendered Project." Diss. McGill University, 2000.

17. Li, Xiaorong. "Rewriting the Inner Chambers: The Boudoir in Ming-Qing Women's Poetry." Diss. McGill University, 2006.

18. Liu, Wei-Ping, "A Study of the Development of Chinese Poetic Theories in the Ch'ing Dynasty, 1644-1911." Diss. University of Sydney, 1967.

19. Lin, Tsung-cheng. "Time and Narration: A Study of Sequential Structure in Chinese Narrative Verse." Diss. University of British Columbia, 2006.

20. Lynn, Richard John. "Tradition and Synthesis: Wang Shih-chen as a Poet and Critic." Diss. Stanford University, 1971.

21. McCraw, David R. "The Poetry of Chen Yuyi (1090-1139)." Diss. Stanford University, 1986.

22. Meng, Liuxi. "Qu Bingyun (1767-1810): One Member of Yuan Mei's Female Disciple Group." Diss. The University of British Columbia (Canada), 2003.

23. Milner J V. "The role of Huang Tsun-Hsien in the reform movement of the nineteenth century." Diss. University of Hong Kong, 1962.

24. Pohl, Karl-heinz. "Cheng Pan-ch'iao, 1693-1765, Poet, Painter and Calligrapher." Diss. University of Toronto, 1982.

25. Rhew, Hyong Gyu. "Ch'en Yen (1856-1937) and the Theory of T'ung-kuang Style Poetry." Diss. Princeton University, 1993.

26. Schram, Rachel Bartow. "A Life in Dreams: The Dream Motif in the Poetry of Luo Qilan and Ming-Qing Women Writers." Diss. University of California, Santa Barbara, 2012.

27. Shi, Mingfei. "Poetry-Calligraphy-Painting: The Aesthetics of Xing in Zheng Xie (1693-1765) and Zhu Da (1626-1705)." Diss. Indiana University, 1996.

28. Shin, Seojeong. "Illustrations of Taiping Prefecture (1648): A Printed Album of Landscapes by the Seventeenth-century Literati Artist, Xiao Yuncong (1596-1673)." Diss. University of Maryland, 2006.

29. Sterk, Darryl Cameron. "Chan Grove Remarks on Poetry by Wang Shizhen: A Discussion and Translation." Diss. University of Toronto, 2002.

30. Teele, Roy Earl. "Through A Glass Darkly: A Study of English Translations of Chinese Poetry." Diss. Columbia University, 1949.

31. Tu, Ching-i. "A Study of Wang Kuo-wei's Literary Criticism." Diss. University of Washington, 1967.

32. Xu, Sufeng. "Lotus Flowers Rising from the Dark Mud: Late Ming Courtesans and Their Poetry." Diss. McGill University, 2007.

33. Xu, Yunjing. "Seeking Redemption and Sanctity: Seventeenth-Century Chinese Christian Literati and their Self-Writing." Diss. Washington University in St. Louis, Ann Arbor, 2014.

34. Wang, Chung-lan. "Gong Xian (1619-1689): A Seventeenth-Century Nanjing Intellectual and His Aesthetic World." Diss. Yale University, 2005.

35. Wang, David Der-wei. "Verisimilitude in Realist Narrative: Mao Tun's and Lao She's Early Novels." Diss. The University of Wisconsin-Madison, 1982.

36. Wang, Yanning. "Beyond the Boudoir: Women's poetry on Travel in Late Imperial China." Diss. Washington University in St. Louis, 2009.

37. Wong, Wai-Leung. "Chinese Impressionistic Criticism: A Study of the Poetry-Talk Tradition." Diss. The Ohio State University, 1976.

38. Wu, Shengqing. "Classical lyric modernities: Poetics, gender, and politics in modern China (1900-1937)." Diss. University of California, Los Angeles, 2004.

39. Yan, Zinan. "Poetry of Emperor Yongzheng (1678-1735)." Diss. SOAS, University of London, 2007.

40. Yan, Zinan. "Voices in the Poetry of the Manchu Prince Yunxi (1711-1758)." Diss. SOAS, University of London, 2011.

41. Yang, Binbin. "Women and the Aesthetics of Illness: Poetry on Illness by Qing-Dynasty Women Poets." Diss. Washington University in St. Louis, 2007.

42. Yang, Haihong. "Hoisting One's Own Banner: Self-inscription in Lyric Poetry by Three Women Writers of Late Imperial China." Diss. The University of Iowa, 2010.

43. Yang, Haosheng. "A Modernity in Pre-Modern Tune: Classical-Style Poetry of Yu Dafu, Guo Moruo and Zhou Zuoren." Diss. The Harvard University, 2008.

44. Yim, Chi-hung. "The Poetics of Historical Memory in the Ming-Qing Transition: A Study of Qian Qianyi's (1582-1664) Later Poetry." Diss. Yale University, 1998.

45. Zhang, Xiaoquan. "Marginal Writing in Seventeenth-Century China: Ye Shaoyuan and His Literary Family." Diss. Washington University in St. Louis,

2010.

46. Zhao, Yingzhi. "Realm of Shadows and Dreams: Theatrical and Fictional Lyricism in Early Qing Literature." Diss. Harvard University, 2014.

（四）其他语种资料

1. Amiot, Joseph Marie. *Éloge de la ville de Moukden et de ses environs; poeme composé par Kien-Long, empereur de la Chine & de la Tartarie, actuellement régnant.* Paris, 1770.

2. Guitier, Judith. *Le Livre de Jade.* Paris: Felin Juven, 1902.

3. Walter, Judith. *Le Livre de Jade.* Paris: Alphonse Lemerre, 1867.

附　录

一、英语世界清代诗词传播年表简编

1654

亲身经历明清易鼎的耶稣会士卫匡国（Martino Martini）根据自己在战争中的所见所闻，著成《鞑靼战纪》（*Bellum Tartaricum or the Conquest of the Great and Most Renowned Empire of China*）一书。此书最初由拉丁文写成，先在比利时的安特卫普出版；同年，伦敦的约翰·克鲁克公司（John Crook）就出版了这本书的英文版。自此，英语世界获知了清朝建立的事实。

1674

英国剧作家埃尔卡纳·塞特尔（Elkanah Settle）创作的《中国之征服》（*The Conquest of China by the Tartars*）在伦敦的公爵剧院（Duke's Theatre）上演，该剧属于当时流行的"英雄剧"，主要取材于卫匡国等人提供的清兵入关、明朝覆亡的史实，为英语世界的观众提供了有关清代的朦胧的文学想象。

1719

长期居住在中国广东地区的英国东印度公司职员詹姆斯·威尔金森（James Wilkinson），完成了清代小说《好逑传》的翻译手稿（共 4 册，前 3 册英文，第 4 册葡语），其中含有若干首清代诗词作品。

1736

英国人理查德·布鲁克斯(Richard Brookes)节译了法国人杜赫德(J.B.Du Halde)编著的《中华帝国全志》（*Description Géographique, Historique,*

Chronologique, Politique, et Physique de l'Empire de la Chine et de la Tartarie Chinoise），其中该译本的第三卷有部分内容简要论及中国诗歌。

1742

在英国人爱德华·凯夫(Edward Cave)主持下，杜赫德《中华帝国全志》（*A Description of the Empire of China and Chinese-Tartary, together with the Korea and Tibet*）的全译本分两卷在伦敦出版，间或有内容涉及中国诗歌。

1761

英国圣公会主教托马斯·珀西（Thomas Percy）对威尔金森手稿进行了细致的编译、润色，并于本年以四卷本的形式将《好逑传》（*Hau Kiou Choaan or The Pleasing History*）公开出版发行。这是英语世界所翻译的第一部清代小说，也是整个西方译介的第一部中国长篇小说。译本正文与附录，一共译有 8 首清代诗歌。这是英语世界中第一批英译清诗。

1773

威廉·钱伯斯在伦敦出版了《东方造园论》（*A Dissertation on Oriental Gardening; to which is annexed, An Explanatory Discourse, by Tan Chet-qua, of Quang-chew-fu, Gent.*）的修订版。在这一版中，作者在正文的注释中完整地引用了《好逑传》1761 年版附录中所译的清诗《新柳诗》，还在书后附上了他和一名叫陈哲卦（Tan Chet-qua，音译）的中国雕塑家的对话。陈哲卦在对话中引用了四句诗，"毡庐适禅悦，五蕴净大半。可悟不可说，馥馥兜罗递"，出自乾隆的《三清茶》一诗。作者在脚注中，不但解释了此诗的写作背景，还将此诗完整引用，并译出大意；根据其内容来看，系从法国耶稣会士钱德明（Jean Joseph Marie Amiot）用法语翻译的《御制盛京赋》（*Eloge De La Ville De Moukden Et De Ses Environs: Poème*）一书的附录中转译而来。

1809

时任英国皇家学会、英国文物学会会员的英国人斯蒂芬·韦斯顿（Stephen Weston）在伦敦出版《李唐: 乾隆御制诗》（*Ly Tang: an Imperial Poem in Chinese by Kien Lung, with a Translation and Notes*）一书，翻译了"乾隆粉彩御题诗仿古鸡缸杯"上所录之诗。此诗详见《清高宗御制诗集·四集·卷三四·丙申年集》，原题作《成窑鸡缸歌》。

1810

斯蒂芬·韦斯顿在伦敦出版《平苗子：乾隆御制诗》（*The Conquest of the Miao-tse: an Imperial Poems by Kien-Lung, entitled a Choral Song of Harmony for the First Part of the Spring*）一书，翻译了乾隆为平定大小金川而作的庆贺组诗三十首，《清史稿·卷一百·志七十五·乐志七·乐章五》有载："乾隆四十一年，平定金川，高宗御制《凯歌》三十章。"实际上，所谓"《凯歌》三十章"乃由乾隆的三组诗作合并而成，分别是《将军阿桂奏攻克勒乌围贼巢红旗报捷喜成七言十首以当凯歌》（御制诗四集·卷三十二）、《将军阿桂奏攻克噶喇依贼巢红旗报捷喜成凯歌十首》（御制诗四集·卷三十五）、《于郊台迎劳将军阿桂凯旋将士等成凯歌十首》（御制诗四集·卷三十七）。这组诗收入《晚晴簃诗汇》时，题为《高宗纯皇帝御制平定两金川凯歌三十章》。另外，根据书中插图，韦斯顿所使用的中文底本上，标有中国传统的工尺谱，这或是当时流至英国的清朝内廷乐工演奏所使用的乐谱。

1812

英国诗人彼得·品达（Peter Pindar）在伦敦出版了五卷本的《彼得·品达作品集》（*The Works of Peter Pindar*），在该书的第三卷中收有一首专门献给乾隆的长诗《乾隆颂》，在该书的第四卷中，作者还为乾隆的《三清茶》提供了一个新译本。

1814

斯蒂芬·韦斯顿在伦敦出版了《范希周》（*Fan-Hy-Cheu: A Tale, in Chinese and English*）一书，译自冯梦龙《情史》中的一则故事。他在书前所附的《中文语法简论》（"A short grammar of the Chinese language"）中，对《好逑传》1761 年版中的一首译诗提出了质疑，并给出了自己的译文。

1816

斯蒂芬·韦斯顿在伦敦出版了《瓷杯上的中国诗歌》（*A Chinese Poem, Inscribed on Porcelain, In the Thirty-Third Year of the Cycle, A.D. 1776, with a double translation and notes*），在此书中，作者重译了乾隆的《成窑鸡缸歌》一诗。

1819

苏格兰传教士米怜（William Milne）在马礼逊的支持下、于 1817 年 5 月的马六甲创办了《印中搜闻》（*The Indo-Chinese Gleaner*）一刊，该刊是来华传教士创办的最早的英文季刊。在该刊 1819 年第二卷的 8、9 两期上，分别译有时任两广总督的阮元的两首诗《癸亥正月二十日四十岁生日避客往海塘用白香山四十岁白发诗韵》、《早行》。

1824

英国人彼得·佩林·托马斯（Peter Perring Thoms）的《花笺：中式求爱》（*The Flower's Leaf: Chinese Courtship*）在伦敦出版。此书第一部分完整翻译了清代广东弹词木鱼歌《花笺记》全文，中英对照，并附有注释。卫三畏在《中国总论》（1883 年修订版）中，认为此诗是到那时为止所见的最长的译入到西方的中国诗。第二部分"传记"（Biography）的内容，大部分来自于清代文人颜希源所编写的《百美新咏图传》一书。

1829

英国汉学家德庇时（John Francis Davis）所撰写的《汉文诗解》（"On the Poetry of the Chinese"）一书首先发表在该年的《英国皇家亚洲学会会刊》（*Transactions of the Royal Asiatic Society of Great Britain and Ireland*）第二卷第一期。德庇时不但阐述了自己研究中国诗歌的成果，还在书中评述、翻译了不少包括了曹雪芹、褚人获等清人在内的中国诗词作品，其中译有一组清人所作的《兰墅十咏》（"London, in Ten Stanzas"），兼具文学与史学价值。

1832

美国传教士裨治文（E. C. Bridgman）在广州创办了《中国丛报》（*Chinese Repository*）一刊。截止到 1951 年停刊，《中国丛报》连续发行了 20 年，共计 20 卷、232 期，其中每卷约在 650 页左右，总页数达 13000 页以上，包含了丰富的有关近代中国的信息。

1836

德庇时（John Francis Davis）的《中国人》（*The Chinese: A General Description of the Empire of China and Its Inhabitants*）在伦敦出版，有关中国诗歌的内容（第 193-199 页）大多沿袭其旧作《汉文诗解》，并再次将所译清人《兰墅十咏》收录在内。

1839

美国汉学家卫三畏（Samuel Wells Williams）在《中国丛报》（*Chinese*

Repository）上发表了自己所翻译的由清代安徽茶商李亦青所作的三十首《春园采茶词》（"A ballad on picking tea in the gardens in springtime"），自此，这组清诗及卫三畏的翻译在英语世界屡被提及、征引。

1842

卫三畏从 1840 年 10 月份开始在《中国丛报》上连载"中国风土人情录"（"Illustrations of Men and Things in China"）一文，随后，他在该刊 1842 年 6 月发行的第 11 卷第 6 期上，重译了曾收录于《印中搜闻》中的阮元的两首诗。

1844

英国人乔治·莫格里奇（George Mogridge）的《中国及中国人的点滴》（*Points and Pickings of Information about China and the Chinese*）在伦敦出版，书中完整引用了德庇时所译的《兰墅十咏》（第 182-185 页）。

1848

卫三畏的巨著《中国总论》（*The Middle Kingdom*）分上下两卷在纽约和伦敦出版。在该书上卷的第 11 章"中国的文学经典"（Classical Literature of the Chinese）和第 12 章"中国的纯文学"(Polite Literature of the Chinese)中，卫三畏分别按照《四库全书总目》的分类方法和相关内容，择要对中国文学进行了论述。其中，诗歌部分译有两首清代广东文人的诗作。另，卫三畏在书中还收录了自己所译的三十首《春园采茶词》，不过，在 1883 年纽约斯克里布纳出版社（Charles Scribner's Sons）所出版的此书的修订版中，卫三畏将译本替换为后出的德庇时译本。

1867

英国传教士伟烈亚力(Alexander Wylie）编译的《中国文献纪略》(*Notes on Chinese Literature*)在上海出版。该书大部分内容节译自《四库全书总目提要》，部分内容由伟烈亚力本人添补而成;条目依照《四库全书》体例，分为"经/史/子/集"四类，多处涉及清代诗词别集、诗/词话著作，属于目录性质的工具书。书前附有"中籍西译要目"（Translations of Chinese Works into European Languages）一文，较具文献价值。

英国传教士湛约翰（John Chalmers）在《中日释疑》（*Notes and Queries: On China and Japan*）一刊上发表了由自己所翻译的《花笺记》（"The History of the Flower Billet"）的第一节。

1868

湛约翰（John Chalmers）在《中日释疑》（*Notes and Queries：On China and Japan*）一刊上发表了由自己所翻译的《花笺记》（"The History of the Flower Billet"）的第二、三、四节。《中日释疑》在 1870 年因故停刊。

1870

英国汉学家德庇时（John Francis Davis）的《汉文诗解》（*The Poetry of the Chinese*)在伦敦出版增订版。作者在原书的基础上添补了若干新的译诗，其中书中所录的《春园采茶词》三十首为德庇时的姨甥、曾任香港辅政司（Colonial Secretary）的孖沙（W. T. Mercer）所提供的新译本，它与卫三畏的译本一道成为了英语世界《春园采茶词》最主要的两个译本。

1872

英国人丹尼斯（Nicolas B. Dennys）在香港创办《中国评论》（*The China Review, or Notes & Queries on The Far East*）一刊，到 1901 年 6 月停刊为止，共计发行 25 卷，150 期。该刊发表了不少有关中国诗歌的论文，其中最具代表性的当属"墨海老人"英国传教士麦都思（W.H. Medhurst）所作的《中国诗歌》一文。除此之外，该刊还翻译了许多清代的地方民谣、山歌。

1874

英国传教士司登德（George Carter Stent）在伦敦出版《玉链二十四珠：歌词民谣选集》（*The Jade Chaplet, in Twenty-four Beads, A Collection of Songs, Ballads, etc.*）一书，收录若干他从四处搜罗而来的清代民间歌谣作品。

1877

罗斯·C·霍顿（Ross C. Houghton）的《东方女性》（*Women of the Orient*）在纽约出版，书中完整引用了《春园采茶词》的卫三畏译本。

1878

司登德（George Carter Stent）在伦敦出版《活埋：中国歌谣集》（*Entombed Alive and Other Songs, ballads, etc.*）一书，翻译了不少清人创作的有关时事的诗歌作品，如咸丰帝北狩热河、民女因私奔被父亲活埋等。

1883

卫三畏（Samuel Wells Williams）《中国总论》（*The Middle Kingdom*）的修订版在伦敦出版，在大量吸收 1848 年后的西方汉学研究成果的基础上，作者对本书多处内容进行了删削、增补。

1894

英国著名传教士丁韪良（W.A.P. Martin）在上海别发洋行（Kelly & Walsh）出版《中国传说与诗歌》（*Chinese Legends and Other Poems*），该书于 1912 年出版增订版。整理、保存并翻译了顺治、乾隆、道光三帝的御制诗以及不少清末民间谣曲。

1898

翟理斯（Herbert Allen Giles）翻译的《古今诗选》（*Chinese Poetry in English Verse*）同时在上海和伦敦出版。此书翻译了包括蒲松龄、袁枚、赵翼、张问陶等多位清代诗人的诗作。

甘淋（George T. Candlin）在芝加哥出版《中国小说》（*Chinese Fiction*）一书，其中完整译有《葬花吟》（"The Maiden and the Flower"）一诗。

1901

翟理斯撰写的《中国文学史》（*A History of Chinese Literature*)在伦敦出版。该书第八卷概述了清代文学的风貌，除了提及康熙、乾隆二帝的文学活动外，还重点论述了蓝鼎元、袁枚、赵翼等清代诗人的创作情况。

1908

苏曼殊主编的《文学因缘》一书在日本东京齐民社出版，书中收录了卫三畏在《中国总论》1883 年修订版中所使用的《春园采茶词》的孖沙译本，另还将 1898 年甘淋在《中国小说》中所译的《葬花吟》收录在内。

1911

上海同文馆创办者、英国人布茂林（Charles Budd）在上海别发印书馆（Kelly & Walsh, Ltd.）出版了《古今诗选》（*A Few Famous Chinese Poetry*）一书。该书译有三首清人诗歌，据书后作者自注来看，这三首诗歌皆选自清代科举中榜者的诗集。

1912

布茂林在伦敦出版了《中国诗歌》（*Chinese Poems*）一书，选译诗歌多为唐宋诗人作品，增添了若干新的译作，还是书前加上了三篇介绍中国诗歌历史、写作规则以及中国古代著名诗人简介的文章。其中收入四首清人诗歌，有三首在篇目、内容上皆与布茂林 1911 出版的《古今诗选》相同，新增的一首清诗亦是清代士人的作品。

1916

克兰默·宾（L. Cranmer-Byng）翻译的《灯节》（*A Feast of Lanterns*）在伦敦出版。此书译有清代袁枚及佚名诗人诗作若干首。

1918

美国人詹姆士·怀特尔（James Whitall）在纽约出版了《玉书选》（*Chinese Lyrics from the Book of Jade*），此书乃是法国女诗人朱迪特·戈蒂埃（Judith Gautier）之《玉书》（*Le Livre de Jade*，1902 版）的英文选译本，转译有丁墩龄（Ting-Tun-Ling）、李鸿章的各一首诗。

爱德华·鲍伊斯·马瑟斯（Edward Powys Mathers）在《彩星集：亚洲情诗 50 首》（*Coloured Stars : Fifty Asiatic Love Lyrics*）中，转译了《玉书》中丁墩龄的一首诗。

1919

文仁亭（E.T.C. Werner）在《新中国评论》（*The New China Review*）一刊上发表《一位少为人知的中国作家》（"A Little Known Chinese Writer"）一文，简要论述了王闿运的诗文创作概况及成就。

1920

庄士敦（R.F. Johnston）在《新中国评论》上发表《一位皇帝的传奇》（"The Roman of An Emperor"）一文，作者讲述了自己寻访顺治帝历史踪迹的心路历程，涉及吴伟业的《清凉山赞佛诗》等作品。

爱德华·鲍伊斯·马瑟斯的《清水园：亚洲情诗 120 首》（*The Garden of Bright Waters : One Hundred and Twenty Asiatic Love Poems*）译有袁枚的《寒夜》一诗，转译有《玉书》中的裕勋龄之诗。

1923

翟理斯（Herbert Allen Giles）对先前出版的《古文选珍》（*Gems of Chinese Literature*）与《古今诗选》（*Chinese Poetry in English Verse*）两书修改、扩展后，以 *Gems of Chinese Literature* 为名，将其合为一套，以两卷本的形式在上海出版。相较于前书，清代诗歌部分在旧有的基础上，增添了若干新译。

1925

李爱伦（Alan Simms Lee）选译的《花影：中国诗词》（*Flower Shadows :*

Translations from the Chinese）在伦敦出版，书名源自苏轼的《花影》（重重叠叠上瑶台）一诗。其中译有若干郑板桥、曹雪芹的诗歌。

1926

李爱伦（Alan Simms Lee）的《赵翼》（"Chao I"）一文刊发在《中国科学美术杂志》（*China Journal of Science and Arts*）上。

1928

美国女诗人尤妮丝·狄任斯（Eunice Tietjens）主编的《东方诗集》(*Poetry of the Orient：an anthology of the classic secular poetry of the major eastern nations*)在纽约出版。此书编译了阿拉伯、波斯、日本、中国、印度这五个主要的东方国家的各个时代的诗歌作品。其中，收录了克兰默·宾（L. Cranmer-Byng）所译的两首袁枚的诗作，以及李爱伦（Alan Simms Lee）所译的一首郑板桥的诗作。

1929

美国人乔里荪（Gertrude L. Joerissen）在纽约出版了法国人图桑（Franz Toussaint）所作《玉笛》（*La Flûte de Jade：Poésies Chinoises*）的英语译本，题为《失笛记》（*The Lost Flute, and Other Chinese Lyrics*）。译有数十首清人诗歌，皆无出处，殊难识别。

1931

美国学者亨利·哈特（Henry H. Hart）翻译的《西畴山庄》（*A Chinese Market：Lyrics from the Chinese in English Verse*）在北京出版。此书翻译了数十首清代女性诗人的作品。

1932

庄士敦（Reginald F. Johnston）在《皇家亚洲文会北中国支会会报》（*Journal of the North-China Branch of the Royal Asiatic Society*）上发表《近代中国的一位诗僧》（"A Poet-Monk of Modern China"）一文。

哈罗德·波特（Harold Porter）的《开封古吹台乾隆御制诗》（"Translation of A Poem by the Emperor Ch'ien Lung Inscribed upon a Stone Tablet on the Terrace of the Shrine of Flute Player at Kaifeng."）刊发在《中国科学美术杂志》（*China Journal*）上。

1933

亨利·哈特（Henry H. Hart）翻译的《百姓》（*The Hundred Names: a Short Introduction to the Study of Chinese Poetry with Illustrative Translations*）在加州出版。此书译有若干清代诗人的作品，后多次再版（1935 年、1938 年、1954 年、1968 年、1972 年）；其中，自 1954 年第三版起，此书新添译诗 33 首，并更名为《百姓诗》（*Poems of the Hundred Names: a Short Introduction to Chinese Poetry, together with 208 Original Translations*），后来重印，多依此版。

1934

约瑟夫·路易斯·弗兰奇（Joseph Lewis French）编辑的《荷与菊：中日诗选》（*Lotus and chrysanthemum: an Anthology of Chinese and Japanese poetry*）在纽约出版。此书收录了中、日两国各时代的诗歌作品，整理了多位译者的译作，体例稍显混乱，有若干首袁枚的诗歌。

1935

英文月刊《天下》（*T'ien Hsia Monthly*）在南京中山文化教育馆(Sun Yat-sen Institute for the Advancement of Culture and Education, Nanking)的资助下正式出版发行，温源宁、吴经熊、林语堂等人为编委会成员。本刊撰稿人多为有西方教育背景的民国知识分子，他们系统译介了大量中国古代、现代文学作品，在当时颇具影响力。据统计，本刊共计译有清代诗词 21 首。

1937

初大告（Ch'u Ta-kao）翻译的《中华隽词》（*Chinese Lyrics*）在剑桥大学出版社出版。此书译有清代僧正岩的《点绛唇》一词。

1938

亨利·哈特（Henry H. Hart）翻译的《牡丹园》（*A Garden of Peonies: Translations of Chinese Poems into English Verse*）在旧金山出版。此书译有席佩兰、王士禛及樊增祥等清代诗人的作品。

陈垣在《华裔学志》（*Monumenta Serica*）上发表了《吴渔山》（"WU YÜ-SHAN 吴渔山"）一文，译者丰浮露（Eugene Feifel），原文乃陈垣发表在《辅仁学志》上的《吴渔山晋铎二百五十年纪念》一文。

1939

加拿大传教士、汉学家怀履光（William Charles White）的《中国墨竹书画册》（*An Album of Chinese Bamboos: a Study of a Set of Ink-Bamboo Drawings A.D. 1785*）在多伦多大学出版社出版。全书分两部分，第一部分研究了竹子在中国社会、文化及文学等领域的意义，并简要介绍了清代画家陈霖的相关情况；第二部分展示陈霖创作的十二幅墨竹图，译有若干郑板桥及陈霖本人的诗歌。

1942

彼得·保佩尔出版社编辑出版了《中国情诗：上古到现代》（*Chinese Love Poems: From Most Ancient to Modern Times*），该书内容基本来自阿瑟·韦利所译的《诗经》、吴经熊（笔名：李德兰）发表在《天下》月刊上译作、艾伦·李的《花影：中国诗词》以及乔里苏的《失笛记》等书。

卫德明（Hellmut Wilhelm）在《华裔学志》（*Monumenta Serica*）上发表《钱谦益著述目录题解》（"Bibliographical Notes on Ch'ien Ch'ien-i 钱谦益."）一文。

1944

第一任美国国会图书馆东方部主任、美国人恒慕义（Arthur W. Hummel）组织编写了《清代名人传略》（*Eminent Chinese of the Ch'ing Period (1644-1912)*）一书，为清代八百余位名人立传，资料翔实、评价客观，涉及多位清代诗人、词人的生平及创作情况。费振清称此书是"美国汉学研究的胜利"。

1947

美国学者白英（Robert Payne）编译的《白驹集：中国诗选》（*The White Pony*）在纽约出版。其中，清代诗歌部分翻译了纳兰性德、八指头陀的部分作品。

1954

来自新西兰的国际友人路易·艾黎（Rewi Alley）翻译的《世代和平：中国诗译集》（*Peace Through the Ages, Translation from the Poets of China*）在北京出版。其中，清代诗歌部分翻译了沈德潜、赵翼的作品。

1955

洪业（William Hung）在《哈佛亚洲学报》（*Harvard Journal of Asiatic Studies*）上发表《黄遵宪的〈罢美国留学生感赋〉》（"Huang Tsun-Hsien's Poem 'The Closure of The Educational Mission in America'"）一文。

1956

阿瑟·韦利（Authur Waley）的《袁枚：18 世纪的中国诗人》（*Yuan Mei: Eighteenth Century Chinese Poet*）在伦敦出版。此书是首部系统地向西方译介、评述这一清代著名诗人生平及作品的著作。

洪业在《哈佛亚洲学报》上发表《钱大昕的三首有关元代历史的诗作》（"Three of Ch'ien Ta-Hsin's Poems on Yüan History"）一文。

1958

路易·艾黎翻译的《人民歌唱：中国诗歌译集续编》（*The People Sing: More Translations of Poems and Songs of the People of China*）在北京出版。此书涵盖从先秦到中国当代的诗作，清代部分翻译了吴嘉纪、纳兰性德、秋瑾等 12 位清代诗人的作品。

冯沅君的《中国古典文学简史》（*A Short History of Classical Chinese Literature*）由杨宪益、戴乃迭翻译成英语在北京外文出版社出版。

1959

D·J·克雷默（D.J. Klemer）编辑的《情诗》（*Chinese Love Poem*）在纽约出版，该书与彼得·保佩尔出版社在 1942 年出版的《中国情诗：上古到现代》类似，其主要内容也主要来自其他译集，清代诗词部分大都收录的是亨利·哈特、吴经熊译作。

1960

英国汉学家亨利·麦克里维（Henry McAleavy）在伦敦出版了《苏曼殊：中日天才》（*Su Man-shu: a Sino-Japanese Genius*）一书。

1961

美国华裔学者陈受颐的《中国文学史导论》（*Chinese Literature: A Historical Introduction*）在纽约出版。此书的第 28、31、32 章，大致完整勾勒出了清代诗词的发展脉络。

1962

美国华裔学者刘若愚（James J. Y. Liu）的《中国诗学》（*The Art of Chinese Poetry*）在芝加哥出版。

英国汉学家戴伟士（A. R. Davis）编译的《企鹅中国诗选》（*The Penguin Book of Chinese Verse*）在巴尔的摩出版，译有多首清代诗歌，并附有诗人小传。

路易·艾黎的《反抗之诗：近代中国人民的声音》（*Poems of Revolt: Some Chinese Voices Over the Last Century*）在北京新世界出版社出版，此书大量翻译了太平天国、捻军起义、义和团运动，乃至抗日战争时期等的诗歌、民谣等作品。

1964

赖明（Ming Lai）的《中国文学史》（*A History of Chinese Literature*）出版。

1965

艾伦·艾丽（Alan Ayling）与邓肯·迈根托斯（Duncan Mackintosh）合译的《中国词选》（*A Collection of Chinese Lyrics*）出版，书中译有纳兰性德、左辅的词作。

翁聆雨（Ramon L. Y. Woon）与罗郁正（Irving Yu-cheng Lo）在《文学东西》（*Literature East & West*）一刊上发表《中国最后一个王朝的诗人与诗歌》（"Poets and Poetry of China's Last Empire"）一文。

1966

柳无忌（Wu-chi Liu）所著《中国文学概论》（*An Introduction to Chinese Literature*）在印第安纳大学出版社出版。

1967

澳大利亚华裔学者刘渭平（Liu Wei-ping）完成了以《清代诗学之发展》（"A Study of the Development of Chinese Poetic Theories in the Ch'ing Dynasty"）为题的博士论文，并顺利取得悉尼大学博士学位。

美国华裔学者、康有为的外孙罗荣邦（Lo Jung-pang）编译的《康有为：传记与论丛》（*K'ang Yu-wei: A Biography and a Symposium*）一书在亚利桑那大学出版社出版。此书除了译有康有为完整的英文年谱外，还附有六篇学术论文，其中由著名汉学家卫德明（Hellmut Wilhelm）撰写的《明夷阁诗集》（"The Poems from the Hall of Obscured Brightness"）一文，详细探讨了康有为的诗学思想及诗歌创作情况。

涂经诒（Tu Ching-i）完成了以《王国维文学批评之研究》（"A Study of Wang Kuo-wei's Literary Criticism"）的博士论文，并顺利取得了华盛顿大学博士学位。

1969

艾伦·艾丽与邓肯·迈根托斯合译的《中国词选续编》(*A Further Collection of Chinese Lyrics and Other Poems*) 出版，书中译有纳兰性德词一首。

涂经诒在《华裔学志》(*Monumenta Serica*) 上发表《王国维研究：积极形式下的保守主义》("CONSERVATISM IN A CONSTRUCTIVE FORM ： THE CASE OF WANG KUO-WEI 王國維 (1877-1927).") 一文。

1970

美国诗人王红公（Kenneth Rexroth）翻译的《爱与流年：中国诗百首续编》(*Love and the Turning Year：One Hundred More Poems from the Chinese*) 在纽约出版，书中译有吴伟业、王士禛、袁枚、蒋士铨等人的诗歌。

涂经诒（Tu Ching-I）翻译并评注的王国维的《人间词话》(*Poetic Remarks in The Human World, Jen Chien Tz'u Hua*) 在台湾中华书局出版。

1971

林理彰（Richard John Lynn）在著名学者刘若愚（James J. Y. Liu）的指导下，完成了以《传统与综合：作为诗人和诗论家的王士禛》("Tradition and Synthesis：Wang Shih-chen as a Poet and Critic") 为题的博士论文，顺利获得斯坦福大学的博士学位。

1972

柳无忌（Liu Wu-chi）的《苏曼殊》(*Su Man-shu*) 在波士顿出版。

著名翻译家白芝（Cyril Birch）编译的《中国文学选集：自14世纪到当代》(*Anthology of Chinese Literature：From the 14th Century to the Present Day*) 一书在纽约出版。清代诗词在全书所占比重颇大。

王红公与钟玲合作编译的《兰舟：中国女诗人》(*Orchid Boat: Women Poets of China*) 在纽约出版，译有邵飞飞、王微、贺双卿、孙云凤、吴藻、秋瑾等多位清代女诗人的作品。

1973

由高克毅（George kao）、宋淇（Stephen C. Soong）主编、由香港中文大学主办的以中国文学英译为主要内容的《译丛》(*Renditions*) 一刊正式开始出版发行，一直延续至今，汇聚了一大批优秀译者，为中国文学的海外传播做出了巨大贡献。除了常规刊物外，该刊还择选重要刊期以书籍形式出版。

车洁玲（Doris Kit-ling Che）在香港大学完成题为《钱谦益论诗》（"Ch'ien Ch'ien-I (1582-1664) on Poetry"）的硕士论文，并顺利取得该校硕士学位。

马汉茂（Helmut Martin）在《远东学报》（*Oriens Extremus*）一刊上发表《1897-1917 年期间中国文学的过渡性概念：梁启超论诗歌改革、历史戏剧以及政治小说》（"A Transitional Concept of Chinese Literature 1897-1917：Liang Ch'i-Ch'ao on Poetry-Reform, Historical Drama and the Political Novel"）一文。

1974

亨利·哈特（Henry H. Hart）翻译的《卖炭翁》（*The Charcoal Burner, and Other Poems：Original Translations from the Poetry of the Chinese*）在俄克拉荷马大学出版社出版。其中，涉及到的清代诗人有纳兰性德、袁枚、查慎行等。

1975

柳无忌、罗郁正主编的《葵晔集：中国诗歌三千年》（*Sunflower Splendor：Three Thousand Years of Chinese Poetry*）在印第安纳大学出版社出版。此书规模宏大，体例完备，基本涵盖了最重要的清代诗词作者。

刘若愚（James J. Y. Liu）的《中国文学理论》（*Chinese Theories of Literature*）在芝加哥出版。

黄秀魂（Shirleen S. Wong）的《龚自珍》（*Kung Tzu-chen*）在波士顿出版。

林理彰的长文《正与悟：王士禛诗歌理论及其先行者》（"Orthodoxy and Enlightenment：Wang Shih-chen's Theory of　Poetry and Its Antecedents"）收录在狄培理（W. T. de Bary）主编的《新儒学的展开》（*The Unfolding of Neo-Confucianism*）论文集中。

叶嘉莹（Chia-ying Yeh Chao）在《哈佛亚洲学报》（*Harvard Journal of Asiatic Studies*）上发表《常州词派的词学批评》（"The Ch'ang-Chou School of Tz'u Criticism"）一文。此文后收入李又安（Adele A. Rickett）1978 年在普林斯顿大学出版社出版的《中国文学观：从孔夫子到梁启超》（*Chinese Approaches to Literature from Confucius to Liang Ch'i-Chao*）中。

1976

黄维樑（Wong Wai-Leung）在俄亥俄州立大学完成题为《中国印象式批评：诗话传统研究》（"Chinese Impressionistic Criticism：A Study of the Poetry-

Talk Tradition")的博士论文。

唐安石（John A. Turner）翻译的《中诗英译金库》(*A Golden treasury of Chinese poetry: 121 classical poems*) 在香港中文大学出版社出版，书中译有纳兰性德、袁枚、赵翼、李调元四位清人的诗词作品。

艾伦·艾丽与邓肯·迈根托斯合译的《画屏: 中国词选》(*A Folding Screen: Selected Chinese Lyrics from T'ang to Mao Tse-tung*) 出版，书名典出苏轼的《行香子》(一叶轻舟) 一词，书中译有纳兰性德词一首。

孟克文（Christian F. Murck）主编的《艺术家与传统: 中国文化中的复古运动》(*Artists and Traditions: Uses of the Past in Chinese Culture*) 一书在普林斯顿大学出版社出版，收入刘若愚的《清初诗学的传统与创造》("Tradition and Creativity in Early Ch'ing Poetics")，高友工、梅祖麟合写的《王士禛七绝的结句: 清代的惯例和创造力》("Ending Lines in Wang Shih-chen's 'Ch'i-Chueh': Convention and Creativity in the Ch'ing") 两篇论及清代诗学的文章。

1977

李又安（Adele A. Rickett）的《王国维的〈人间词话〉》(*Wang Kuo-Wei's Jen-Chien Tz'u-Hua, A Study in Chinese Literary Criticism*) 在香港大学出版社出版。

1978

林理彰的《传统与个人: 明清时代的元诗观》("Tradition and the Individual: Ming and Ch'ing Views of Yüan Poetry") 发表在缪文杰（Ronald C. Miao）主编的《中国诗歌与诗学研究》(*Studies in Chinese Poetry and Poetics*) 一书上。

李又安（Adele A. Rickett）编辑的《中国文学观: 从孔夫子到梁启超》(*Chinese Approaches to Literature from Confucius to Liang Ch'i-Chao*) 一书在普林斯顿大学出版社出版，其中收录有黄兆杰对王夫之诗论、叶嘉莹对常州词派的研究论文。

朱门丽（Madeline Men-li Chu，音译）在亚利桑那大学完成了题为《词人陈维崧》("Ch'en Wei-sung, the Tz'u Poet") 的博士论文，顺利取得博士学位。这是英语世界第一篇研究陈维崧及其词作的专著。

赖嘉年（Monica Lai）、赖恬昌（T.C. Lai）二人合译的《牧牛儿及其他诗》

（*The Young Cowherd and Other Poems*）在香港出版，书名取自陆游的《牧牛儿》（溪深不须忧）一诗。清代部分译有袁枚诗 3 首、黄景仁诗 1 首；此外，还有若干清代的题画诗。

1979

刘若愚的《中国文学艺术精华》（*Essentials of Chinese Literary Art*）在达克斯伯里出版社（Duxbury Press）出版。

刘若愚的《中国诗歌里的时间、空间和自我》（"Time, Space, and Self in Chinese Poetry"）一文在《中国文学》（*Chinese Literature: Essays, Articles, Reviews*）发表。

林理彰的《中国文学：西欧语言书目简编》（*Chinese Literature: A Draft Bibliography in Western European Languages*）在澳大利亚国立大学出版社出版。

黄秀魂在《华裔学志》（*Monumenta Serica*）上发表《对历史的讽刺性反思：清代咏史诗》（"Ironic Reflections on History: Some Yung-shih Shih of Ch'ing Period"）一文。

1980

宋淇编译的《无乐之歌：中国词》（*Song without Music: Chinese Tz'u Poetry*）在香港中文大学出版社出版，此书其实是《译丛》杂志第 11、12 期合辑以实体书的形式出版而成的，其中附有吴经熊所译的纳兰性德词 11 首，而这 11 首纳兰词最早由吴经熊以"李德兰"的笔名在《天下》月刊上发表。另，本书还节译了清人张宗橚《词林纪事》一书。

C·H·克沃克（C.H. Kwock）和文森特·迈克休（Vincent McHugh）合作翻译的《有朋自远方来：中国古诗 150 首》（*Old Friend from Far Away: 150 Chinese Poems from the Great Dynasties*）在旧金山出版。书中译有赵翼、袁枚、郑燮三人的诗词作品。

阿力奇·巴恩斯通（Aliki Barnstone）和威利斯·巴恩斯通（Willis Barnstone）合作编写的《古今女诗人选集》（*Book of Women Poets from Antiquity to Now*）在纽约出版，译文皆选自其他译者的译本。其中，书中所收录的清代女诗人的作品都出自王红公与钟玲合译的《兰舟：中国女诗人》一书。

马克·赖（Mark Lai）、珍妮·李（Genny Lim）等人编译的《埃崙诗集》（*Poetry and History of Chinese Immigrants on Angel Island 1910-1940*）在华盛

顿大学出版社出版，收录、翻译了 1910-1940 年中国移民在位于旧金山湾的天使岛所作的诗词作品。

1981

王靖献（C.H. Wang）的《陈寅恪的诗歌之路：一个历史学家的进步》（"Ch'en Yin-K'o's Approaches to Poetry: A Historian's Progress."）一文在《中国评论》（*Chinese Literature: Essays, Articles, Reviews*）发表。

余宝琳（Pauline Yu）的《隐喻和中国诗歌》（"Metaphor and Chinese Poetry."）在《中国评论》（*Chinese Literature: Essays, Articles, Reviews*）上发表。

澳大利亚学者黄乐嫣（Gloria Davies）在墨尔本大学完成题为《梁启超与澳大利亚华人》（"Liang Qichao and the Chinese in Australia"）的本科论文，并获得荣誉学士学位。在该论文中，作者在详细研究梁启超在澳大利亚期间活动的同时，还翻译、注释了多首梁启超在澳大利亚期间所作的诗歌。

1982

刘若愚的《中国古诗评析》（*The Interlingual Critic: Interpreting Chinese Poetry*）在印第安纳大学出版社出版。

卜松山（Karl-heinz Pohl）在多伦多大学完成题为《郑板桥：诗人、画家及书法家》（"Cheng Pan-ch'iao, 1693-1765, Poet, Painter and Calligrapher"）的博士论文，顺利取得博士学位。

蒋英豪（Ying-ho Chiang）在加州大学洛杉矶分校完成题为《庚子之变的文学反应》（"Literary Reactions to the Keng-tzu Incident [1900]"）的论文，并顺利取得博士学位。

澳大利亚华裔学者刘渭平的《晚清的诗界革命：价值重估》（"The Poetry Revolution of the Late Ch'ing Period: A Reevaluation"）发表在戴伟士（A. R. Davis）等主编的《南方：澳大利亚东方学会成立 25 周年纪念文集》（*Austrina: Essays in Commemoration of the Twenty-Fifth Anniversary of the Founding of the Oriental Society of Australia*）一书上。

1984

魏斐德（Frederic Wakeman）在《亚洲研究杂志》（*The Journal of Asian Studies*）上发表《中国十七世纪的浪漫者、禁欲者以及殉道者》（"Romantics,

Stoics, and Martyrs in Seventeenth-Century China"）一文。

1985

宋淇编译的《知音集：中国诗与诗学》（*A Brotherhood in Song： Chinese Poetry and Poetics*）在香港中文大学出版社出版，此书其实是《译丛》杂志第21、22 期合辑以实体书的形式出版而成的，译有张问陶、赵翼、舒位等清人所作的若干首论诗诗（Poems on Poetry）。

1986

罗郁正（Irving Yucheng Lo）、舒威霖（William Schultz）主编的《待麟集：清代诗词选》（*Waiting for the Unicorn： Poems and Lyrics of China's Last Dynasty, 1644-1911*）在印第安纳大学出版社出版。此书是英语世界首部专门的清代诗词译集，是清代诗词创作风貌在异域首次集中的展示，具有十分重要的意义。

齐皎瀚（Jonathan Chaves）编译的《哥伦比亚元明清诗选》（*The Columbia Book of Later Chinese Poetry： Yuan, Ming and Ch'ing Dynasties*）在纽约哥伦比亚大学出版社出版。

齐皎瀚在《哈佛亚洲学报》（*Harvard Journal of Asiatic Studies*）上发表题为《吴嘉纪诗中的道德行为》（"Moral Action in the Poetry of Wu Chia-Chi"）的长篇论文。

美国汉学家倪豪士（William H. Nienhauser Jr.）编撰的《印第安那中国文学指南》（*The Indiana Companion to Traditional Chinese Literature*）在印第安纳大学出版社出版，这本工具书性质的由西方多位优秀学者合力编写完成，广泛吸收了当时中、日、英、德、法等多种语言的最新汉学成果，全书分为"专论"（Essays）及"词条"（Entries）两部分，前者包括了对中国诗歌、文学批评等内容的专题论文，后者基本涵盖了清代诗词最重要的作者及作品。

《明清诗文选》（*Poetry and Prose of the Ming and Qing*）一书在《中国文学》杂志社的"熊猫丛书"系列之下出版，书中收有龚自珍的 10 首诗作，皆由杨宪益先生翻译而成。

丁祖馨和拉斐尔（Burton Raffel）合译的《中国诗歌精华：从〈诗经〉到当代》（*Gems of Chinese Poetry： From The Book of Song to the Present*）在辽宁大学出版社出版，书中译有吴伟业、纳兰性德、袁枚、林则徐、龚自珍等清人诗词若干首。

波娜（Joey Bonner）的《王国维：一位知识分子的传记》（*Wang Kuo-wei：*

An Intellectual Biography）在哈佛大学出版社出版。

1987

朱门丽在《中国文学》（*CLEAR*）上发表《传统与创新的互动：十七世纪词体的复兴》（"Interplay between Tradition and Innovation：The Seventeenth Century Tz'u 詞 Revival"）一文。

余宝琳（Pauline Yu）的《中国诗歌传统的意象解读》（*The Reading of Imagery in the Chinese Poetic Tradition*）在普林斯顿大学出版社出版。

黄兆杰（Wong Siu-kit）翻译并评注的王夫之的《姜斋诗话》（*Notes on Poetry from the Ginger Studio*）在香港中文大学出版社出版。

1988

刘若愚的遗著《语言·悖论·诗学：中国视角》（*Languages-Paradox-Poetics: A Chinese Perspectives*）由林理彰整理后，在普林斯顿大学出版社出版。

蒲思棠（Donald Edmond Brix）在南加州大学完成了题为《梅清（1623-1697）的人生与艺术》（"The Life and Art of Mei Qing"）的论文，并顺利取得硕士学位。

齐皎瀚的《钱谦益的黄山诗：作为游记的诗歌》（"The Yellow Mountain Poems of Ch'ien Ch'ien-i (1582-1664)：Poetry as Yu-Chi"）在《哈佛亚洲学报》（*Harvard Journal of Asiatic Studies*）上发表。

孙康宜（Kang-i Sun Chang）在《哈佛亚洲学报》（*Harvard Journal of Asiatic Studies*）上发表《吴伟业的"面具"观》（"The Idea of The Mask in Wu Wei-Yeh [1609-1671]"）一文。

1989

阿列森·哈莱·布莱克（Alison Harley Black）的《王夫之哲学思想中的人和自然》（*Man and Nature in Philosophical Thought of Wang Fu-chih*）在华盛顿大学出版社出版。

高彦颐（Dorothy Ko）在斯坦福大学完成题为《十七世纪中国女性社会史》（"Toward a Social History of Women in Seventeenth Century China"）的论文，并顺利获得博士学位。

苏堂棣（Donald S. Sutton）的《文人的虔诚：从盛唐到盛清的马援崇拜》（"A Case of Literati Piety：The Ma Yuan Cult from High-Tang to High-Qing."）

在《中国文学》（CLEAR）发表，译有多位清代诗人以伏波将军马援为主题的作品。

魏爱莲（Ellen Widmer）在《清史问题》（*Late Imperial China*）一刊上发表《十七世纪才女的书信世界》（"The Epistolary World of Female Talent in Seventeenth-Century China"）一文。

文殊选注的《诗词英译选》在外语教学与研究出版社出版，选有纳兰性德、徐兰、黄景仁、龚自珍等清人作品，译文皆出自其他译者之手。

1990

麦大伟（David R. McCraw）的《十七世纪中国词人》（*Chinese Lyricists of the Seventeenth Century*）在夏威夷大学出版社出版。此书体例与作者的导师刘若愚先生的《北宋主要词人》（*Major Lyricists of the Northern Song*）的研究方法相近，主要选取了陈子龙、吴伟业、王夫之、陈维崧、朱彝尊以及纳兰性德这六位词人，进行了详细的翻译、研究和比较。

1991

孙康宜（Kang-i Sun Chang）的《情与忠：陈子龙、柳如是诗词因缘》（*The Late-Ming Poet Ch'en Tzu-lung：Crises of Love and Loyalism*）在耶鲁大学出版社出版。

1992

宇文所安（Stephen Owen）的《中国文论：英译与评论》（*Reading in Chinese Literary Thought*）在哈佛大学出版社出版，收录的清代诗论有王夫之的《夕堂永日绪论》、《诗绎》以及叶燮《原诗》。

卜松山在《通报》（*T'oung Pao*）上发表《叶燮之〈原诗〉》（"Ye Xie's 'On the Origin of Poetry' (Yuan Shi). A Poetic of the Early Qing"）一文。

白润德（Daniel Bryant）的《古南京的句法、语音、情感：王士禛的〈秦淮杂诗〉》（"Syntax, Sound, and Sentiment in Old Nanking：Wang Shih-Chen's 'Miscellaneous Poems on the Ch'in-Huai.'"）在《中国文学》（CLEAR）发表。

高彦颐（Dorothy Ko）在《清史问题》上发表《追求才与德：十七、十八世纪中国的教育和女性文化》（"Pursuing Talent and Virtue：Education and Women's Culture in Seventeenth- and Eighteenth-Century China"）一文。

雷迈伦（Maureen Robertson）在《清史问题》上发表《表达女性：中期及

晚期帝制中国女性诗词中性别化主题的建构》（"Voicing the Feminine：Constructions of the Gendered Subject in Lyric Poetry by Women of Medieval and Late Imperial China"）一文。

魏爱莲在《清史问题》一刊上发表《小青的文学遗产以及女性作家在晚期帝制中国的位置》（"Xiaoqing's Literary Legacy and the Place of the Woman Writer in Late Imperial China"）一文。

玛丽·布鲁诺（Marie F. Bruneau）在《清史问题》上发表《帝制晚期中国与现代早期欧洲的才女》（"Learned and Literary Women in Late Imperial China and Early Modern Europe"）一文。

谭雅伦（Marlon K. Hom）编译的《金山歌集》（*Songs of Gold Mountain：Cantonese Rhymes from San Francisco Chinatown*）在加州大学出版社出版，书中选译了 220 首北美华人在 1910-1915 年间所创作的"四十六字歌"（流行于广东及旧金山华人社群的一种民间文学体裁，用广东方言写成），并附有介绍北美移民诗歌创作历史的长篇导言。

1993

亚历克斯·普林明格（Alex Preminger）和 T·V·F·布罗根（T.V.F. Brogan）共同主编的《新编普林斯顿诗歌与诗学百科全书》（*The New Princeton Encyclopedia of Poetry and Poetics*）在普林斯顿大学出版社出版。参与该书词条撰写的都为诗学研究领域的权威专家，其中"中国诗学"词条由林理彰教授主笔，"中国诗歌"的古代部分由孙康宜（Kang-i Sun Chang）教授主笔。

王靖宇（John C.Y. Wang）主编的《清代文学批评》（*Chinese Literary Criticism of the Ch'ing period*）论文集在香港大学出版社出版，收录多篇有关清代诗学的论文，这其中就包括了林理彰的长文《王士禛的论诗诗：〈论诗绝句〉翻译及注释》（"Wang Shizhen's Poems on Poetry：A Translation and Annotation of the Lunshi jueju 論詩絕句"）。

齐皎瀚所著《本源之咏：中国画家吴历诗作中的自然与神》（*Singing of the source：Nature and God in the poetry of the Chinese Painter Wu Li*）在夏威夷大学出版社出版，本书从文学的角度对清初画家、诗人、天主教传教士吴历的诗作进行了系统的翻译和研究。

美国韩裔汉学家柳亨奎（Hyong Gyu Rhew）在普林斯顿大学完成了题为《陈衍与同光体诗论》（"Ch'en Yen (1856-1937) and the Theory of T'ung-kuang

Style Poetry"）的博士论文，顺利取得博士学位。

艾尔希·蔡（Elsie Choy）的《祈祷之叶：中国十八世纪的农妇诗人贺双卿的生平及诗作》（*Leaves of Prayer: The Life and Poetry of He Shuangqing, a Farmwife in Eighteen-century China*）在香港中文大学出版社出版。此书翻译了史震林《西青散记》的若干片段，还译有贺双卿大部分的诗作与词作。

1994

加拿大汉学家施吉瑞（Jerry D. Schmidt）所著《人境庐内：黄遵宪其人其诗考》（*Within the Human Realm: The Poetry of Huang Zunxian, 1848-1905*）在剑桥大学出版社出版。

美国汉学家梅维恒（Victor Mair）编写的《哥伦比亚中国古典文学选集》（*The Columbia Anthology of Traditional Chinese Literature*）在纽约哥伦比亚大学出版社出版。

杰罗姆·P·西顿（Jerome P. Seaton）与丹尼斯·马洛尼（Dannis Maloney）合作编译的《浮舟：中国禅诗集》（*A Drifting Boat: An Anthology of Chinese Zen Poetry*）在纽约出版。该书大量翻译了从唐前到民初的禅诗，清代部分翻译了袁枚、敬安、苏曼殊等人的作品。

许渊冲的《不朽之歌：中国古诗选》（*Songs of the Immortals: An Anthology of Classical Chinese Poetry*）企鹅出版社出版，书中译有吴伟业、纳兰性德、袁枚、曹雪芹的诗词作品若干首。

余宝琳编选的《中国词之声》（*Voices of the Song Lyric in China*）在加州大学出版社出版，这是英语世界非常重要的一本词学论文集，收录有宇文所安、林顺夫、白润德等人的词学专论文章。其中，关于清代词，有孙康宜的《柳是和徐灿的比较：阴性风格或是女性意识？》（"Liu Shih and Hsü Ts'an: Feminine or Feminist?"）和叶嘉莹的《论王国维词——从我对王氏境界说的一点新理解谈王词的评赏》（"Wang Kuo-wei's Song Lyrics in the Light of His Own Theories"）两篇文章；其中，后文亦收入 1998 年哈佛大学亚洲中心（Harvard University Asia Center）出版的《中国诗歌论集》（*Studies in Chinese Poetry*）一书中。

高彦颐（Dorothy Ko）的《闺塾师：明末清初江南的才女文化》（*Teachers of the Inner Chambers: Women and Culture in Seventeenth-Century China*）在斯坦福大学出版社出版。

加拿大汉学家方秀洁（Grace S. Fong）的《刻写情欲：朱彝尊之〈静志居琴趣〉》（"Inscribing Desire：Zhu Yizun's Love Lyrics in Jingzhiju Qinqu"）一文在《哈佛亚洲学报》（*Harvard Journal of Asiatic Studies*）上发表。

管佩达（Beata Grant）在《清史问题》一刊上发表《何谓我？何谓彼？一位十八世纪佛教女信徒的诗歌》（"Who is this I? Who is that Other? the Poetry of an Eighteenth Century Buddhist Laywoman"）一文，主要翻译、研究乾隆时期的女诗人陶善的创作情况。

1996

宇文所安的《诺顿中国文选：从初始到 1911 年》（*An Anthology of Chinese Literature：Beginnings to 1911*）在纽约出版，全书共计 1200 余页，选取了从先秦至清代以诗歌为主的各类文体作品 600 余种。清代诗词方面译有顾炎武、吴伟业、王士禛、纳兰性德、赵翼、黄景仁、龚自珍、黄遵宪、秋瑾、王国维的作品，基本上涵盖了有清一代最重要的诗词作家及其代表性作品。

史明飞（Mingfei Shi，音译）在印第安纳大学完成题为《诗歌·书法·绘画：郑燮与朱耷的"兴"之美学》（"Poetry-Calligraphy-Painting: The Aesthetics of Xing in Zheng Xie and Zhu Da"）的论文，并顺利取得博士学位。

邓腾克（Kirk A. Denton）编译的《现代中国文学思想：论文学（1893-1945）》（*Modern Chinese Literary Thought：Writing on Literature, 1893-1945*）在斯坦福大学出版社出版，译有黄遵宪的《〈人境庐诗草〉自序》一文。

1997

杰罗姆·P·西顿编译的《不拜佛：袁枚诗歌选集》（*I Don't Bow to Buddhas: Selected Poems of Yuan Mei*）在 Copper Canyon Press 出版，共计译有袁枚的 104 首诗歌。

许渊冲在北京大学出版社出版《元明清诗一百五十首》（*Golden Treasury of Yuan, Ming, Qing Poetry*），译有钱谦益、吴伟业、王士禛、叶燮等清人诗词，篇目选择和译介较为全面，非常系统。此书在 2008 年由中国对外翻译出版公司以《元明清诗》为题再版，篇目、内容皆无变化。2015 年，海豚出版社出版了题为《元明清诗：汉英对照》一书，选入清人诗词数量减少，为上述两书的删减版。

林理彰的《"斯文"与黄遵宪使日经历》（"This Culture of Ours 斯文 and Huang Zunxian's 黄遵宪 Literary Experiences in Japan"）一文在《中国文学》

（*CLEAR*）上发表。

林理彰的《一位 19 世纪中国人的跨文化视野：黄遵宪在日本（1877-82）》（"A 19th Century Chinese Cross-Cultural Perspective: Huang Zunxian 黄遵宪 in Japan (1877-82)"）发 表 在《加 拿 大 比 较 文 学 评 论》（*Canadian Review of Comparative Literature*）上。

魏爱莲（Ellen Widmer）和孙康宜（Kang-i Sun Chang）主编的《晚期帝制中国的女性作家》（*Writing Women in Late Imperial China*）在斯坦福大学出版社。

美国汉学家曼素恩（Susan Mann）的《缀珍录：十八世纪及其前后的中国妇女》（*Precious Records: Women in China's Long Eighteenth Century*）在斯坦福大学出版社出版。

伊维德（Wilt Idema）和汉乐逸（Lloyd Haft）合著的《中国文学导论》（*A Guide to Chinese Literature*）英文版在密歇根大学出版。此书原由荷兰文写成，1985 年在荷兰出版。

由胡志德（Theodore Huters）、王国斌（R. Bin Wong）、余宝琳（Pauline Yu）三人主编的《中国历史中的文化与政府：习俗、调解与批评》（*Culture & State in Chinese History: Conventions, Accommodations, and Critiques*）在斯坦福大学出版社出版。其中，有三篇文章涉及清代诗词：余宝琳的《帝制晚期中国的经典形成》（"Cannon Formation in Late Imperial China"）、宇文所安的《拯救诗歌：有清一代的"诗意"》（"Salvaging Poetry: The 'Poetic' in the Qing"）、孙康宜的《明清女性诗人和"才"与"德"的概念》（"Ming-Qing Women Poets and the Notions of 'Talent' and 'Mortality'"）。

罗彬（Robyn Hamilton）的《追名：骆绮兰（1775-1813?）与十八世纪江南地区有关女性与才华的争论》（"The Pursuit of Fame: Luo Qilan (1775-1813?) and the Debates about Women and Talent in Eighteenth-Century Jiangnan"）发表在《清史问题》一刊上。

吴伏生在《华裔学志》（*Monumenta Serica*）上发表《中国诗歌传统的颓废观念》（"THE CONCEPT OF DECADENCE IN THE CHINESE POETIC TRADITION."）一文。

蔡宗齐（Zongqi Cai）在《华裔学志》（*Monumenta Serica*）上发表《重新认识"情"：晚清时期传统文学批评的转化》（"THE RETHINKING OF

EMOTION : THE TRANSFORMATION OF TRADITIONAL LITERARY CRITICISM IN THE LATE QING ERA.")一文。

1998

1998 年哈佛大学亚洲中心（Harvard University Asia Center）出版《中国诗歌论集》（*Studies in Chinese Poetry*），此书收录有十七篇论文，乃是叶嘉莹与美国著名汉学家海陶玮（James R. Hightower）多年合作研究的产物。其中，由叶嘉莹所作文章有 13 篇，由海陶玮所作文章有 4 篇。叶嘉莹文章中有 6 篇以清词为研究对象，分别为《论陈子龙词——从一个新的理论角度谈令词之潜能与陈子龙词之成就》（"Chen Zilong and the Renascence of the Song Lyric"）、《常州词派比兴寄托之说的新检讨》（"The Changzhou School of 'Ci' Criticism"）、《静安先生之性格》（"Wang Guowei's Character"）、《论王国维词——从我对王氏境界说的一点新理解谈王词的评赏》（"Wang Guowei's Song Lyrics in Light of His Own Theories"）、《说静安词〈浣溪沙〉一首》（"An Interpretation of a Poem by Wang Guowei"）、《王国维〈人间词话〉的理论与实践》（"Practice and Principle in Wang Guowei's Criticism"）。2014 年南开大学出版的《中英参照迦陵诗词论稿》（第二版）将《中国诗歌论稿》中叶嘉莹的 13 篇文章尽数收入，并附有各篇论文的中文原文。

美国翻译家赤松（Red Pine）和迈克·奥康纳（Mike O'Connor）合编的《云应知我：中国诗僧集》（*The Clouds Should Know Me by Now : Buddhist Poet Monks of China*）在波士顿出版，清代部分译有石树、敬安的作品。

林理彰的《黄遵宪与明治时期日本文人的交往》（"Huang Zunxian 黄遵憲 (1848-1905) and His Association with Meiji Era Japanese Literati (Bunjin 文人)"）在《日本评论》（*Japan Review : Bulletin of the International Research Center for Japanese Studies*）上发表。

余宝琳的《绘制中国诗歌的风景》（"Charting the Landscape of Chinese Poetry."）一文发表在《中国评论》（*Chinese Literature: Essays, Articles, Reviews*）上。

宋汉理（Harriet Zurndorfer）主编的《帝制时期的中国女性：新视角》（*Chinese Women in the Imperial Past : New Perspectives*）在博瑞出版社出版。

澳大利亚学者萧红（Lily Xiaohong Lee）、刘咏聪（Clara Wing-chung Ho）等人合作编写的《中国妇女传记辞典·清代卷》（*Biographical Dictionary of*

Chinese Women, the Qing period, 1644-1911）在纽约 M.E. Sharpe Inc 出版，该书收录接近 200 名清代妇女的传记，极大地弥补了恒慕义《清代名人传略》中仅收有 9 名女性的缺憾，是一本兼有实用功能和学术价值的工具书。

严志雄（Lawrence Chi-hung Yim）在耶鲁大学完成题为《明清之际历史记忆的诗学：钱谦益晚期诗歌研究》（"The Poetics of Historical Memory in the Ming-Qing Transition：A Study of Qian Qianyi's (1582-1664) Later Poetry"）的博士论文，并顺利取得该校博士学位。

罗溥洛与金善姬合作完成的《才女、虚构与边缘：妮珂莱特与双卿》（"Literary Women, Fiction, and Marginalization：Nicolette and Shuangqing"）一文在《比较文学研究》（Comparative Literature Studies）一刊上发表。

1999

孙康宜（Kang-i Sun Chang）与苏源熙（Haun Saussy）合作编写的《中国历代女作家选集：诗歌与评论》（Women Writers of Traditional China：An Anthology of Poetry and Criticism）在斯坦福大学出版社出版。这部具有开创性意义的选集，为英语世界的读者展现了中国女性写作的整体风貌，收录了从汉代到清代的 130 多位女性的诗作；其中，清代女性作家所占比重极大。

赵雪莹（Suet Ying Chiu）在加州州立大学长滩分校完成题为《郑燮的政治观：从他的文学与艺术作品中探析》（"The Political Views of Zheng Xie (1693-1765)：An Analysis Through His Literary and Artistic Works"）的论文，并顺利取得硕士学位。

李惠仪（Wai-yee Li）在《哈佛亚洲学报》上发表《英雄变形：清初文学中女性与国难》（"Heroic Transformations：Women and National Trauma in Early Qing Literature"）一文。

2000

梅维恒主编的《哥伦比亚中国古典文学选集简编》（The Shorter Columbia Anthology of Traditional Chinese Literature）在纽约的哥伦比亚大学出版社出版。该书是《哥伦比亚中国古典文学选集》的缩略版，涉及清代诗词的部分有所删减。

方秀洁在《男女》（NAN NÜ：Men, Women and Gender in China）一刊上发表《书写自我、书写人生：沈善宝性别化自传/传记的书写实践》（"Writing Self and Writing Lives：Shen Shanbao's (1808-1862) Gendered Auto/Biographical

Practices"）一文。

舒威霖（William Schultz）的《论郑珍的用诗》（"Zheng Zhen and the Uses of Poetry"）一文被收入王成勉主编的《明清文化新论》（台北：文津出版社，2000 年）一书中。

李小荣（Xiaorong Li）在加拿大麦吉尔大学完成题为《女性文学中的女性：李淑仪和她的性别化投射》（"Woman Writing about Women：Li Shuyi (1817-?) and Her Gendered Project"）的论文，并顺利取得硕士学位。

2001

梅维恒编写的《哥伦比亚中国文学史》（*The Columbia History of Chinese Literature*）在纽约哥伦比亚大学出版社出版。其中，清诗部分由林理彰和白润德合作完成，清词部分由麦大伟执笔。

美国汉学家罗溥洛（Paul S. Ropp）的《女谪仙：寻找双卿，中国的农民女诗人》（*Banished Immortal：Searching for Shuangqing, China's Peasant Woman Poet*）在密歇根大学出版社出版，作者探访了贺双卿的身世与创作之谜，并在书中部分翻译了记载这位清初才女主要事迹的《西青散记》。

曼素恩和程玉茵合编的《在儒家视野下：中国历史中的性别书写》（*Under Confucian eyes：Writings on gender in Chinese history*）一书在加州大学出版社出版，广泛编译了自唐至清的有关性别论题的作品。

罗溥洛（Paul Stanley Ropp）、曾佩琳（Paola Zamperini）、宋汉理（Harriet Thelma Zurndorfer）三人主编的《烈女：晚期帝制中国的女性自杀》（*Passionate women：Female suicide in late imperial China*）一书在博睿出版社出版。

澳大利亚学者黄乐嫣（Gloria Davies）在《东亚历史》（East Asian History）一刊上发表《梁启超在澳大利亚：一段无意义的逗留？》（"Liang Qichao in Australia：A Sojourn of No Significance?"）一文。

夏颂（Patricia Sieber）在《华裔学志》（*Monumenta Serica*）上发表《佛教与晚明、清初诗学：以金圣叹为例》（"GETTING AT IT IN A SINGLE GENUINE INVOCATION TANG ANTHOLOGIES, BUDDHIST RHETORICAL PRACTICES, AND JIN SHENGTAN'S (1608-1661) CONCEPTION OF POETRY"）一文。

2002

林理彰的《黄遵宪〈日本杂事诗〉中的明治时代文化》（"Aspects of Meiji

Culture represented in the Poetry and Prose of Huang Zunxian's *Riben zashi shi* ")
一文在傅佛果（Joshua A. Fogel）和詹姆斯·C·巴克斯特（James C. Baxter）
主编的《史料编纂与日本人的价值与规范意识》（*Historiography and Japanese Consciousness of Values and Norms*）一书中发表。

孙康宜的《明清女诗人与文化"双性同体"》（"Ming-Qing Women Poets and Cultural Androgyny"）一文在陈鹏翔（Chen Peng-hsiang）和维特尼·克罗瑟斯·迪力（Whitney Crothers Dilley）合编的《中国文学中的女权主义/女性气质》（*Feminism/femininity in Chinese literature*）上发表。

齐皎瀚的《吴历与中国第一首基督诗》（"Wu Li (1632-1718) and the First Chinese Christian Poetry."）一文在《美国东方学会会刊》（*Journal of the American Oriental Society*）上发表。

达瑞尔·卡梅伦·斯特克（Darryl Cameron Sterk）在多伦多大学完成《王士禛的禅林诗评：讨论和翻译》（"Chan Grove Remarks on Poetry by Wang Shizhen: A Discussion and Translation"）的论文，并顺利取得硕士学位。

唐小兵（Xiaobing Tang）的《中国现代文学开端的"诗界革命"、殖民和形式》（"'Poetic Revolution', Colonization, and Form at the Beginning of Modern Chinese Literature"）收入由沙培德（Peter Zarrow）、瑞贝卡·卡尔（Rebecca E. Karl）主编的《反思1898年改革：晚清的政治与文化变迁》（*Rethinking the 1898 Reform Period: Political and Cultural Change in Late Qing China*）一书中。

2003

施吉瑞（Jerry D. Schmidt）所著《随园：袁枚的生平、文学批评及诗歌》（*Harmony Garden: The Life, Literary Criticism, and Poetry of Yuan Mei*）在劳特利奇出版社（Routledge）出版。

梅尔清（Tobie Meyer-Fong）的《清初扬州文化》（*Building Culture in the Early Qing Yangzhou*）在斯坦福大学出版社出版。作者围绕红桥、文选楼、平山堂以及天宁寺等扬州名胜，展示了明末清初之际江南地区文人之间交游、创作的情况。

管佩达（Beata Grant）选译的《空门之女：中国女尼诗歌集》（*Daughters of Emptiness: Poems of Chinese Buddhist Nuns*）在波士顿出版，该书选译了48位中国女尼的诗作，上起六朝，下迄清末，附有诗人生平简介，较为全面地展现了她们的精神世界和生活。

林理彰的《黄遵宪与明治时期日本文人的交往（第二节：明治时代早期汉诗经典的形成）》（"Huang Zunxian and His Association with Meiji Era Japanese Literati (Bunjin), Part 2：Formation of the Early Meiji Canon of Kanshi."）在《日本评论》上发表，本文系作者 1998 年在该刊发表的同题论文的续篇。

孟留喜（Louis Liuxi Meng）在不列颠哥伦比亚大学完成题为《屈秉筠：袁枚女弟子之一》（"Qu Bingyun (1767-1810): One Member of Yuan Mei's Female Disciple Group"）的博士论文，并顺利取得博士学位。

王笛在《清史问题》一刊上发表《城市之韵：十九世纪竹枝词里日常的成都》（"The Rhythm of the City：Everyday Chengdu in Nineteenth-Century Bamboo-Branch Poetry"）一文。

陈建华（Jianhua Chen）在约书亚·莫斯托（Joshua Mostow）主编的《哥伦比亚现代东亚文学指南》（*The Columbia Companion to Modern East Asian Literature*）一书中撰写了《晚清诗界革命：梁启超、黄遵宪与中国文学现代性》（"The Late Qing Poetry Revolution：Liang Qichao, Huang Zunxian, and Chinese Literary Modernity"）一节。

2004

香港学人刘德爵（Lau Tak-Cheuk）翻译的《夜坐吟：中国诗选》（*Sitting Up at Night and Other Chinese Poems*）在香港中文大学出版社出版，翻译有郑燮、彭云鸿、汪轫、袁枚、赵翼以及龚自珍等清人的诗作。

伊维德（Wilt L. Idema）与管佩达合作完成的《彤管：中国帝制时代妇女作品选》（*The Red Brush：Writing Women of Imperial China*）出版，这本书展示了从汉代到清末的女性文学发展脉络，首次为英语世界的读者提供了一部体例完备、内容详实、选材精当的中国女性文学史。

舒衡哲（Vera Schwarcz）在《历史与记忆》（*History & Memory*）一刊上发表《环绕虚空：满族皇子奕譞（1840-1891）的记忆与诗歌》（"Circling the Void：Memory in the Life and Poetry of the Manchu Prince Yihuan (1840-1891)"）一文。

方秀洁在《男女》（*NAN NÜ: Men, Women and Gender in China*）一刊上发表《另类的现代性，或现代中国的古典女性：吕碧城充满挑战的一生及其词作》（"Alternative Modernities, or a Classical Woman of Modern China：The Challenging Trajectory of Lü Bicheng's [1883-1943] Life And Song Lyrics"）一

文。同年，她还在《中国文学》（*CLEAR*）上发表了《性别与经典化的失败——晚明时期女性诗集的编纂》（"Gender and the Failure of Cannonization: Anthologizing Women's Poetry in the Late Ming."）一文，在《清史问题》（*Late Imperial China*）上发表了《女性之手：中华帝国晚期及其民初妇女日常生活中作为一门知识的刺绣》（"Female Hands: Embroidery as a Knowledge Field in Women's Everyday Life in the Late Ming."）一文。此外，她还与钱南秀、宋汉理合编了《超越传统与现代：中国晚清的性别、文体及世界主义》（*Beyond Tradition and Modernity: Gender, Genre and Cosmopolitanism in Late Qing China*）一书。

加拿大学者林宗正（Tsung-cheng Lin）的《多重时间下的历史叙述：吴伟业叙事诗之研究》（"Historical Narration under Multiple Temporalities: A Study of Narrative Style in Wu Weiye's (1609-1672) Poetry."）在《亚洲文化研究》（*Asian Cultural Studies*）上发表。

吴盛青（Shengqing Wu）在加州大学洛杉矶分校完成题为《古典的抒情现代性：现代中国（1900-1937）的诗学、性别与政治》（"Classical Lyric Modernities: Poetics, Gender and Politics in Modern China [1900-1937]"）的论文，并顺利取得博士学位。同年，她的《"旧学"与吕碧城词中现代空间的女性化》（"'Old Learning' and the Refeminization of Modern Space in the Lyric Poetry of Lü Bicheng"）在《现代中国文学与文化》（*Modern Chinese Literature and Culture*）上发表。

黄巧乐（Qiaole Huang，音译）在麦吉尔大学完成题为《为女性社群写作：顾太清及其诗歌》（"Writing from within a Women's Community: Gu Taiqing (1799-1877) and Her Poetry"）的论文，并顺利取得硕士学位。

2005

美国学者托尼·巴恩斯通（Tony Barnstone）和周平(Chou Ping)合作编译的《铁锚中国诗选》（*The Anchor Book of Chinese Poetry: From Ancient to Contemporary, The Full 3000-Year Tradition*）在兰登书屋（Random House）出版，译有纪映淮、冯班、吴伟业、黄宗羲、钱澄之、纳兰性德、郑燮、袁枚、蒋士铨、赵翼、吴藻、秋瑾等清人诗词作品。

严志雄（Lawrence C.H. Yim）的长文《钱谦益之"诗史"说与明清易鼎之际的遗民诗学》（*Qian Qianyi's Theory of Shishi during the Ming-Qing*

Transition）发表在由"中央研究院"中国文哲研究所主编的《中国文哲论丛》（第一号）上。

王中兰（Chung-lan Wang, 音译）在耶鲁大学完成题为《龚贤（1619-1689）：一位十七世纪南京文人和他的审美世界》（"Gong Xian (1619-1689)：A Seventeenth-Century Nanjing Intellectual and His Aesthetic World"）的博士论文，并顺利取得博士学位。

王德威(David Der-wei, Wang)和商伟（Shang Wei）主编的论文集《朝代危机与文化创新：从晚明到晚清》（*Dynastic crisis and cultural innovation：from the late Ming to the late Qing and beyond*）在哈佛大学出版社出版。

方秀洁的《书写与母亲一家团聚之感：洪亮吉自传以及忆旧诗》（"Inscribing a Sense of Self in Mother's Family：Hong Liangji's (1746-1809) Memoir and Poetry of Remembrance"）一文在《中国文学》（*CLEAR*）上发表。

李小荣在《男女》（*NAN NÜ：Men, Women and Gender in China*）一刊上发表《激发英雄气概：明清女性的"满江红"词作》（"Engendering Heroism：Ming-Qing Women's Song Lyrics to the Tune Man Jiang Hong"）一文。

加拿大学者林宗正的《袁枚的叙事诗》（"Yuan Mei's (1716-1798) Narrative Verse"）在《华裔学志》（*Monumenta Serica*）上发表。

2006

杰罗姆·P·西顿编译的《香巴拉中国诗选》（*The Shambhala Anthology of Chinese Poetry*）在香巴拉出版社（Shambhala Publications）出版，译有顾炎武、袁枚、敬安、苏曼殊、樊增祥等清人诗词作品。

澳大利亚汉学家寇志明（Jon Eugene von Kowallis）出版《微妙的革命：清末民初的"旧派"诗人》（*The subtle revolution: poets of the" old schools" during late Qing and early Republican China*），该书主要翻译、研究了晚清汉魏六朝派、中晚唐派、宋诗派三派的诗作。

伊维德、李惠仪、魏爱莲三人主编的《清初文学的创伤与超越》（*Trauma and Transcendence in Early Qing Literature*）在哈佛大学出版，全书分"诗歌"、"散文"、"戏剧"三部分，其中"诗歌"部分由李惠仪、严志雄、孙康宜三人执笔，重点关注吴伟业、释函可以及钱谦益的诗歌创作。

李小荣（Xiaorong Li）在加拿大麦吉尔大学完成了题为《重写闺阁：明清女性的闺阁诗》（"Rewriting the Inner Chambers：The Boudoir in Ming-Qing

Women's Poetry"）的博士论文，并顺利取得了博士学位。

林宗正（Tsung-cheng Lin）完成题为《时间与叙述：中国叙事诗中的序列结构研究》（"Time and Narration: A Study of Sequential Structure in Chinese Narrative Verse"）的博士论文，并顺利取得不列颠哥伦比亚大学的博士学位。

魏白蒂（Betty Peh-T'i Wei）的《阮元：十九世纪中国鸦片战争前一位重要学者型官员的生活和工作》（*Ruan Yuan, 1764-1849: The Life And Work of a Major Scholar-official in Nineteenth Century China Before the Opium War*）一书在香港大学出版社正式出版。

任治稷、余正合译的《从诗到诗：中国古诗词英译》在外语教学与研究出版社出版，译有纳兰性德、厉鹗、黄景仁等清人诗词作品。

2007

萨姆·哈米尔（Sam Hamill）和杰罗姆·P·西顿合作编译的《禅诗集》（*The Poetry of Zen*）在香巴拉出版社出版，译有袁枚、敬安、苏曼殊的诗作。

孟留喜的《诗歌作为力量：袁枚的女弟子屈秉筠，1767-1810》（*Poetry as Power: Yuan Mei's Female Disciple Qu Bingyun, 1767-1810*）在莱克星顿出版社出版。

蔡宗齐主编的《如何阅读中国诗》（*How to Read Chinese Poetry: A Guided Anthology*）在哥伦比亚大学出版社出版，其中清代诗词部分由方秀洁执笔完成，译介有王士禛、袁枚、甘立媃等多位清人作品。

林理彰《黄遵宪〈日本杂事诗〉中的女性》（"Women in Huang Zunxian's *Riben zashi shi*"）一文在《皇家亚洲学会杂志》（*Journal of the Royal Asiatic Society*）上发表。

托尼·巴恩斯通和周平合译的《中国艳情诗》（*Chinese Erotic Poems*）在纽约出版，译有吴伟业、吴藻、樊增祥、王国维、苏曼殊等清人诗词作品。

龚景浩的《英译中国古词精选》（*Modern Rendition of Selected Old Chinese Ci-Poems*）在商务印书馆出版，译有彭孙遹、纳兰性德、郑燮、项鸿祚、顾春、蒋春霖、王国维的词作。

曼素恩的《张门才女》（*The Talented Women of the Zhang Family*）在加州大学出版社出版。作者通过常州张氏家族三代女性的人生经历，试图揭示 19 世纪清代政治、地域文化、家庭结构、性别角色以及女性文学等问题。

美国学者杰森·斯图伯（Jason Steuber）编译的《中国艺术与文学三千年》

（*China：3000 Years of Art and Literature*）在纽约出版，该书装帧华美，制作精良，附有多幅中国文物照片，按照"生与死"、"自然与环境"、"爱情与家庭"等主题分类，译有任熊、袁枚、乾隆、纳兰性德等清人诗词。

杨彬彬（Binbin Yang）完成题为《女性与疾病的美学：清代女性诗歌中的疾病》（"Women and the Aesthetics of Illness：Poetry on Illness by Qing-Dynasty Women Poets"）的博士论文，并顺利取得圣路易斯华盛顿大学的博士学位。

徐素凤（Sufeng Xu）在麦吉尔大学完成题为《青泥莲花：晚明妓女及其诗作》（"Lotus Flowers Rising from the Dark Mud：Late Ming Courtesans and Their Poetry"）的论文，并顺利取得博士学位。

方秀洁的《闺中隐士：诗人季娴，1614-1683》（"A Recluse of the Inner Quarters：The Poet Ji Xian"）一文在《现代早期女性》（*Early Modern Women*）上发表。

黄红宇（Hongyu Huang）完成题为《历史、传奇、身份：吴伟业和他的文学遗产》（"History, Romance and Identity：Wu Weiye and His Literary Legacy"）的博士论文，并顺利取得耶鲁大学博士学位。

颜子楠（Zinan Yan）在伦敦大学亚非学院完成题为《雍正帝的诗歌》（"Poetry of Emperor Yongzheng"）的论文，并顺利获得硕士学位。

孙康宜的《王士禛与文学新典范》（"Wang Shizhen (1634-1711) and the 'New' Canon"）一文在《清华学报》（*Tsing Hua Journal of Chinese Studies*）上发表。

孙康宜的《写作的焦虑：龚自珍艳情诗中的自注》（"The Anxiety of Letters：Gong Zizhen and His Commentary on Love"）一文在北京大学出版的《比较视野中的传统与现代》一书中发表。

2008

加拿大学者方秀洁（Grace S. Fong）的《卿本作家：晚期帝制中国的性别、主动力及写作》（*Herself an Author：Gender, Agency, and Writing in Late Imperial China*）在夏威夷大学出版社出版。同年，她的《私人情感、公开纪念：钱守璞的悼亡诗》（"Private Emotion, Public Commemoration：Qian Shoupu's Poems of Mourning"）在《中国文学》（*CLEAR*）上发表。此外，她还与钱南秀等人合作编辑了《话语的不同世界：清末民初性别与文体的转变》（*Different Worlds of Discourse：Transformations of Gender and Genre in Late*

Qing and Early Republican China）一书，并在其中发表了《重塑时空与主体：吕碧城的〈游庐琐记〉》（"Reconfiguring Time, Space, and Subjectivity： Lü Bicheng's Travel Writings on Mount Lu"）一文。

梅维恒的《中国美学中的联觉现象与它的印度的共鸣》（"The Synesthesia of Sinitic Esthetics and Its Indic Resonances"）一文在《中国文学》（*CLEAR*）上的发表，该文主要分析了"神韵"这一术语的含义，还将其和与它近似的印度文论概念"dhvani"进行了对比。

施吉瑞在《清史问题》上发表了题为《袁枚论女性》（"Yuan Mei on Women"）的长篇论文。

孙康宜的《金天翮与苏州诗史传统》（"Jin Tianhe and the Suzhou Tradition of Witnessing"）一文在由捷克汉学家罗然（Olga Lomova）主编的《通往现代性之路: 普实克教授纪念论文集》（*Path Toward Modernity: A Conference Volume in Commemoration of Jaroslav Prusek*）一书中发表。

杨昊昇（Haosheng Yang）在哈佛大学完成题为《现代性的前现代曲调：郁达夫、郭沫若和周作人的旧体诗创作》（"A Modernity in Pre-Modern Tune： Classical-style Poetry of Yu Dafu, Guo Moruo and Zhou Zuoren"）的论文，并顺利取得博士学位。

2009

方秀洁在《明史研究》（*Ming Stuides*）一刊上发表了《失落时代的主体重生: 叶绍袁（1589-1648）和明清之际的自传书写》（"Reclaiming Subjectivity in a Time of Loss： Ye Shaoyuan [1589-1648] and Autobiographical Writing in the Ming-Qing Transition"）一文。

严志雄（Lawrence C.H. Yim）《钱谦益"诗史"研究》（*The Poet-historian Qian Qianyi*）在劳特利奇出版社出版，此书以钱谦益的诗歌创作和诗学构建情况为切入点，爬梳、辨析了明清之际的"诗史"观念，展现了钱谦益的诗史美学。

管佩达的《名尼: 十七世纪中国女禅师》（*Eminent Nuns： Women Chan Masters of Seventeenth-Century China*）在夏威夷出版社出版。

陈靝沅（Tian Yuan Tan）等人编辑的《中国文学与音乐中的文本、表演、性别: 伊维德教授纪念文集》（*Text, Performance, and Gender in Chinese Literature and Music： Essays in Honor of Wilt Idema*）在博睿出版社出版，其中

魏爱莲的《十八世纪的广东才女》("Guangdong's Talented Women of the Eighteenth Century")、管佩达的《女诗人与戒师：顾太清道家诗选》("The Poetess and the Precept Master: A Selection of Daoist Poems by Gu Taiqing")这两篇文章涉及清代女性诗词。

王燕宁（Yanning Wang，音译）在圣路易斯华盛顿大学完成题为《闺阁之外：晚期帝制中国的女性纪游诗》("Beyond the Boudoir: Women's poetry on Travel in Late Imperial China")的博士论文，并顺利取得博士学位。

2010

孙康宜和宇文所安主编的《剑桥中国文学史》(*The Cambridge History of Chinese Literature*)在剑桥大学出版社出版。清代文学分别由李惠仪、商伟、伊维德、王德威主笔，四人从不同侧面对清代诗词进行了概述。

王安国（Jeffrey Riegel）的《袁枚和一次与众不同的雅集》("Yuan Mei 袁枚 (1716-1798) and a Different 'Elegant Gathering'")在《中国文学》(*CLEAR*)上发表。

方秀洁与魏爱莲主编的《跨越闺门：明清女性作家论》(*The Inner Quarters and Beyond: Women Writers from Ming through Qing*)在博睿出版社（Brill）出版。

杨海红（Haihong Yang）在爱荷华大学完成题为《升起自己的旗帜：晚期帝制中国才女的自题词》("Hoisting One's Own Banner: Self-inscription in Lyric Poetry by Three Women Writers of Late Imperial China")的博士论文，并顺利取得博士学位。

张孝全（Xiaoquan Zhang，音译）完成题为《中国 17 世纪的边缘写作：叶绍袁和他的文学家族》("Marginal Writing in Seventeenth-Century China: Ye Shaoyuan and His Literary Family")的博士论文，并顺利取得圣路易斯华盛顿大学的博士学位。

王燕宁在《男女》(*NAN NÜ: Men, Women and Gender in China*)一刊上发表《清代女性的游仙诗》("Qing Women's Poetry on Roaming as a Female Transcendent")一文。

2011

杨海红的《王端淑诗歌里的典故和自题》("Allusion and Self-Inscription in Wang Duanshu's Poetry.")在《中国评论》(*CLEAR*)上发表。

骆玉明的《简明中国文学史》(*A Concise History of Chinese Literature*)由叶扬译为英文,并在博睿出版社(Brill)出版。

颜子楠(Zinan Yan)完成题为《满洲皇子允禧诗歌中的声音》("Voices in the Poetry of the Manchu Prince Yunxi")的博士论文,并顺利取得伦敦大学亚非学院的博士学位。

李小荣在《男女》(*NAN NÜ: Men, Women and Gender in China*)一刊上发表《女性文学中的女性: 李淑仪的名姝百咏》("Woman Writing about Women: Li Shuyi's (1817-?) Project on One Hundred Beauties in Chinese History")一文。同年,她还在《近代中国妇女史研究》一刊上发表了《乱世之唱和: 明清之际徐灿与陈之遴的诗歌交流》("'Singing in Dis/Harmony' in Times of Chaos: Poetic Exchange between Xu Can and Chen Zhilin during the Ming-Qing Transition.")一文。

2012

林理彰的《徘徊于传统与现代之间: 黄遵宪与〈日本杂事诗〉》("Straddling the Tradition-Modernity Divide: Huang Zunxian 黃遵憲(1848-1905)and His Riben zashishi 日本雜事詩")一文在由王仁强(Richard King)、远藤胜彦(Katsuhiko Endo)、科迪·波尔顿(Cody Poulton)主编的《中日文化变迁: 从 19 世纪末到太平洋战争结束》(*Sino-Japanese Transculturation: From the late Nineteenth Century to the End of the Pacific War*)一书中发表。

李小荣的《重塑闺阁: 晚期帝制中国的女性诗歌》(*Women's Poetry of Late Imperial China: Transforming the Inner Chambers*)在华盛顿大学出版社出版,该书由作者的博士论文修改而成,作者在梳理了清代女性诗歌演变轨迹基础上,论证了明清女性文学对于文学权利结构的联系与挑战。

耿长琴(Changqin Geng)完成题为《镜、梦、影: 顾太清的生平与创作》("Mirror, Dream and Shadow: Gu Taiqing's Life and Writings")的博士论文,并顺利获得夏威夷大学马诺阿分校的博士学位。

瑞秋·巴托·施拉姆(Rachel Bartow Schram)在加州大学圣巴巴拉分校完成题为《梦中人生: 骆绮兰及明清才女诗中的"梦"主题》("A Life in Dreams: The Dream Motif in the Poetry of Luo Qilan and Ming-Qing Women Writers")的论文,并顺利取得硕士学位。

颜子楠在韩国《中语中文学刊》(*Korea Journal of Chinese Language and*

Literature）上发表了《诗歌传统与朝廷政治构架：分析清代的应试诗作》（"Poetic Convention and Hierarchy at the Imperial Court: Analysing the Structure of Qing Examination Poems"）一文。

郝吉（Hao Ji，音译）完成题为《透明的诗学：明清之际的杜诗阐释》（"Poetics of Transparency: Hermeneutics of Du Fu during the Late Ming and Early Qing Periods"）的博士论文，并顺利取得明尼苏达大学的博士学位。

孙康宜在《明清研究》（*Ming Qing Studies*）一刊上发表《明清寡妇诗人的文学声音》（"The Literary Voice of Widow Poets in the Ming and Qing"）一文。

2013

施吉瑞的《诗人郑珍与中国现代性的崛起》（*The Poet of Zheng Zhen (1806-1864) and the Rise of Chinese Modernity*）一书在荷兰博睿出版社出版。

方秀洁编译的《玉镜：中国女诗人》（*Jade Mirror: Women Poets of China*）在纽约出版，多首清人诗词入选。

韩大伟（David B. Honey）的《南园诗社：广东的文学文化与社会记忆》（*The Southern Garden Poetry Society: Literary Culture and Social Memory in Guangdong*）在香港中文大学出版社出版，该书全面细致地展现了南园诗社从元代到新中国成立后的发展轨迹，试图通过这一案例揭示岭南的地域文化和社会风貌，清代部分重点介绍了陈子壮、张维屏、梁鼎芬等诗人的创作与交游情况。

齐皎瀚的《一石一天地：黄山与中国游记》（*Every Rock a Universe: The Yellow Mountains and Chinese Travel Writing*）在出版，该书全文翻译了《黄山领要录》一书，并译有若干首清初文人汪洪度的诗作。

颜子楠在《明清研究》（*Ming Qing Studies*）上发表《乾隆诗体之变化：分析以元旦为题的七言律诗》（"A Change in Poetic Style of Emperor Qianlong: Examining the Heptasyllabic Regulated Verses on the New Year's Day"）一文。

徐素凤在《男女》（*NAN NÜ: Men, Women and Gender in China*）一刊上发表《盛清的家庭之爱：郝懿行、王照圆夫妇的唱和诗作》（"Domesticating Romantic Love during the High Qing Classical Revival: The Poetic Exchanges between Wang Zhaoyuan (1763-1851) and Her Husband Hao Yixing (1757-1829)."）一文。

林宗正在《中国历史学前沿》（*Frontiers of History in China*）上发表《金

和的女侠叙事诗中的女性复仇者》（"Lady Avengers in Jin He's (1818-1885) Narrative Verse of Female Knight-Errantry"）一文。

2014

方秀洁的《凌祉媛的生前与生后以及其诗集编选》（"The Life and Afterlife of Ling Zhiyuan (1831-1852) and Her Poetry Collection."）在《中国文学与文化》（*Journal of Chinese Literature and Culture*）一刊上发表。

吴盛青的《现代之古风：中国抒情传统的承续与创新》（*Modern Archaics: Continuity and Innovation in the Chinese Lyric Tradition, 1900-1937*）一书在哈佛大学亚洲中心出版。

王燕宁的《幻与真：晚期帝制中国的女性纪游诗》（*Reverie and Reality: Poetry on Travel by Late Imperial Chinese Women*）在莱克星顿出版社出版。同年，她在《男女》（*NAN NÜ: Men, Women and Gender in China*）上发表《形成自己的声音：三位明清才女对屈原人格与诗歌的运用》（"Fashioning Voices of Their Own: Three Ming-Qing Women Writers' Uses of Qu Yuan's Persona and Poetry"）一文，在《中国研究季刊》（*Quarterly Journal of Chinese Studies*）上发表《一位满族女诗人梦与诗的世界：顾太清的记梦诗》（"A Manchu Female Poet's Oneiric and Poetic Worlds: Gu Taiqing's (1799-1877) Dream Poems"）一文。

徐云静（Yunjing Xu，音译）完成题为《寻求救赎和神圣：中国 17 世纪基督教文人以及他们的自我书写》（"Seeking Redemption and Sanctity: Seventeenth-Century Chinese Christian Literati and their Self-Writing"）的博士论文，并顺利取得圣路易斯华盛顿大学的博士学位。

赵颖之（Yingzhi Zhao）完成题为《影与梦之境：清初文学中戏剧化、虚构性的抒情风格》（"Realm of Shadows and Dreams: Theatrical and Fictional Lyricism in Early Qing Literature"）的博士论文，并顺利取得哈佛大学的博士学位。

颜子楠的《"射艺"的不同涵义：探讨亲贵与大臣有关满汉文化的诗作》（"On the Divergent Implications of Archery: Discussing the Poetry by Nobles and Officials on Manchu and Han-Chinese Cultures"）发表在《中国非汉族朝代身份建构的政治策略》（*Political Strategies of Identity Building in Non-Han Empires in China*）一书中。

2015

钱南秀（Nanxiu Qian）的《中国晚清的政治、诗学与性别：薛绍徽与变革时代》（*Politics, Poetics, and Gender in Late Qing China：Xue Shaohui and the Era of Reform*）一书在斯坦福大学出版社出版。

刘迅（Xun Liu）在《清史问题》一刊上发表《诗、神以及扶乩坛：汪端（1793-1839）的道教信仰和实践》（"OF POEMS, GODS, AND SPIRIT-WRITING ALTARS：THE DAOIST BELIEFS AND PRACTICE OF WANG DUAN (1793-1839)"）一文。

张勉治（Michael G. Chang）在《亚细亚太平洋月刊》（*The Asia-Pacific Journal*）上发表《乾隆帝的南巡：图像、诗歌和景观政治》（"The Emperor Qianlong's Tours of Southern China：Painting, Poetry, and the Politics of Spectacle"）一文。

由高等教育出版社主办的《中国文学研究前沿》（Frontiers of Literary Studies in China）一刊在 2015 年第 9 卷第 4 期特邀德国法兰克福大学的华人学者杨治宜（Zhiyi Yang）作为这一期特刊的主编，其主题是"现代中国抒情的古典主义"（Modern Chinese Lyric Classicism）。这期特刊缘起于 2014 年 7 月在法兰克福召开的一次学术会议，参会者包括孙康宜（Kang-i Sun Chang）、寇志明（Jon von Kowallis）、施吉瑞（Jerry D. Schmidt）、钱南秀（Nanxiu Qian）等英语世界中研究清代诗歌的重要学者；本期所刊发的论文大都为此次会议的参会论文，其内容皆围绕着"现代文言诗词"这一主题展开。另，这期特刊还刊发出了此次会议参与者集体通过的《法兰克福共识》一文，提倡祛除中国文学研究中的"达尔文主义"的负面影响，呼吁学界关注现代文言诗词的写作，最终实现"重写中国现代文学史"的目标。

2016

吴芳思（Frances Wood）编写的《中国名著：从古至今》（*Great Books of China：From Ancient Times to the Present*）在纽约出版，该书按照时间顺序扼要介绍了中国文学中最重要的作家及作品，清代诗歌部分涉及到了袁枚、秋瑾两人。

宣立敦（又作石听泉，Richard E. Strassberg）的《避暑山庄三十六景诗图》（*Thirty-Six Views：The Kangxi Emperor's Mountain Estate in Poetry and Prints*）在华盛顿出版，该书不但完整翻译了康熙的三十六首《御制避暑山庄诗》，还对其创作缘起、历史背景及艺术价值进行了细致的分析和研究。

颜子楠的《以物为导向的咏物诗研究：清代的咏眼镜诗》（"An Object-Oriented Study on Yongwu shi：Poetry on Eyeglasses in the Qing Dynasty"）在《亚

非学院院刊》（*Bulletin of the School of Oriental and African Studies*）上发表。

赵颖之在《中国文学》（*CLEAR*）上发表《逐影：王夫之的词和诗学》（"Catching Shadows: Wang Fuzhi's Lyrics and Poetics"）一文。

李小荣在《美国东方学会会刊》（*Journal of the American Oriental Society*）一刊上发表《美人无国界：明治时期的〈美人千态诗〉与 17 世纪至 20 世纪中日文人的交往》（"Beauty without Borders: A Meiji Anthology of Classical Chinese Poetry on Beautiful Women and Sino-Japanese Literati Interactions in the Seventeenth to Twentieth Centuries"）一文。

2017

杨海红的《晚期帝制中国的女性诗歌与诗学》（*Women's Poetry and Poetics in Late Imperial China*）在莱克星顿出版社出版。

林理彰的《从〈神韵集〉与〈唐贤三昧集〉的角度看王士禛的神韵说》（"Wang Shizhen's Theory of Spirit-Resonance: Evidence from the Shenyun ji (Spirit-Resonance Collection of Tang Verse) and Tangxian sanmei ji (Collection of Samādhi Poetry by Bhadras of the Tang)"）在由大卫·K·施耐德（David K. Schneider）主编的《作为学者的诗人：齐皎瀚先生纪念文集》（*The Poet as Scholar Eassys and Translations in Honor of Jonathan Chaves*）上发表。

伊维德编译的《两个世纪的满族女性诗人选集》（*Two Centuries of Manchu Women Poets: An Anthology*）在华盛顿大学出版社出版，译有那逊兰保、完颜金墀、百保友兰、多敏惠如等多位清代满族女性作家的诗词作品，并分别附有较为详尽的生平介绍和研究成果。

颜子楠的《程式化的生产：乾隆诗集的出版》（"Routine Production: Publishing Qianlong's Poetry Collections"）在《通报》（*T'oung Pao*）上发表。

2018

杨治宜（Zhiyi, Yang）在 2015 年主编的《中国文学研究前沿》特刊的基础上，再次在此刊上以"多元的抒情古典主义"（Multivalent Lyric Classicism）为主题主持编辑了一期特刊（Vol. 12, No. 2），刊发了林理彰（Richard John Lynn）、施吉瑞（Jerry Schmidt）、林宗正（Tsung-cheng Lin）、孙之梅（Zhimei Sun）等人的论文，涉及黄遵宪、陈三立、黎汝谦等晚清诗人的作品。

二、英语世界清代诗词重要研究者访谈录

（一）"我更像是个用英语写作的中国老派学者"——林理彰教授访谈录

采访人：时光

受访人：林理彰

访谈时间：2018/05/27

访谈地点：加拿大纳奈莫市

林理彰家中

时光（以下简称"时"）：我想先以一个有可能您经常听到的问题来开始此次访谈。您研究中国文学已经数十年，究竟是什么促使您走向中国文学研究之路的呢？有什么特别的机缘在其中吗？

林理彰（以下简称"林"）：要回答这个问题，我必须要先给你说说我接受学术训练的历程。在普林斯顿读大学的前两年，我在不同的学科之间逡巡、遨游，最终选定了艺术和考古作为主要兴趣。我本来是要去研究古希腊罗马的文物的，差点儿就成为一名关注古希腊罗马、乃至地中海地区的考古家；但是，在一次偶然的机会下，我选了方闻教授[1]的一门有关中国艺术的课程，我转而开始对中国艺术非常感兴趣，自此开始将关注重点放在了东亚研究上，我的本科毕业论文写的是日本艺术对于 19 世纪欧洲艺术的影响。方教授还安排我在耶鲁大学学了一整个暑期课程的汉语，强度很大，我就是从那时开始接触中文的。两年后，我进入普林斯顿大学的研究生院学习中国绘画，这后来被证明是一个错误；我当时应该去另外一所大学的。我本可以去哈佛大学跟着中国艺术专家罗越教授[2]学习的，但是我却选择留在了普林斯顿。事实上，我真正想要做的，是想去四处看看，见识世界之大，在别的地方做些不一样的事情。当时斯坦福大学在国立台湾大学设立了一个学习中文的语言中心，我很快得到了一个去那里的机会。我在台湾待了一年，正是在那段时间，我

---

1 方闻（1930-），国际著名美术史、文学史专家，1954 年至 1999 年任教于普林斯顿大学，代表作《〈夏山图〉：永恒的山水》(*Summer Mountains: The Timeless Landscape, 1975*)、《超越再现：中国 8-14 世纪的绘画与书法》(Beyond Representation: Chinese Painting and Calligraphy, 8th-14th Century, 1992) 等。

2 罗越（Max Loehr, 1903-1988），著名中国艺术史专家，1960 年至 1974 年任教于哈佛大学艺术系。

偶然间读到了刘若愚[3]先生的《中国诗学》[4]。我觉得这本书非常有趣，很欣赏这本书所使用的方法，心中暗自决定自己也要按照这样的方式去研究文学。接着，我转校到了西雅图的华盛顿大学，并在卫德明教授的指导下，完成了以元代散曲为主题的毕业论文，取得了硕士学位。卫德明教授[5]非常有名，他的父亲卫礼贤教授[6]更是德高望重、声名远播。总之，我由此进入文学研究领域。过了一年，我终于如愿以偿考入芝加哥大学，跟随刘若愚先生攻读博士学位。但是，在我刚入学的时候，刘先生就告诉我他下个学年要转去斯坦福大学任教的消息；他还表示，如果我愿意继续跟着他学习，他可以帮我拿到（斯坦福大学的）奖学金——他后来确实是这么做的。这就是我如何对中国文学——特别是中国诗学——感兴趣的过程。当我在芝加哥大学学习的时候，我选择了九门研究生课程，这其中有一半都是由刘先生一对一地进行授课。因为他在当时没有指导别的博士生，所以我才有如此宝贵的机会跟着这样一位学者近距离地学习。其他课程大多由英语文学系开设，芝加哥批评学派[7]，又被称为"新亚里士多德主义者"（Neo-Aristotelian），当时正处鼎盛时期。他们的理论令人耳目一新，深具启发意义，我在他们的指导下学会了如何妥当地思考。提出这种系统化的思考方式、研究文学的哲学路径的，有韦恩·布斯[8]、埃尔德·奥尔森[9]、理查德·麦基翁[10]等学者，他们都是 19 世纪到 20 世

3　刘若愚（James J. Y. Liu, 1926-1986），著名美国华裔学者，专攻中国文学与比较诗学，1967 年起，长期任教于美国斯坦福大学。

4　Liu, James J. Y. *The Art of Chinese Poetry*. Chicago：The University of Chicago Press, 1962.

5　卫德明（Hellmut Wilhelm），著名德裔汉学家，专治中国思想史，以研究《易经》而闻名中外。

6　卫礼贤（Riachrd Wilhelm），著名德国汉学家，译有多部先秦儒、道典籍，为中西文化交流做出了重要贡献。

7　当代美国文学批评流派之一，因其主要成员来自芝加哥大学而得名，芝加哥批评学派反对新批评对诗作脱离历史、超越时空的孤立的文本分析，主张历史地、现实地把握批评对象和批评自身，并把批评放在人文学科的广阔背景中，力图恢复亚里士多德在《诗学》中建立的批评模式，故又被称为"新亚里士多德主义"。（马国泉等编，《新时期新名词大辞典》，第 1004 页）

8　韦恩·布斯（Wayne Booth, 1921-2005），美国文学批评家，芝加哥批评学派的主要成员之一，代表作有《小说修辞学》（*The Rhetoric of Fiction*, 1961）等。

9　埃尔德·奥尔森（Elder Olsen, 1909-1992），美国著名诗人、教育家、文学批评家，芝加哥批评学派的奠基人之一。

10　理查德·麦基翁（Richard McKeon, 1900-1985），美国著名哲学家、修辞学家，长

纪中叶英语文学领域的重要人物,专治文学理论与文学分析。

正是在那个时候,我选择将王士禛作为博士论文的选题。当时刘教授正指导我格外细致地阅读诗话,我不但要提前准备好阅读内容,还要将其翻成英文。在英语文学系,我在有门课上读了不少艾略特的文学批评著作,他既是诗人、文学理论家,又是老练的批评家。记得有一天,我问刘教授:"中国文学史中有谁跟艾略特相似呢?"他直接以"王士禛"作为回复。这就是我选择王士禛作为博士论文研究对象的主要原因。那时,我已完成了两年的博士课程(1966-67年在芝加哥大学,1967-68在斯坦福大学),并在斯坦福大学上了三个夏天的日语课,加上之前在台湾待的一年,这些都算斯坦福的学分;完成了住宿要求后,我参加了博士资格考试并且顺利通过了。我的资格考试委员会的阵容十分强大:刘若愚教授、倪德卫教授[11]、韩南教授[12],委员会的主席是施坚雅教授[13],一位资深的中国社会学家、历史学家。他们在答辩时问了不少很难的问题,但是我都通过了。我记得当时施坚雅教授的问题特别难,他问我朱元璋是真的疯了还是为了恐吓群臣而装疯。谁能回答这样的问题!我从正反两面进行了回答,看起来我的回答让施教授和其他答辩委员会成员都很满意。跟着倪德卫教授学习是令人很愉悦的经历,记得我们曾有过一个关于因果关系的研讨课,还有些哲学和中国思想领域的课程,都对我影响深远。几年前去世的韩南教授对我帮助也很大。70年代初我在新西兰的奥克兰任教时见过他,他是新西兰人,当时回去和家人团聚;当时奥克兰大学的亚洲语言文学系的系主任道格拉斯·兰开夏尔教授[14]也是他的好朋友。70年代后期,我返回美国,经常能在哈佛大学见到韩南教授;同时也结识了不少哈

期任教于芝加哥大学。

11 倪德卫(David Nivison, 1923-2014),美国汉学家,研究兴趣包括中国哲学、文字学等,代表作有《章学诚的生平及其思想》(*The Life and Thought of Chang Hsueh-ch'eng*, 1966)、《竹书纪年解谜》(*The Riddle of the Bamboo Annals*, 2009)等。

12 韩南(Patrick Hanan, 1927-2014),美国汉学家,主要研究兴趣为中国古典小说,代表作有《中国短篇小说研究》(*The Chinese Short Story*, 1973)、《创造李渔》(*The Invention of Li Yu*, 1990)等。

13 施坚雅(George William Skinner, 1925-2008),美国著名人类学家、汉学家,代表作有《泰国华人社会:历史的分析》(*Chinese Society in Thailand: An Analytical History*, 1973)等。

14 道格拉斯·兰开夏尔(Douglas Lancashire),出生于中国天津,后在英国求学,时任新西兰奥克兰大学的亚洲语言与文学系的系主任。

佛大学的其他教授，如海陶玮教授[15]、洪业教授[16]等。跟洪业教授相处起来非常愉快，我很珍视与他在一起的时光。总之，博硕期间的经历十分美妙，我很幸运能有机会跟着那么多出色的、拥有不同文化背景的学者们在中国历史、艺术史以及文学等领域学习。所以，我接受学术训练的经历是很丰富的。

　　1968 年 6 月份之后，我再次回到了台湾，在那里做研究、写毕业论文。当时，我大多在中央研究院、台大等地方待着。我有个好朋友在台北"国立故宫博物院"工作，靠着这层关系，我可以经常在那里做研究。我记得我在那里浏览过《四库全书》中收录的王士禛著作，那可是《四库全书》的原件，都装在檀木盒子里，印刷十分精美。那时馆员还允许参观者翻阅原件，我就一页一页地将它们复印下来。总之，我通过各种各样的途径去找论文材料。在台湾住了差不多一年，我决定去日本，这样我就可以练练我之前在普林斯顿和斯坦福学的日语了；那时我碰巧得到了一个日本研究的机会。那段经历很美好，我的日语水平不断提高。但是，我进入京都大学人文科学研究所后，却发现我可以和大多数年长的日本学者用中文交流，因为他们那一代的学者大多都在 20 世纪 20 年代的北京居住、学习过。我就是从那时起关注日本学术的，你可以看到我的书房里有很多日文书。不论我研究什么，日本的相关学术成果都非常有用。记得有次跟侯思孟教授[17]聊天，他说："日本人研究中国文学的方式，正是西方人所梦寐以求的；（因为语言优势）日本人的学术做得还要好得多。"侯思孟教授虽然是美国人，但是他却在法国任教多年；他年纪很大了，今年应该 92 岁了，很早之前就已退休，不再做学术了。我们之间联系很多，他对我影响很大，我有他所有的著作。侯教授一生都在关注六朝文学，出版了若干关于嵇康、阮籍的书籍，他的妻子是个法国人，不幸已于五年前去世。尽管侯教授大部分时间都在法国待着，但是他也会经常在普林斯顿、哈佛等美国大学做访学教授。我从老一辈学人身上学到了很多，他们对我影响深远，我无比珍视过往的这些经历。

15　海陶玮（James Robert Hightower, 1915-2006），美国著名汉学家，代表作有《韩诗外传：韩婴对〈诗经〉的教化应用的诠释》（*Han Shih Wai Chuan: Han Ying's Illustrations of the Didactic Application of the Classic of Songs*, 1952）等。

16　洪业（William Hung, 1893-1980），中国近现代著名教育家、汉学家、历史学家，编有《春秋经传引得》、《杜诗引得》，出版有《洪业论学集》等。

17　侯思孟（Donald Holzman），美国著名汉学家，长期执教于法国，专攻魏晋南北朝文学，出版有《诗歌与政治：阮籍的生平与作品》（*Poetry and Poetics: The Life and Works of Juan Chi*, 1976）等。

　　写完博士论文后，我一直在元明清文学研究以及文人文化领域摸索。20
世纪 80 年初，我开始翻译中国先秦时期的哲学经典；到 80 年代中期，我将
主要精力放在了这上边。我首先翻译的是王弼注《周易》，这是个非常困难的
挑战，我花了很长时间才完成，并于 1994 年将其出版[18]。接着，我决定翻译
王弼注《老子》，前前后后花了整整一年才完成[19]。在那之后，我开始翻译郭
象注《庄子》，一旦完成，我就将玄学中所谓的"三玄"全部翻译完毕。我希
望到今年的年末能把《庄子》这本书写完，以便脱身去做其他研究。比方说，
一直以来，我都对使日期间的黄遵宪以及翻译他的《日本杂事诗》非常感兴
趣，我想在明年完成一本有关于此的书。围绕王士禛，我也有几个计划，我
尤其想写一本有关他的专著。我已就此发表了一系列论文，但是还没有为此
出版过书。近来，我已经着手搜集相关材料了。另外，我现在也开始涉及明
代的诗歌与诗学领域，特别是那些与王士禛有关联的文学理论与实践。如果
有人要我写有关明代作家的书评，我一般都欣然接受，前一阵儿，我就写过
一篇关于李梦阳的书评[20]。这就是我最近在做的一些事情吧。

　　时：近几年来，中国学者时常会讨论"何为中国？"的话题。"中国"确
实会随着文本、时代及观念的变化而变化，它并不是一个稳定的概念。能从
个人的角度谈谈，"中国"对你来说意味着什么吗？

　　林：这个问题很难回答。它可以说得很空泛，也可以说得很具体。记得
2005 年的时候，我在多伦多大学校友会做过一个有关中国和中国研究的演讲，
当时听众有 500 多人。演讲结束，有听众问我："在座谁是您的研究生？他们
能找到工作吗？"我回答道："好吧，其实我的大部分学生都来自中国。"听
众似乎对此十分惊讶，他们很好奇为何中国学生要在国外大学研究"中国"。
我接着说："在中国有'国学'的传统，但它是一种本土的研究模式；来到多
伦多大学、普林斯顿、哈佛及加州大学伯克利分校等西方高校，中国研究将
会是一门国际性的学科，你将会用一种国际化、全球化以及比较的视角去重

18　Lynn, Richard John. *The Classic of Changes : A New Translation of the I-Ching as
　　Interpreted by Wang Bi*. New York: Columbia University Press, 1994

19　Lynn, Richard John. *The Classic of the Way and Virtue : A New Translation of the
　　Daodejing of Laozi as Interpreted by Wang Bi*. New York: Columbia University Press,
　　1999.

20　Lynn, Richard John."Literary Archaism, Personal Expression and Self-Cultivationin
　　Ming China: Li Mengyang and his World." *China Review International* 23.1（2016）:
　　10-27.

新审视"中国"，这是种完全不同的研究方式。因此，出于比较的动机，许多中国学生都希望从非中国的视角去研究中国，去拓展自己的世界观，丰富自己的精神生活。"这番话似乎说服了他们，同时，它也正可说明我为何研究"中国"。对我而言，研究中国是一种途径，用以培养我的智性生活，丰富我的生命体验，让我尽可能地拥有双文化背景；总之，它充实了我的生命。我不断撰写文章、到处发表演讲，理由也是如此，都是为了读者或听众视野的拓展、感受力的提升。我觉得学术生活的最佳目标莫过于此。

对如我这般的人，"中国"究竟意味着什么。我认为，首先，它是一个可供智力探索的领域。我很庆幸自己当初选择了中国，而不是日本、印度或是其他东方国家。中国的文化博大精深，投身到文本之中，对我来说就像是在做一个猜谜游戏，我试图要弄清楚文本的真实含义究竟为何。这么多年过去了，我想我终于能算得上精于此道了。你是个年轻的中国学生，你对自己国家古代的文化遗产有自己的理解，但是你不是一个古代文人。就这点来说，我们其实是相似的。我同样也不是古代文人，但是我试图发挥想象力和创作力，去成为一个古代文人；我通过文本本身来实现这一点，这就是我研究中国文学的方式。我不会完全地依赖于诸如后现代主义、后殖民主义等西方视角去研究中国诗歌以及文学。我完全不支持那样做，那是一种（对中国文学的）扭曲。要想了解真正的古代中国，就必须去直接阅读文本本身。所以，我很反感那些现今大行其道的形形色色的后现代理论。大部分古代中国研究逃过了后现代主义理论的"魔爪"，然而当代中国研究却是这些理论影响下的"重灾区"。古代中国研究之所以能逃过一劫，是因为它要处理的文本更难。那些着迷于各种后现代理论以及意识形态立场的研究者，显然并没有太多的耐心去好好学学怎么去阅读中国文学的文本——这需要费很多功夫；他们更愿意去读索绪尔、福柯以及德里达，而不愿在文本阅读上花时间。我相信文本完整性自有其意义所在，作者自有其写作意图。我们不应该肆意扭曲古代人的作品，然后把它们强行塞进那些来自中国本土之外的文学理论当中，而应该去试着站在古人的立场去研究这些作品，这是我们欠他们的。

时：我曾拜读过刘若愚先生的《中国文学理论》、《中国诗学》等著作。在这些书中，刘先生都试图用一种系统化方式去阐释中国文学，希望将中国文学放进一个理论框架当中；而他设定这一框架所凭借的最重要的资源就是艾布拉姆斯的理论。您是怎么看待这一现象的？

林：可以这样说，应该是我把艾布拉姆斯的著作介绍给他的。当初我还在芝加哥大学英语文学系上课时，无意间读到了艾布拉姆斯的著作。由此，我偶然向刘教授提及过："看看这个，您不觉得很有意思吗？"事实上，刘教授正是在艾布拉姆斯《镜与灯：浪漫主义文论及批评传统》一书提供的方法论体系的基础上发展出了自己的阐释循环。他这种程度上的分析型概括，我认为还远算不上是对中国文学史的一种扭曲；他不过是将中国文学史系统整合在了一起，之前没人这样做过，之后也没人（这样做过）。我在自己的研究中也用过这一方法，我也曾给《中国文学理论》写过一篇书评[21]，你读过吗？我在那篇文章中深入谈过自己的观点。刘教授的这本书当年出版后，招致了不少批评；人们期待的要么是一本按时间顺序写成的文学史，要么是一本以儒、道、释三家作为分类标准的诗学研究著作。不想因循守旧的他想以一种完全不同的方式——尽管如此，但绝非扭曲——将中国文论整合起来。早年间，刘教授的理论立场有过几次转变：在去英国深造之前，他从辅仁大学毕业，进入到清华大学学习英语文学，当时燕卜逊[22]在那里任教，而燕卜逊的老师是瑞恰慈[23]，瑞恰慈提出了一种内向、自足的文学批评方法，就是所谓的"新批评"，这一理论影响深远，也在刘教授早期的学术生涯中留下了明显的印记。实际上，这不仅体现在《中国诗学》中，还是体现在他写李商隐的那本书中[24]。李商隐那本书也引发了很多争议，因为刘教授在阐述李商隐的诗歌时用了新批评的方法，他认为李商隐的诗是一种戏剧化的表现；这激怒了不少人——他们认为中国诗歌只能是一种个人表达的产物，而这样的想法太过草率，也站不住脚。在晚唐诗歌、乃至杜甫后期的诗歌中，我们都能发现那种戏剧性的、虚构的表现成分，而这在正统的主流观点中叶有迹可循。这也是前后七子独尊盛唐、厌弃晚唐的原因之一。刘教授其实对这些情况都很敏感的，他意识到要想真正读懂李商隐，非要从诗歌文本的内容入手不可，而不能采用西方浪漫主义的传记式批评：所谓诗即诗人、诗人即诗，这类发轫自 19 世纪晚期的个人主义、表现主义的观点，

---

21 Lynn, Richard John. "*Chinese Theories of Literature*, A Review of a Recent Study." *Journal of the Chinese Language Teachers Association*. XIII. 1（1978），64-67.

22 燕卜逊（William Empson, 1906-1984），英国著名文学批评家、诗人。

23 瑞恰慈（I. A. Richards, 1893-1979），英国著名文学批评家、美学家、诗人、语言教育家，"新批评"理论的创始人之一。

24 Liu, James J. Y. *The Poetry of Li Shang-yin：Ninth-century Baroque Chinese poet*. Chicago：University of Chicago Press, 1969

在很大程度上塑造了近代中国的文学观。从这点来说，中国的文学思想和文学批评实践确实是个非常复杂的研究领域。当我在上世纪 60 年代开始从事研究工作时，除了刘教授之外，当时的西方世界几乎只有我一个人关注这一领域，我希望我是领风气之先的那个；现在另外有些学者也耕耘于此，但是它远未成为学界的主流。如果我能活得足够久，如果我能一直保持健康，我很乐意写一本通论中国文学思想的书，但是这是一项令人望而却步的、需要付出很多心血的艰巨项目。我不知道自己是否能够完成它，但是先就王士禛的诗学写本书，我想会是着手这一项目的不错的开端。

时：这本有关王士禛的新书会基于您的博士论文吗？还是说，这将会是一本全新的书？

林：它将会是本完全不同的书。回过头看，我的那本博士论文实在太过简略，大致内容无外乎简述王士禛生平、指出其文论的理学背景、阐发他的文论观点、译注了他的三十首诗，最后再把他的诗和诗论放在一起分析，这就是我博士论文的全部内容。虽然我不知道它到最后具体会是什么样子，但这本新书将会是完全不同的。

您错过了与白润德教授[25]见面的机会，他不幸在 2014 年去世了，他写过一本非常棒的关于何景明的书[26]。白教授是很好的一个朋友，也是一个出色的学者，一个令人尊敬的人。他的整个学术生涯都耗在了写何景明那本书上，我不会选择这样做的。一般而言，我做学术是先有一个大致想法，然后那些我碰到的材料会最终塑造出我研究成果的形态；我不会在还没见到材料之前就有一个预设的框架。

在写王士禛这本书之前，我想先完成那本有关黄遵宪在日本的书。我已经对此发表了不少论文；几乎一半的《日本杂事诗》都被我译完，所以这本书应该很快就能面世。我还有可能就黄遵宪与日本文人交往、唱和这个主题写一本小书，应该是 1880 年左右，有本黄遵宪与他的日本友人之间的唱和诗集在东京出版。我跟梅维恒先生[27]聊过此事。所以你看，我有很多研究计划，

---

25 白润德（Daniel Bryant, 1942-2014），加拿大汉学家，专治南唐词与明代诗歌，出版有《南唐词人冯延巳和李煜》（*Lyric Poets of the Southern T'ang*, 1982）等。

26 Bryant, Daniel. *The Great Recreation : Ho Ching-ming(1483-1521)and his World.* Leiden; Boston: Brill, 2008.

27 梅维恒（Vcitor H. Mair），美国著名汉学家，曾主编《哥伦比亚中国古典文学史》（*Columbia History of Chinese Literature*）一书。

我还得长时间保持健康。我今年 78 岁了，目前感觉身体状况还行。

时：谢谢与我们您分享今后的研究计划。关于黄遵宪的话，目前英语世界已经有几本专著对他及他的诗歌创作进行讨论，像是施吉瑞先生[28]的《人境庐内：黄遵宪其人其诗考》一书等。您的这本写黄遵宪的书会和这些已出版的著作有什么不同？

林：在《人境庐内：黄遵宪其人其诗考》中，施吉瑞教授只花了一章的篇幅来讲黄遵宪在日本的事情，并未涉及太多《日本杂事诗》的内容，这是我对此书很不满的一点，我认为他并没有把这一部分写好。我开始对黄遵宪感兴趣，正是因为他在日本的这段经历。你看到我对这本书的那篇书评了吗？我们在翻译方式上分歧很大。在我看来，他更多的是在"意译"而不是在"翻译"，因此他的译文只是诗歌的"大意"而已。所以，我这本书在翻译上跟施教授那本会有很大的不同，另外，有关黄遵宪的日本经历，特别是他与日本文人交往的经历，不论是在广度、深度，还是在细节上，我的书都将会更加的详尽。

我只见过蒲地典子一次，她是《中国的改革：黄遵宪与日本模式》[29]的作者。2001 年或者 2002 年的时候，我们一起在密歇根州的安娜堡市共进过午餐。那时，我受邀在密歇根大学做演讲，在回多伦多之前，我跟她取得了联系，见了面，一道吃了午餐，聊了很多。她研究黄遵宪用的是历史学的方法，其兴趣所在是外交史。那本书的底稿其实是她在哈佛大学费振清教授的指导下完成的博士论文。我觉得她对黄遵宪是有误解的。她似乎认为黄遵宪对日本人的汉语创作的评价并不高，甚至对其报以不屑的态度。我对此并不认同，日本"汉文"、"汉诗"的品质其实给黄遵宪留下了非常深刻的印象，这可轻易从黄遵宪的作品中找到证据。黄遵宪常与日本文人唱酬，和他们也是很亲密的朋友。1898 年，黄遵宪的一个日本朋友还救了他一命。那个时候的氛围很恐怖，宫里派来的秘密巡捕四处抓捕与维新运动有关的人员，大量的涉事官民被斩首。黄遵宪本来也有可能被捕，但是他的一个日本外交官朋友把他藏在自己家中避过了风头。这个日本人就是黄遵宪使日期间结识的，他曾跟

---

28 施吉瑞（Jerry D. Schmidt），不列颠哥伦比亚大学荣休教授，研究兴趣为宋诗、清诗，代表性著作有《人境庐内：黄遵宪其人其诗考》（*Within the Human Realm: The Poetry of Huang Zunxian, 1848-1905*）等。

29 Kamachi, Noriko. *Reformin China: Juang Tsun-hsien and the Japanese Model*. Cambridge: Harvard University Asia Center, 1981.

黄遵宪学说"官话"，后来在日本驻北京的使馆谋得了职位；几年后，他在义和团运动中不幸去世。当黄遵宪回到位于广东梅城的家乡后，他写了很多关于他日本朋友的诗作，全都是正面的评价。上面这些，都是我要在这本新书中所要涉及的材料。有了黄遵宪全集的电子版，现在研究这些要方便多了。中日文化交流史是极有意思的话题，时下有关于此的讨论很多了。另外，光绪时代的文化小圈子现象也是很有意思的话题。

我一直想写一本关于佛教与中国诗歌的书，我不知道我是否有时间完成它，但是这是另外一个潜在的选题方向。我现在仍坚持参加学术会议，发表自己的研究成果；现在一年下来，我大概能做3、4次左右的展示。我试图让自己忙起来，平均下来，每天要工作六到七个小时。退休很有帮助，我不用花时间在上课、改卷上；你知道的，倘若一个教授再承担行政工作的话，那将会是非常耗时的。现在我退了休，再也不管这些事儿了，能够自由支配自己所有的时间。吃完早餐后，我会一直工作到中午，午餐过后，还会再工作两三个小时。我每天也通过邮件和全世界的学界同仁们保持着联系。今年夏天，我会为梅维恒教授做点儿事情：翻译唐传奇《柳氏传》。我和我妻子还会为一些国际上的中国艺术品商人翻译一些中国艺术品上的题词，很有趣的工作，酬金也很丰厚。所有这些都有助于我的学术研究。

时：您刚刚数次提及翻译。我读过一些您写的书评，给我的印象是，您对于中国文本的翻译有着十分严格的标准。另外，我发现您曾对您早年间的翻译修改甚多。那么，可否请您谈谈您的翻译方法、标准以及原则呢？

林：回头去读我自己早年写的东西时，我时常会为我之前犯的错误而感到尴尬。是否擅长翻译只和是否有足够的经验有关。我觉得我现在能比以往做得更好了。整体而言，翻译中最关键因素莫过于语境。如果你想翻译得正确，你就必须弄清楚文本所在的语境。我认为，翻译其实就是要处理一系列蛛网般的语境，译者必须要从最近的语境出发，回溯至最初的文本本身。例如，我们先要从"中国"出发，然后到"近代中国"，接着抵达文本所属的时代；在那个时代，或许有个特定的作家圈子，或许有一部分文化非常独特，也许那会是另外的语境；接着，你可能遇到一个有关文类的语境，然后你甚至可能遇到一个子文类的语境；最终，你找到了作者及他的同仁们，或许你还得再看看作者的所有作品。这也是电子搜索现在为何如此重要的原因。现在，你可以比较某个作者在不同的作品中是如何使用同一个词语的。当然了，那些古代学者们记得所有的这些，是吧？不论活多久，我永无可能做到这点。不过有了数据库和电子文档，我现在也能做类似的研究了。我现在经常用这些（数据库和电子文档），特别是在释读像是郭象注《庄子》这样的哲学文本时。当我试图比较某个频繁出现在《庄子》中的某个术语时，数字人文就显示出了它的优势所在；若我还是不确定这一术语的含义，我或许我会再去查阅一下《淮南子》这个近似的文本。我不会去纠结这两个文本哪个在前哪个在后的问题。总之，我就是按照这样的方式一步步地弄懂文本中那些较难的术语的含义的；一旦弄懂它们，我就会很开心，因为我觉得我得到的是比其他译者更为准确的术语含义。

时：在我看来，这听起来有点儿像是传统中国学者所作的"小学"研究。

林：我很久之前就意识到了这一点。尽管我用英语写作，但是我的研究方法却是中国传统式的。这并不常见，我的意思是说，西方世界并没有太多人如我这般做研究，只有白润德教授的研究方法跟我相似。

时：我记得您曾写了一篇文章和白润德教授就如何翻译中国诗争论过？

林：不，我的文章[30]针对的是齐皎瀚教授[31]，评论的是他所写的梅尧臣那本书。我的主要观点是：除了更简略外，中国古典诗歌的语法、文法和中国古代散文在本质上是一样的。平仄、韵律很重要，字词的顺序同样重要。正像我那篇写给齐皎瀚的书评里提到的那样，如果有人不重视字词顺序，那么他就忽视了译诗中最重要的部分。我和齐皎瀚教授多年的好友，1969年时，我们在京都访学时就认识彼此了；但是，我们的译介理念是不同的。

针对我这篇评论，齐皎瀚教授选择了回击[32]。论争的焦点集中在应如何翻译"沙暖睡鸳鸯"（杜甫《绝句二首·其一》）这句诗：齐教授将其译为"the sand is warm and on it the mandarin ducks sleep"（沙滩温暖，鸳鸯眠其上），而我主张将其译为"the sand is so warm, it puts the mandarin ducks sleep"（沙滩

30 Richard John L ynn, "Review: *Mei Yao-ch'en and the Development of Early Sung Poetry*. By Jonathan Chaves; *Heaven My blanket, Earth My pillow: Poems from Sung Dynasty China by Yang Wan-li*. By Jonathan Chaves." *The Journal of Asian Studies*, 36.3（1977）.

31 齐皎瀚（Jonathan Chaves），乔治·华盛顿大学中国语言文学系教授，美国著名汉学家、诗人。

32 Chaves, Jonathan. "On Translating Chinese Poetry." *The Journal of Asian Studies*, 37.1（1977）.

温暖，令鸳鸯安眠），将"眠"理解为一个使役动词，而非是不及物动词。如果我没记错的话，齐教授当时回击到，"（倘都如此的话），中国诗歌里怕是有成千上万个使役动词吧"，暗示我的译法是错的；他接着说，"这和薛爱华教授[33]的翻译方式是一样的，换他也会这样译"——这样说非常不明智。薛爱华教授不得不站出来回应，反驳了他的说法。那是次波及很广的论争，白润德当时也对此有过与我类似的批评，那同样激怒了齐教授。

总之，这次论争的核心是翻译中国诗歌究竟要用哪种方式：是用严格讲求语法结构的语文学方法，还是用追求流畅度的意译呢？齐皎瀚教授是华兹生[34]的学生，而华兹生的翻译方式就是意译，我们知道，他生动的英语翻译经常是以牺牲中国诗歌句法的精准度为代价的。

时：我认同您对于"沙暖睡鸳鸯"的理解。但是，由于中国古诗对于字数的严格限制，有没有可能存有多种理解它的方式？

林：没有确切的证据可证明这点。倘若诗人能告诉我们如何解读他的诗作的话，那就再好不过了，但是诗人不会这样做；即便是编者、注者们，他们也未必能站在作者的立场上去解读作品。我觉得，中国诗歌的这一特质反倒让翻译更加有趣了。这就是我为何会严格按照字词顺序来翻译的原因，我深信字词顺序隐藏着诗作的真实含义。倘若比较"沙滩温暖，鸳鸯眠其上"和"沙滩温暖，令鸳鸯安眠"的话，后者显然更好一些，它更令人激动，更有趣，也更具吸引力；最特别的，还有蕴含于其中的戏剧性。依照这种方式去翻译的话，译者可在中国诗歌中发掘出更多东西来。虽然对此我无法证明，但是我更愿意相信这就是诗人所要试图表达的意思。总之，我倾向于这样译诗——即使它偶尔有失效的时候。我们很难找到一个方法去证明到底谁错谁对，但严格遵循句法结构经常被证明是极其有效的；如果不这样的话，译诗就和猜谜相差无几了。我的意思是，（这样做的话），至少你在翻译前会有一个理性、实证的观念。按照感觉是对的方式去翻译，这听起来暧昧含混且主

---

33 薛爱华（Edward H. Schafer），美国汉学家、历史学家、作家，代表作有《撒马尔罕的金桃：唐朝的舶来品研究》(*The Golden Peaches of Samarkand: A Study of T'ang Exotics*, 1963)、《朱雀：唐代南方的意象》(*The Vermilion Bird: T'ang Images of the South*, 1967) 等。

34 华兹生（Burton Watson, 1925-2017），著名翻译家，以翻译中日文学见长，代表作有《寒山诗选》(*Cold Mountain: 100 Poems by the T'ang Poet Han-shan*, 1970)、《杜甫诗选》(*The Selected Poems of Du Fu*, 2002) 等。

观性强，但这就是我的行事风格。实际上，我在翻译郭象注《庄子》时，就极大地受惠于我译诗时的经验。任教于芝加哥大学的任博克教授[35]也曾翻译过郭象注《庄子》，我认为他显然很少或没有翻译中国诗歌的经验；他翻译的郭象的文本中有不少错误，尽管他是按字面意思和语法结构翻译的，但我认为他经常词不达意，这源自于他无法理解文本中的推断动词和使役动词。再次重申，我没法证明谁对谁错，这只是我自己的翻译方式罢了。

时：有时，中国诗就像是诗人玩的文字游戏一样，解读它们是非常有意思的事情。

林：是的，你可以有多种不同的读法，不同的读法之间差别很大，这是一种修辞手法上的有意而为之的含混。在某些情况下，这样做是为了应对政治上的压力，比方说苏东坡在宋代的遭遇，以及乾隆时代针对那些煽动性作品而兴起的文字狱等，诗人们不得不有意含混表达，在诗中隐藏自己的真实意图。

时：聊过了您解读诗歌的方式后，我接下来想问您一个有关中国诗歌之美的问题。在您看来，中国诗歌之美是否能被真正地传递给英语世界的读者们？

林：我们只能尽力为之了。我多年来一直在努力，试图去传达诗人试图想传达给我们的东西，这是我的目标。（想要如此），就必须要对语境敏感。为了译介效果，译者必须要将自己想象为诗人本人，去了解诗人创作时的情景、所写主题的寓意以及所采用的新创作手法等。这对翻译者提出了很高的要求。或许，我们不可能完全精确地将原作精神传递出来，但是我尽力去这样做。有时，我能比其他译者做得更好，我译的有些诗比其他诗译得要好。我倾向于翻译一个诗人或一个诗派的所有作品，因此，不论这些囊括进来诗到底是否适合翻译，我都会拿来翻译。华兹生是个谨慎的译者，他不会发表那些他译得不好的诗歌，他会对自己的译文进行一番筛选。故而，华兹生的所有翻译都只能算作是"选本"，而非"全集"。齐皎瀚教授也有这个问题，你找不到他翻译的全本。在接下来我要写的王士禛的这本书里，我在翻译他的诗时肯定也会有所择选，他的诗太多了，想全部译完根本不可能！因此，除了文学品质外，当我觉得有些包含着必要信息（如生平、观点等）的诗不

---

35 任博克（Brook A. Ziporyn），美国汉学家，主要研究兴趣为中国宗教和哲学，目前任教于芝加哥大学。

可不译时，我仍会将其翻译出来。至于文章，当我在翻译郭象的注时，我不会放过一字一句，认为这些细节是整个文本不可或缺的部分。有些段落异常艰深晦涩，我不确定我是否找到了它的确切含义，但我仍要勉力为之。这就要发挥想象力了，你必须把自己想象成作者，想象自己是在那一文化背景下的文人。我阅读了很多作品，对待语言的态度很严肃，我努力让自己的翻译越来越好。我想说的就是这样，翻译事关悟性和经验，两者相互促进，缺一不可。

时：翻译中有个很有意思的现象：西方的读者有时并不在意来自其他文化的诗歌的原意，他们似乎只期待读到他们所期待的那些内容。例如，庞德[36]的翻译就是个典型的案例。

林：严格意义上而言，庞德的作品不能算作是翻译。庞德不懂任何中文，他参照的是已有的译本。哈佛大学的方志浵教授[37]曾协助他阅读原文，逐字逐句地告诉他中文原文的含义，在此基础上，庞德创作出了完全不同的东西。这其中就涉及到另外一个我反感后现代主义诸理论的原因：它们声称一个人永远无法确切地了解来自于异质文化的文学作品。这是各种后现代主义理论潜在的基本结论，（可如果真是这样的话），我们为什么还要努力？它们的另一个结论是，读外国文本和读其他文本没有任何区别。我对此完全反对，对一首诗所在的文化背景了解得越多，得出的翻译才更有可能靠近作品原意。如果仅在一开始就放弃说："反正也弄不清作品原意，干脆就不管算了。"对于"读者接受"的强调，对于读者的局限性和文化偏见的关注，一度在批评家中非常盛行，这些观点使得他们无法真正地理解、欣赏他们自身文化传统之外的文学作品；而读者也可以根据自己的喜好随意曲解作品。我完全不能接受此类理论主张，我在自己的研究中一直反对它们。

从 19 世纪 80 年代左右开始，中国诗歌被翻译成英语、法语等主要的欧洲语言。维多利亚时代的汉学家偶尔会翻译一些中文诗歌，但他们倾向于将其译成英语、法语或德语诗歌的形式。这就是所谓的"归化"：如果你把一首外国诗转化为西方诗，这就是"归化"。另一方面，如果你试图对英语或其他西方语言进行扩展、转变、扭曲或添加，试图使其融入进中国或其他非西方

---

36 埃兹拉·庞德（Ezra Pound, 1885-1972），美国诗人、批评家，早期现代主义诗歌运动的代表人物之一。

37 方志浵（Achilles Fang, 1910-1995），华裔学者、翻译家、教育家，长期任教于哈佛大学。

语言的特征，这就是"异化"。我自己的翻译其实是介入"归化"与"异化"之间的。我不想去异化英语，以适应中文的语法；英语世界中那些较差的译作就试图"削足适履"。例如，叶维廉翻译的中国诗歌就糟糕透顶。我无法赞同他的翻译理念，这点我在《中国诗歌与戏剧指南》[38]中提到过。叶先生译诗不讲语法，取而代之的是一系列的意象，像是将一帧帧没有任何关联的图片组合在一起。这么多年过去了，我到现在依然认为他的译诗方式非常不利于中国诗歌的理解。在杜迈克教授[39]转入当代中国文学研究之前，他曾写过译本有关陆游的书[40]。在那本书中，他试图按照中文的词序来翻译诗歌。实话说，这样的翻译效果并不好。英语语法与汉语语法并不相同，尽管它们有些特征近似，如二者都是"主-谓-宾"结构的语言，但是从句却有着不一样的词序。简而言之，尽管二者在有些地方近似，但究其本质，二者还是不同的。因此，杜迈克教授的译法并不可取。这也是我为何在翻译时总试图寻求一种"句法对等物"，并将其视为是我翻译的本质特征：鉴于诗歌的基本句法规则与散文一样，因此，翻译中国诗应以汉语的句法、语法为基础。

时：如何翻译是个有意思的话题，诗歌创作同样也值得探讨。我发现很多英语诗歌受中国文化的启发，这些诗中充满了中国元素。您是如何看待这一现象的？

林：这和译诗不同。加里·斯奈德[41]应是我们谈论的主要人物了。我认识他是在纽约的古根海姆博物馆很多年前召开的一次会议上，会议的主题是中国诗歌对美国当代诗歌的影响。我记得在那次会议上，他表示自己的诗歌并不是翻译，而是一种全新的创作方式；斯奈德在加州大学伯克利分校读大学时，曾跟随陈世骧先生[42]学习中国诗歌，这段经历对他的创作影响深远。至于意象派运动，它的主将之一艾米·洛威尔[43]的诗作很棒，但是译

---

38 Lynn, Richard John. *Guide to Chinese Poetry and Drama*. Boston: G. K. Hall & Co., 1984.

39 杜迈克（Michael Duke），不列颠哥伦比亚大学荣休教授。

40 Duke, Michael S. *Lu You*. Boston: Twayne Publishers, 1977.

41 加里·施耐德（Gary Snyder），著名美国诗人、环保主义者，与"垮掉的一代"、"旧金山文艺复兴"密切相关。

42 陈世骧（1912-1971），字子龙，号石湘，著名华裔学者，长期执教于加州大学伯克利分校。

43 艾米·洛威尔（Amy Lawrence Lowell, 1874-1925），二十世纪初期美国著名女诗人，意象派的主要倡导者之一。

作却很糟糕；将《松花笺》当作英文诗去读很有趣，但它无助于理解中文原诗的含义。怀履光[44]为多伦多的安大略省皇家博物馆搜罗了不少中国艺术精品，也曾翻译过一些中国诗歌；《哈佛亚洲学报》上对此发表过评论文章[45]，认为怀履光的"猜"多于"译"：有一行中国诗，他可能懂得其中的每一个字，然后往后一坐，像解谜一样进行翻译，"怎么才能将所有的东西塞进英语句子里呢？"这样显然是行不通，但这就是西方一部分早期的汉学家翻译中国诗歌的方式。我对这些早期的学者颇感兴趣，他们的翻译水平参差不齐，有的娴于此道，有的拙劣不堪；这是个有趣的话题，我很乐意花些时间关注，并写些东西出来。我认为，像是威妥玛[46]、翟理斯[47]、理雅各[48]等这些早期传教士们，要比当今西方的任何人都更了解中国；他们长期生活在中国，有老师一对一教学。理雅各经常写信给王韬，他们之间的通信现在保存在纽约公共图书馆中；理雅各的汉语写作优美而典雅，这样的能力令人啧啧称奇。

　　时：早期传教士与中国近代印刷业的发展有密切的联系。我发现近代中国的很多书籍都是在这些传教士资助下的印刷厂出版的。当前，这是个热门的学术研究领域。

　　林：这事关相互认识、相互建构。我们过去认为诸如像"文学"、"文化"、"政治"等术语是由日本人所创制的，但事实却并不是这样的，这些术语应该是康熙时代的那些早期来华的耶稣会士所创制的。19 世纪晚期的新教传教士直接将它们"偷"用至自己有关世俗或宗教的宣传页和小册子当中，这些宣传页和小册子都是在上海印刷、发行的；日本游客将其带到日本，再后来，中国的留日学生学了这些术语，又把它们带回中国。德国学者

---

44 怀履光（William Charles White, 1873-1960），加拿大圣公会著名传教士、汉学家，在河南省传教期间，利用职务之便，窃取了大量文物精品。

45 Kennedy, George A. "An Album of Chinese Bamboos: a Study of a Set of Ink-Bamboo Drawings, A. D. 1785. By William Charles White(The University of Toronto Press, 1939)." *Harvard Journal of Asiatic Studies*3: 3 and 4(1941), 392-400.

46 威妥玛（Thomas Trancis Wade, 1818-1895），著名英国外交家、汉学家，威妥玛-翟理斯拼音法的创制者之一，剑桥大学首任汉学教授。

47 翟理斯（Herbert Allen Giles, 1845-1935），英国著名汉学家，译有大量中国文学作品，并编有若干中文教材与英汉辞典，为中西文化交流做出了重要贡献，剑桥大学第二任汉学教授。

48 理雅各（James Legge, 1815-1897），英国著名汉学家，曾任香港英华书院院长、伦敦布道会传教士，将"四书五经"悉数译出，在西方译介史上占有重要地位。

顾有信[49]就专门研究这个问题，他一直在关注传教士的宣传页和小册子与中国现代科学与社会科学词汇之间的关系，他的研究成果表明，大部分术语其实都源自中国本身，它们多是17、18世纪耶稣会士与他们的中国朋友合作下的产物。

时：晚清确实令人着迷，尽管那是一个动荡不安的年代，但那同时也是一个充满着文化碰撞、交流、融合的年代。

林：是的，经常有类似的情况出现，时代糟糕透顶，许多激动人心的事情却在此发生。你知道有一个叫埃德蒙·巴克斯[50]的人吗？他是一个相当古怪的英国人，在1899年抵达中国；此后他侥幸从义和团运动中逃生，并在中国度过了他的后半生，最终在1944年死在了日本人的一座监狱里。巴克斯是一个伪造大师，他伪造了一本日记，声称这本日记是由满族官员景善所写，自己是在义和团运动之后于景善的旧宅所发现的。其实，这本日记都是巴克斯自己写的，它当时骗过了所有人。然而，事情最终还是暴露了。巴克斯是在日本学习的书法，而日本人有时是从左至右书写的，而不是从右至左；荷兰学者戴文达[51]注意到了这点以及书中其他自相矛盾的地方，在1940年时将其一一公布了出来。这时，距日记发表已过去了40年。他的中文是如此之好！我们现在的学者还有谁能做到这点？我肯定是做不到的。巴克斯的故事已在企鹅出版社出版，书名是《北京的隐士：巴克斯爵士的隐士生活》，作者是休·特雷费·罗珀[52]。在某种层面上，巴克斯是个了不起的人，但是他无疑是个骗子，靠伪造的伎俩赚了不少不义之财。好吧，我们似乎到了一个非常离奇的历史角落。

时：问过一系列有关翻译的问题后，接下来我们谈谈研究范围的问题。就我所知，大部分学者都会集中精力关注一个特定的领域，但是，有别于其他的研究者，您的研究范围却很广泛。您为何这样选择？它又是如何影响您的学术生活的？

---

49 顾有信（Joachim Kurtz），德国海德堡大学教授，主要研究领域为中、日以及欧洲之间的文化和知识的交流情况。

50 巴克斯（Edmund Backhouse, 1873-1944），又作白克好斯、白豪士，英国汉学家，1898年来华，为英国驻华使馆翻译生，1903-1913年任京师大学堂英文教习。

51 戴文达（J.J.L.Duyvendak, 1889-1954），荷兰汉学家，莱顿大学汉学教授。

52 休·特雷费·罗珀（Hugh Trevor-Roper, 1914-2003），英国历史学家，牛津大学教授。

林：我最初这样做的原因听起来傻里傻气的。当我还在普林斯顿念书的时候，牟复礼教授[53]在《亚洲研究期刊》上发表了一篇关于中国研究领域状况的文章[54]。有一次，记不清是在研讨课上还是私下聊天，牟复礼教授认为，"中国研究现已到了一个新阶段，学者们可以专注于自己学科领域，而再也不用做'所有的事儿'了"。我当时在心里暗自想，"但我却想做所有的事儿"。这就是我广泛涉猎的开始。这样做的话你可以发现许多常被忽略的中国语言、文学和文化之间的联系，尽管这需要花费更多时间去掌握相关知识，但最终，你将会看到存在于不同学科、不同历史时期、不同文类之间的关联。这是可从中获得的好处。研究范围较广的坏处是，这样研究做起来会更难。我从未想过让自己局限在某个特定的历史时期、特定的文类或是单纯的文学领域。例如，我在上边提过，我对诗歌的经验对我翻译郭象的注很有帮助。如果我对各式各样的文本不熟悉的话，我就无法做到这一点。又如，我能翻译、解读黄遵宪的诗歌，主要是因为我知道他受白居易和宋代诗歌的影响很大，而这两者是我曾经关注过的领域；受惠于此，我能从中国诗歌的理论和实践传统来理解黄遵宪的作品。因此，我认为不局限于某一特定的文类或历史时期是件好事儿。我有时也会羡慕那些一辈子都在研究某个特定时期或特定诗人学者。有一次，我告诉了刘若愚先生我想用中国诗学将中国文学阐释给西方读者的愿望，一开始他觉得这个是疯狂的想法，认为这是不可能的；后来，他改变了主意，他后期的几本书就试图实现这一目标。但是，刘教授要比我更像是一个比较文学学者：我只不过是个文学史学者，而他时刻都在探寻着比较的视角。总之，我觉得涉猎广泛些是非常有益的。比方说，我在评论施吉瑞那本有关黄遵宪的文章里，就讨论了黄遵宪在中国诗歌的表现主义及个人主义传统中的位置的问题。我极大地受益于我研究的这一特点。

时：曾读过一些您研究黄遵宪的论文，我发现您从不仅局限于黄遵宪一人，您会将他与他之前、之后的诗人联系在一起论述，这会涉及多个学术领域。对我来说，这样的研究方法极富启发性。

---

53 牟复礼（Frederick W. Mote, 1922-2005），著名美国汉学家、历史学家，长期任教于普林斯顿大学。

54 Mote, Frederick W. "Reflections on Chinese Language Study: Commentary on the Panel Discussion on the Teaching of Chinese and Japanese, A.A.S. Meetings, Washington, D. C., March 22, 1964." *The Journal of Asian Studies*, vol. 23, No. 4, 1964, pp. 591-594.

林：我希望如此。当研究某个特定作者时，去了解下他读过哪些作者的作品、哪些作品对他产生了影响，是非常值得去做的事情，这样你就能了解这位作者在传统文本中的位置在哪里了。这是我做研究时首先会想到的基本问题。要想弄清楚作者的本意，你必须要知道这些东西。这是我一贯坚持的理念，总有线索或暗示可以证明这点。当开始阅读宋代之后的文学理论时，你首先要弄清楚这个批评家对苏东坡的看法。他喜欢还是讨厌苏东坡？弄清了这点，我们就能弄清他对其他事物的看法了。例如，袁枚就很喜欢苏东坡，这说得通，因为袁枚就处在表现主义、个人主义的诗歌传统之中。与袁枚同时代的很多诗人十分反感苏东坡，认为他很危险，视他为"野狐外道"。我曾围绕严羽及其诗学写过一篇长文[55]来讨论这个现象，在这篇文章里，我还梳理了严羽《沧浪诗话》之后的文学思想的演变过程，以及人们对于《沧浪诗话》的评价等问题；还涉及到两个基本的范畴：作为自我培养的诗歌、作为自我表现的诗歌——它们能为理解中国诗学提供另外一种思路。这是个极其有趣的领域，我非常乐意继续研究下去。同时，这也是我重返王士禛研究的另外一个原因。

时：你的学术生涯就是从研究王士禛开始的。为什么当时他对你那么重要？又为什么现在他依然对你很重要？

林：我想做些与众不同的事情。我做研究倾向于使用原始的一手材料，而不是二手材料，我总想尝试新东西。当我写完博士论文的时候，英语世界还没有人关注过王士禛；当然了，现在已经有很多人在研究他了。在上世纪60、70年代研究清代诗歌，并不是件寻常的事情，因此，人们不知道该拿我怎么办。我开始找工作的时候，不论是美国，还是加拿大，或是其他西方国家，都没有单位要招聘清代诗歌方面的专家。西方世界研究中国文学的院系仍在受着"五四运动"的影响，其架构仍然是按照"唐诗宋词元曲明清小说"模式组织起来的。北美的大学就是按照这样的模式招聘的。我和白润德教授本想合作完成一篇文章，来批判这种过分简单化的中国文学史观，试图去还原已被五四运动时期的历史学家、批评家出于论辩目的而有意变形、扭曲、重写的中国文学史的原貌；但是我们再也没有机会完成这篇文章了。五四时

---

55 Lynn, Richard John. "The Talent-Learning Polarity in Chinese Poetics: Yan Yu(ca. 1195-ca. 1245) and the Later Tradition." *Chinese Literature: Essays, Articles, Reviews* 4:2(1983): 157-184.

代的文学观现在依旧影响着现今的人们，这令人感到遗憾，毕竟除此之外，还有那么多种进入中国文学的方式。例如，最近王昌伟先生[56]的那本有关李梦阳的书[57]就很有趣，它是作者在哈佛大学博士论文的基础上修改完成的；王先生没有在加拿大或是美国找到工作，最终在新加坡落脚。写出何景明那本书的白润德教授一直待在维多利亚大学任教，维多利亚大学是所注重本科教育的大学，它并没有一个专门的中国研究中心。作为明代文学的专家，白润德却只能在课上教些常识性的知识，从未涉及到他自己的研究领域。西方现在的明清诗歌领域的研究者依然很少。施吉瑞教授算是一个，但他之前是研究宋代诗歌的。

时：但是，西方现在有不少学者都在研究明清女性文学。

林：女性文学研究在当下是很流行的，这无疑是绕开五四运动时期偏见和曲解的一种途径。中国女性文学的资料，特别是诗歌，大部分集中在明清两代。麦吉尔大学的方秀洁[58]在这方面贡献良多，此外，还有魏爱莲[59]等学者也在从事该领域的研究。

时：还有孙康宜教授[60]、钱南秀教授[61]等。

林：孙康宜在普林斯顿大学完成博士论文后，是作为唐代文学的专家被聘用的。她最重要的著作之一就是陈子龙那本书[62]，陈子龙与柳如是之间的关系特别吸引她，因此，她会对陈子龙有特别的关注——这就又绕回到女性文学的话题了。现在西方关注、研究明清诗歌的学者数量还是太少，在西方大学的中国文学系里，至多有一个研究先秦的，一个研究魏晋南北朝的，研究

56　王昌伟（Chang Woei Ong），新加坡国立大学教授，主要研究兴趣为晚期帝制中国的思想史、军事史等。

57　Ong, ChangWoei. *Li Mengyang, the North-South Divide, and Literati Learning in Ming China*. Cambridge: Harvard University Asia Center, 2016.

58　方秀洁（Grace S. Fong），加拿大麦吉尔大学中国文学教授，"明清妇女著作"计划的发起人之一，代表作有《卿本作家：晚期帝制中国的性别、主动力及写作》（*Herself an Author: Gender, Agency, and Writing in Late Imperial China*, 2008）等。

59　魏爱莲（Ellen Widmer），美国卫斯理学院东亚系教授，主要研究领域为明清女性文学。

60　孙康宜（Kang-i Sun Chang），美国耶鲁大学东亚系教授，代表作有《情与忠：陈子龙、柳如是诗词因缘》（*The Late-Ming Poet Ch'en Tzu-lung: Crises of Love and Loyalism*, 1991）、《抒情与描写：六朝诗概论》（*Six Dynasties Poetry*, 1986）等。

61　钱南秀（Nanxiu Qian），美国莱斯大学教授

62　Chang, Kang-i Sun. *The Late-Ming Poet Ch'en Tzu-lung: Crises of Love and Loyalism*. Yale University Press, 1991.

唐宋文学的会多些，至多再有一个研究元明清白话文学的，然后，或许有一个现当代文学的专家。也就是说，通常五个教席就能涵盖整个中国文学史——大部分院校还没有这么多岗位。哈佛大学有这个实力，其他学校就够呛了。当前在大学行政管理和财政预算下设置的教席数量是远远不够的，事情现在发展的态势令人十分沮丧。

时：在您看来，除了行政管理和五四运动的影响外，还有哪些因素导致了英语世界对明清文学的忽视呢？

林：想要胜任这一领域的研究更难，你必须要对明清之前的文学有所了解才行；你不能孤立地研究王士禛一人，或者仅将其放到清代的语境中去研究，你必须要知道在他之前的整个诗歌传统。因此，忽视它只是因为研究它更难，人们在苛刻的语言要求下望而却步了而已。

有个问题我不知道你是否想讨论：我是怎么达到现在的（语言）水准的？作为一个非中文母语者，我成年后才开始学中文，那是我过 21 岁生日之前的事儿；我理应四岁就跟着爷爷背唐诗三百首的。刘若愚先生曾告诉我，要想真正成为一名优秀的译者，你不仅需要双语能力，还需要有双重的文化理解力。刘先生学过意大利语，因此，他能更好地欣赏意大利歌剧；此外，他还能阅读法语和德语。这特别耗费时间和精力。刘先生有次告诉我，刚去英国的时候，他很害怕到公共场所去，连乘公交这种事都害怕，因为车开得太快，他怕认不出街名而迷路。现在中国的学者中，唯一拥有和刘若愚教授一样宽广的东西文化视野就是张隆溪教授[63]了。我显然不是刘教授的学术接班人，如果他要是有的话，那就非张教授莫属了。

时：张教授确实是一个杰出的学者。他的《道与逻各斯：东西方文学阐释学》是比较文学与世界文学专业的必读书目之一。

林：他其他的著作也很重要，他不断在提高自己。在我的书房，他的书和刘若愚教授的书被摆在一起，我觉得它们理应归类在一起。上次张隆溪教授来我家时，他注意到了这点，也表示了赞同，说了句"That's good!"（这很好！）。

时：您不认为自己是刘若愚教授的学术接班人，可否谈谈您和他之间最

---

63 张隆溪，著名中国比较文学学者，代表作有《道与逻各斯》（*The Dao and the Logos: Literary Hermeneutics, East and West*, 1992）、《中西文化研究十论》（2005）等，现任教于香港城市大学。

主要的区别是什么吗？

林：我不是一个比较文学学者，而刘若愚教授则非常执着地想要在中国文学中找到一个东西比较的视角。刚才我也说了，我更像是个用英语写作的中国老派学者。我们之间差异显著，我是个文学史学者、作品全集的翻译者，而刘教授不会做这些，他想做些不同的事情。他因食道癌而去世的时候才刚满 59 岁；确诊后才过了两个月，他就匆匆辞世了。如果他能再多活 20 年，我想他肯定会在这一领域做出更多有趣、有价值的贡献吧。记得他有次读到了张隆溪的一篇中文文章，读完评价到："此人很出色，我都能听到他在我身后的脚步声了。"上世纪 80 年代我刚认识张隆溪时，就将此话转达给了他，他听了非常高兴。

事实上，张隆溪深受钱锺书先生的影响。他是在佛克马[64]访问北京期间结识钱锺书的；张教授告诉我，一开始钱锺书还以为他是上级派来的官员，以确保他和佛克马的交谈没有敏感内容。其实，佛克马的中文说得很好，钱锺书的英语也很流利，所以，不论中文还是英语，他们都能交谈。然后，他们就谈到了弗莱[65]的《批评的解剖》，钱锺书表示他听过，但是没看过这本书；在一旁的张隆溪说他读过这本书——这令钱锺书印象深刻。那时，张隆溪正在北京大学攻读硕士学位。这就是张、钱二人是如何结识的，此后，他们之间的关系就很密切了。张隆溪能去哈佛读博，钱锺书在其中帮了不少忙。

和刘若愚一样，钱锺书也是一位英雄。两人我都很尊敬。《谈艺录》是部杰作，我一度想把它译成英文。几年前，在香港大学的一次会议上，我曾发表过一篇论文[66]，认为钱锺书关于王士祯诗论的观点是错误的；关于这点，之后我会写更多文章的。

时：钱锺书在《谈艺录》里对王士祯的诗歌和诗论评价并不高。

林：这是因为钱锺书的诗学观与英国浪漫主义相近，倾向于表现主义、个人主义。他其实是五四运动熏陶下的知识分子，这一背景塑造了他对待中

---

64 佛克马（Dowe Fokkema），著名荷兰汉学家、比较文学学者。

65 弗莱（Northrop Frye, 1912-1991），著名加拿大文学批评家，代表作是《批评的解剖》（*Anatomy of Criticism*, 1957）。

66 Lynn, Richard John."钱锺书对严羽和王士祯的了解: 洞察和谬误 Qian Zhongshu on Yan Yu and Wang Shizhen: Insights and Errors." a paper presented at the conference "钱锺书与 20 世纪中国学术国际研讨会(International Conferenceon Qian Zhongshu and Twentieth Century Chinese Scholarship)," University of Hong Kong, 11 October 2002. 35 pp.

国文学传统的态度。因此，他对具有浓厚理学色彩的、以自我培养论诗的批评家和理论家们很不以为然。他反感的这些东西，我并不认为他完全理解了；他的偏爱或偏见影响到了他的判断。到目前为止，还没有中国学者做出回应，没人对着我说："你真大胆，竟敢质疑钱锺书！"即使钱锺书在中国是个学术偶像般的存在，到现在也没有人能站出来反驳我，期待以后能有人站出来和我讨论。我从钱锺书的著作中获益良多，我经常在文章中引用他的东西，但是，关于王士禛这点，我跟他意见有分歧。我很想结识他，但是很不幸，我们一直没有机会见面；或许，我下辈子会有机会见到他。

时：您在多年的学术生涯中写过大量的评论文章，其中有几篇非常有影响力，您认为学术评论对于学术研究的意义和价值在哪里呢？

林：让我结合具体的语境来回答这个问题吧。坏书很容易评论，因为你能轻易指出它的错误；好书也很容易评论，因为你只用形容它有多好就行了。但是，那种好坏参半的书就非常难评论了。王昌伟写李梦阳的那本书就是个例子，它不乏洞见，但却完全没有提及"前后七子"自我培养的论诗倾向。诸如此类的问题十分复杂，处理起来很难；你不能简单地说它到时是好还是坏。这就是评论文章的价值所在，一位学者有责任对他所从事的领域做出有价值的评论，他理应像是该领域的导游或质量监督员一样。像对叶维廉那样严苛的评论，其实在我的文章中并不常见。那篇评论写好后，刘教授对我说："这种事我做不来，因为我和他同是中国人，所有没人愿意听我说这些，但是你不是中国人，你可以也应该这么做。"刘教授实际上很赞同我的观点，而对叶维廉的诗论以及翻译实践很反感的。顺便提一句，他们之间的这种敌意其实是相互的。总之，我给出版商审过很多书稿，也给期刊写了不少评论文章，我认为这是一项重要的职责。标准维持水准。尽管我跟施吉瑞教授关系很好，但是我依旧认为，倘若他能在材料上下更多功夫的话，黄遵宪、袁枚那两本书可能会写得更好些；他最近那本有关郑珍的书[67]就好多了，或许他听进去了我以及其他人的批评意见。即使有学术上的分歧，我和施吉瑞多年来仍保持着友好的关系。

时：您多年以来一直关注清代诗歌和诗学，最后，可否请您评价一下当前英语世界盛行明清女性文学研究这一现象呢？

---

67 Schmidt, Jerry D. *The Poet Zheng Zhen(1806-1864)and the Rise of Chinese Modernity*. Brill, 2013.

林：我认为这类研究关注的焦点是中国的妇女史，从事这一领域的研究者们试图使用明清女性文学作品来探讨女性在中国古代的社会中所扮演的角色。这是件好事，它将破除中国女性缺少教育和文学修养之类的迷信，那些精英阶层的女性往往受过良好的教育，很多情况下，她们甚至比她们那些在外当官的兄弟们更有才华；最终，它将颠覆中国古代社会史的书写方式。这些研究者们虽然并未关注明清女性诗歌本身，而是把它作为研究古代贵族妇女生活的研究材料，但是这样做无可厚非。随着这类研究的推进以及更多的学者加入进来，情况或许有所变化。方秀洁教授在哈佛大学燕京图书馆的基础上实施的"明清妇女著作数字计划"是非常了不起的，这项具有开创性意义的基础性工作，一定将会给我们的研究带来巨大的变革。从这里开始，中国文学史上长久以来被忽视的这一领域将翻开全新的一页。

时：我想我已经问完了我想问的话题。和您聊得很愉快，非常感谢您接受此次采访。希望您能保持身体健康，期待能早日读到您的新书。

（二）英语世界的清代诗歌、翻译原则及文学理论——施吉瑞教授访谈录

采访人：时光

受访人：施吉瑞

访谈时间：2017/10/29

访谈地点：加拿大温哥华市

施吉瑞家中

时光（下文简称"时"）：首先，我想问一下施教授，是什么让您选择并坚持进行中国文学研究呢？我们知道，您一度徘徊在汉学或印度学之间，最终才下定决心，选择了汉学。

施吉瑞（下文简称"施"）：一直以来，我都对学习外语很感兴趣，毕竟，语言是文化的载体。因为我是德裔美国人，所以高中时我便开始通过听唱片自学德语，并由此展开了外语学习之路。当念完大学后，我想选择一种比较难的语言来学习；汉语是世界上最难学的语言之一，所以我就开始学汉语。学德语的时候，我对德国的诗歌产生了浓厚兴趣，读了歌德、席勒等许多德国著名诗人的作品。由此，我逐渐步入了诗歌殿堂；而在这之前，我对诗歌之美一无所知。当我在加州大学伯克利分校（University of California, Berkeley）学中文时，我找到了几张《唐诗三百首》的唱片，这些唱片还附有原文和译

文。每晚睡前，我都会阅读那些诗的中文原文，看看自己能认出几个汉字，如果有我认不出的，我会去查字典弄清楚；很快我就能读相对较短的诗了。我在美国的乡间长大，我热爱乡间的风景和生活，或许正因如此，我喜欢像王维这样的田园诗人和山水诗人。

我边学中文边读了很多中国诗，但学习越深入，我就越发现西方对这一领域的了解是何等匮乏。听听老师们上课讲的，看看图书馆里有的，我意识到西方学者在中国文学领域还有很多地方尚需垦拓，对中国学者来说也是如此——即使他们已经取得了很多研究成果。对我而言，不少时期的文学都少有人关注。真正启发给我带来启发的是一本我在加州大学伯克利分校的书架上找到的一本书——《宋诗选》，时间太久了，我记不清它的具体编者是谁。我只记得当我第一眼看到它时，并没有特别地感兴趣，因为所有老师都告诉我不要浪费时间读宋诗，宋词才是那个时代最重要的文体。我想翻翻这本《宋诗选》也无妨，于是就把它带回了住处。没想到这本书却为我打开了一个新的世界，我彻底迷上了宋诗，它完全和唐诗不同：唐代很多诗人都太消极，甚至有点儿"无病呻吟"；宋代诗人就十分幽默，他们热爱自己的生活。我很喜欢宋代的诗人们，读他们的诗就像听他们聊天一样，他们对大自然的热爱是发自内心的，其中的典型就是苏东坡。所有人都重视宋词而忽略宋诗，这与我的阅读经验严重不符，从那时起，我开始质疑人们固有的研究方法；也是从那时起，我打算探索唐代以后的诗歌，宋代会是我考虑的第一个朝代，接着是清代、民国，我想把这些朝代的诗歌都找来读读，然后看看这些朝代的诗歌到底如何。或许这些诗歌一文不值，一如许多人认为的那样；但是，在有了"遭遇"宋诗的经验之后，我再也不愿全盘接受那些人云亦云的"常识"了。我就是这么走上研究之路的。

还需提及，我在不列颠哥伦比亚大学（University of British Columbia）念研究生时开始关注韩愈的诗歌。大家在提及韩愈时，一般都会想到他的"古文"，但我却觉得他的诗歌远比散文有意思的多，因为他的诗里不乏黑色幽默以及他本人对世界非常"黑暗"的看法。韩愈诗歌的某些内容，跟我阅读的20世纪西方文学作品非常相似，比如说卡夫卡的作品。远在唐代的韩愈与20世纪早期的卡夫卡之间的相似性让我很惊讶，我又开始质疑人们通常的看法——韩愈不是一位非常有吸引力的作家，他写的与其说是诗，倒不如说是一种无趣的诗与文的混合体。或许我错了，或许我品味很差，但是我相信我自己的感觉，我的研究就是这样起步的。再往后，我开始对清代诗歌感兴趣，每一首清诗都十分有趣且具有创造力，第一位我感兴趣的清代诗人是黄遵宪。起初，我对他感兴趣是因为他写了很多关于旧金山、伦敦等地的海外生活的作品。通过异域诗人的作品，来重新审视我们自己的文化，这是十分奇妙的事情，这些异域诗人可以看到许多我们很少也很难注意到的地方。黄遵宪的部分诗作涉及到了美国历史中不大光彩的一段——19 世纪加州的反华活动，这是很吸引我的部分。当我去中国的时候，我经常听到有人表示他们喜欢韩愈的诗，或者说黄遵宪不仅仅是一个著名的外交家和改革者，还是一个不错的诗人。因此，我认为在中国不论是老一代学者，还是新生代学者，他们关于古典诗歌的整体观念正在发生变化。已故的钱仲联先生对我的影响很大，我曾去苏州大学拜访过他几次，他的学生马亚中[68]同样也在这所大学任教。钱先生专研清诗，他告诉我尚有很多重要诗人的作品需要被阅读和研究。与钱先生的对话令我兴奋不已，因为他向我揭示了一个巨大的、尚未被开掘的学术领域，一个我几辈子也研究不尽的学术领域。这基本上就是我如何开始学术研究的。

目前，我正在研究上海 19 世纪至 20 世纪初期的诗歌；同时也在关注黄遵宪使美期间的生活，没有人在文章中详细介绍过他的这段生活，大多数人都只是使用梁启超和黄遵宪的弟弟黄遵楷[69]记录的材料，但是根据我自己的研究，这些记录大部分都是错误的。比方说，据黄遵楷的记录，黄遵宪抵达旧金山那天正是美国通过排华法案的日子，梁启超随后照搬了黄遵楷的说法。这个说法是完全错的，《排华法案》[70]其实是在黄遵宪抵达旧金山[71]之后才通过的。弄清楚这点很重要，唯有如此，你才能还原出那时作为旧

---

68 马亚中，男，1957 年生，现任苏州大学教授，主要研究方向为明清文学及中国近代文学，代表著作有《中国近代诗歌史》等。

69 黄遵楷，字赝达，一字麓樵，广东嘉应州（今梅州市）人，咸丰八年（1858）出生，黄遵宪幼弟，清末民初政治家、外交家，精通国际贸易与金融，著有《币制原论》、《金币制考》等。

70 美国《排华法案》（The Chinese Exclusion Act），1882 年 3 月 9 日在参议院通过，3 月 23 日在众议院通过，5 月 9 日由时任美国总统的切斯特·亚瑟签署，此法案正式生效。这是一个明显具有种族歧视色彩的法案，并在后来不断延长有效期限。

71 一般通行的看法认为黄遵宪于 1882 年 3 月 30 日抵达旧金山，而据施吉瑞教授考证，黄遵宪实际到达旧金山的时间应为当年的 3 月 26 日。详参施吉瑞文章《金山三年苦：黄遵宪使美研究的新材料》（中山大学学报，2016 年第 1 期）。

金山总领事的黄遵宪的真实心境：抵达美国后，他每天都在忧心忡忡地打探排华法案的消息，评估这一法案的通过对当地华人、加拿大华人以及中国新移民的影响。美国国会当时因这一方案有过激烈争论，时任美国总统的切斯特·阿瑟（Chester Alan Arthur）[72]也被卷入其中，通过这个法案的行政程序持续了数月之久。有关这一法案的新闻每天都在变，你可以想象黄遵宪每天坐在办公室阅读报纸时的复杂心情，他不确定美国政府究竟想做什么，政策时时都在变动，每天都有新的流言，他的心始终悬在半空，他所承担压力可想而知。这些内容是黄遵楷、梁启超的故事版本所无法提供，当你了解真实的故事后，你会更加地敬重黄遵宪和他所作的一切。在那个时候，中国的小孩不允许上加州的公立学校，他们完全被排除在外。黄遵宪在副领事傅烈祕（Frederick Bee）[73]的协助下，据理力争，最终迫使加州政府允许中国小孩在公立学校就读。考虑到总共就黄遵宪和傅烈祕两个人在与复杂的法律体系周旋，能取到这样的胜利确实是件相当了不起的事情。在旧金山当总领事同时也很危险，黄遵宪使美期间曾险些遭人暗杀，他有一首写给傅烈祕的诗就谈到这件事[74]。所以，黄遵宪在美国的三年是充满困难和压力的三年，同时也是对他意义深远的三年。然而，大部分书籍和文章都还在不断地重复使用着黄遵楷、梁启超的记述，这是非常令人遗憾的。我曾读过黄遵宪使美期间的报纸和一些他尚未发表的文章，也曾见过藏于维多利亚图书馆的黄遵宪的信件，这些材料能让我们建构出一个有别于其诗中所呈现出的黄遵宪的形象。一页一页地翻着旧金山当年的报纸，就像黄遵宪当年做的那样，你能触碰到一个真实的黄遵宪，了解那个时候他想什么、做什么。

最近，我对在黄遵宪之前的上一任旧金山总领事陈树棠[75]特别感兴趣，我已经写好了一篇关于他的文章，很快将会发表在《清史论丛》[76]上。在中国，

---

72 切斯特．亚瑟，美国第 21 任总统（1881-1885），在职期间签署了《排华法案》和《文官改革法》。

73 傅烈祕（Frederick Bee），美国律师，曾任清朝驻旧金山领事，在协助清朝政府官员保护在美华人权益方面出力甚多。

74 即黄遵宪《续怀人诗》组诗的第十二首：几年辛苦赋同袍，胆大于身气自豪。得失鸡虫何日了，笑中常备插靴刀。

75 陈树棠，晚清政治家、外交家。曾任清朝驻旧金山首任总领事（1878-1882 在任），后又出任总办朝鲜各口交涉商务委员。

76 该文现已刊发在《清史论丛》（2017 年第 2 期）上，题为《中国首任驻旧金山总

罕有人关注陈树棠，目力所及，我仅见过两篇文章论及他，且讨论的还是他离开美国后在朝鲜的外交经历。实际上，陈树棠在上海非常重要，他不是诗人，我试着找过但没有找到他的诗集；他和当时的著名诗人金和[77]有交往。越来越多的人意识到，金和是一个杰出的诗人，但尚未被仔细研究过。马亚中教授的书中有一章写了金和，但是这还远远不够；维多利亚大学的林宗正教授[78]也正在研究金和。我期待研究金和的著作能越来越多，因为他确实是一个优秀的诗人。

时：我听说林教授有意将金和的诗歌翻译到英语世界，相信这将会是一件对中西学界都有益的好事。

施：嗯，我也这么认为，让金和的诗歌有英文的翻译和研究是很重要的。也许有人对金和的诗歌不感兴趣，因为他的诗总是在写他自己以及他人在太平天国起义中的经历，但他的诗毫无疑问是精彩的。一旦你开始读他的诗，你就停不下来。有人愿意翻译他的诗，这当然是好事；然而，翻译他的诗也绝非易事——尽管他的诗歌不像黄遵宪的诗歌那样满是典故。

时：让我们谈谈您的研究方式吧。当您在撰写《人境庐内——黄遵宪其人其诗考》[79]以及《金山三年苦：黄遵宪使美研究的新材料》一文时，您曾多方求证，只是为了确定"飘地桑"这个出现在黄遵宪公文[80]中的地名具体指代的是北美的哪个地方。我们知道，这样研究是非常耗费时间和精力的。

施："飘地桑"指代的是哪儿，这确实是一个很有意思的问题。经过调查，我最终确定这个地方应该是汤森港（Port Townsend）[81]，虽然现在它是美国西雅图市附近的一个小镇，但是在黄遵宪那个时候，它是一座非常重要的海港城市，很多前往加州的新移民的第一站就是这里，当时人们也普遍认为它将

领事陈树棠与美国排华运动》。

77　金和（1818-1885），晚清诗人，字弓叔，一字亚匏，江苏上元（南京）人，著有《秋蟪吟馆诗钞》。

78　林宗正，维多利亚大学亚太研究系助理教授，主要研究方向是清代诗歌、叙事诗等。

79　Schmidt, Jerry D. *Within the Human Realm: The Poetry of Huang Zunxian, 1848-1905.* Cambridge: Cambridge University Press, 1994. 本书的中文版已由上海古籍出版社以《人境庐内：黄遵宪其人其诗考》为题出版，译者为孙洛丹博士。

80　参见《上郑钦使第二十四号》（《黄遵宪全集》，中华书局 2005 版，472-474 页）。

81　美国华盛顿州西雅图市附近的一个小镇，19 世纪末期发展迅速，与加拿大维多利亚市之间有定期的轮渡，是当时美加之间走私、偷渡的中心城市之一。

会是横贯美国东西海岸铁路的西部终点站。正因如此，那时的汤森港发展很快，四面八方的人汇聚于此，或投资房产，或豪购岛屿，希望能大赚一笔。然而不巧的是，当时的美国政府临时改变计划，将铁路的终点定在了西雅图而不是汤森港。黄遵宪在禀文中数次使用"飘地桑"这一地名，我不知道他究竟指的是哪个地方。我曾多次驱车往返于北美西海岸，最终才确定下来，"飘地桑"最有可能指的就是汤森港。在这一过程中，你必须充分发挥你的想象力，与此同时，你还必须要有弄清事情原委的激情。

我很反感不加任何批判地引用他人的话，特别是像梁启超有关黄遵宪的部分记述。比方说，在梁启超笔下，黄遵宪到达美国的第一天，一大群中国移民就因为违反了《立方空气条例》（The Cubic Air Ordinance）[82]而被逮捕。根据这一法案，每人拥有多少立方英尺空气都必须符合规定数值，如果居住环境太过拥挤，有人就将面临牢狱之灾。黄遵宪去监狱探访这批被逮捕的同胞，当面呵斥警察："这座监狱同样违反了《立方空气条例》，这里的环境还不如你们警察逮捕他们之前的居住环境。"根据梁的说法，警察在听完黄的指责后，立马释放了这些中国犯人[83]。我完全不相信这一记述，因为我阅读的当时几乎所有的报纸都未提及此事。在那个时候，倘若有警察对中国人有任何善举，都会被记者们大肆报道。这表明事实可能恰恰相反，警察并未释放这批中国犯人。当时的美国人称中国人为"异教徒"，中国的一位总领事仅靠几句话就让警察释放了中国犯人，在当时的社会情况下，这样的事绝无可能发生。梁的故事虽好，却失真；他惯于使用"小说笔法"，经常在没有证据或缺乏考证的情况下犯错。然而很不幸的是，诸多论者都不假思索地受到了梁启超的误导，使得这一错误记述广泛流传至今。

事实上，黄遵宪在《排华法案》颁行前焦虑不已，在该法案通过后忙前忙后。《排华法案》最棘手的地方在于它的似是而非。例如，该法案允许中国商人进入美国从事商业活动，却不允许中国劳工进入美国。商人和劳工之间的界限一定是泾渭分明的吗？有时，你很难界定一个街头卖菜的小贩到底是商人还是劳工。正因如此，中国公民总是卷入到类似的诉讼案件中去。黄遵

82　《立法空气条例》是旧金山市在 19 世纪 70 年代通过的一系列歧视性的地方法规。该条例规定应为每个成人提供至少 500 立方英尺的住宿空间，白人贫民区却未严格执行此条例，而华人社区却被迫严格遵守。

83　梁启超《嘉应黄先生墓志铭》："美政府尝藉口卫生，系吾民数千。先生数语捍阔而脱之，且责偿焉。"

宪必须去处理这些情况，他觉得自己有义务去帮同胞聘请律师、办理诉讼手续，以及提供证据让同胞摆脱牢狱之苦等等。总之，总领事在当时是份苦差事，黄遵宪要承担的压力十分巨大，但是他竭尽所能并取得了一系列外交胜利。

时：我在您的《诗人郑珍与中国现代性的崛起》[84]一书中了解到，为了更好地理解郑珍，您曾亲自到访过贵州。这种研究方式需要耗费大量的时间和精力，您觉得这样做的意义何在呢？

施：如果你想弄清楚清代乃至民初的文学，你必须要去当地寻访。有很多理由需要这样做，我认为其中最重要的就是你在那里可以遇到当地的学者，相较于常年居住在北京或上海的学者们，他们对当地文化更为熟悉。当我去贵州时，我认识了黄万机先生[85]和龙先绪先生[86]，前者是《郑珍评传》[87]的作者，后者详细笺注了郑珍的诗歌[88]，新近还出版了一本有关郑珍儿子郑知同（1831-1890）——虽不像其父那般出名，却仍是一位杰出的诗人和文字学专家——的研究目录[89]。黄、龙两人对郑珍都十分深刻的了解。如果不去贵州，我不可能有机会结识黄、龙二人，也不可能亲自到郑珍写过的地方去走走，更不可能深刻理解蕴含在郑珍诗歌中的意义和情感。我去了郑珍的家乡，在他的墓前焚香、洒扫、祭拜；那一刻很动人，我感到了很强烈的情感体验，或许正凭借这点，我才能最终完成我有关郑珍的写作。对我而言，这本书是极富挑战性的，有太多新的东西需要被学习、研究，这在我以往有关中国诗歌写作中是不常见的。举个例子，郑珍有些诗作表现了他为他孙子接种天花的事情，我自己小时候也接种过天花疫苗，但是我对天花所知甚少。我意识到，如果想理解郑珍的诗，我必须要搞懂天花。郑珍本人精通医学，亲自医治过病人，读了很多医书，他的父亲就是传统意义上所谓的"儒医"。所以，你必须阅读许多的额外材料，但是一切都是值得的。

84 Schmidt, Jerry D. *The Poet Zheng Zhen(1806-1864) and the Rise of Chinese Modernity.* Brill, 2013. 本书的中文版已由河南大学出版社以《诗人郑珍与中国现代性的崛起》为名出版，译者为王立博士。

85 黄万机，1935 年生，贵州遵义人，贵州省社会科学院文学所研究员。

86 龙先绪，1962 年生，贵州仁怀人，贵州省仁怀市政协文史委主任兼市文联副主席。

87 黄万机，《郑珍评传》，成都：巴蜀书社，1989 年。

88 龙先绪，《巢经巢诗钞注释》，西安：三秦出版社，2002 年。

89 龙先绪，《屈庐诗集笺注》，北京：中国文联出版社，2004 年。

时：从于大成教授[90]、李祁教授[91]到叶嘉莹教授[92]，您在求学之路上遇到了这么多杰出的学者。您能分别谈谈这些学者对您治学的影响吗？

施：说实话，当我开始学习中国古代文学时，我根本不知道我将步入的是怎样一个领域。第一个对我影响深远的老师是于大成先生，他曾担任过台湾的国立成功大学人文系的主任，祖籍山东。他是我见过的精力最充沛、知识最渊博的老师之一，更难能可贵的是，他还很幽默。于先生帮助我读完了曹植、陶渊明以及谢灵运的诗集。我很幸运，那个时候在台湾有个斯坦福中心，我们有幸能得到于先生一对一的授课，我可以近距离观察他是如何阅读和阐释诗歌的。他可以轻易解答那些我弄不懂的中国古诗中的各种典故，我常常折服于他那惊人的知识储备量。总之，于先生跟我在美国、加拿大遇到的老师有很大的不同。

当我在不列颠哥伦比亚大学念研究生的时候，我很幸运地遇到了李祁女士，她写过很多出色的诗，对西方文学也颇有心得。她曾以庚子赔款留学生的身份赴英深造，出于对华兹华斯诗歌的热爱，她以文言的形式翻译了不少华兹华斯的作品，我觉得这样的方式稍显奇怪，但是她的翻译无疑是优雅且把握住华兹华斯神髓的。李祁女士对诗的感觉很敏锐，她还乐见我的"离经叛道"，很多事情上都能显示出她性格中叛逆的一面。我也曾跟随她上过些一对一的课程，现在回想起来，我非常感激她对于我的学习、研究的开明态度。接着就是叶嘉莹教授了。一开始，我其实是有点儿怕她的，因为我知道她写了很多关于"词"的专著，我怕她会令我在博士论文中转向研究"宋词"，而不是我更感兴趣的"宋诗"。但当我向她表示自己想研究杨万里时，她没有反对，并且还给了我不少宝贵的研究建议。叶先生跟于大成先生一样博闻强识，当我遇到一些难以理解的典故向她求教时，她总能立即做出解答。

当然，我必须提及钱仲联先生。他思想开明，对我也热情。很多年前，

---

90 于大成（1934-2001），字长卿，中国古典文学专家，山东章丘人。台湾大学文学学士、硕士，"教育部国家文学博士"，曾任淡江文理学院中文系主任，中央大学中文系主任，成功大学文学院院长兼中文系主任等。

91 李祁（1902-1989），字稚愚，诗人、汉学家，湖南长沙人。1933年第一批中英庚款文学科奖学金获得者，赴英国牛津大学攻读英国文学。曾在加州大学、密歇根大学任教，后于不列颠哥伦比亚大学任教，直至退休。

92 叶嘉莹，号迦陵，中国古典文学研究专家，原籍北京。曾任台湾大学教授、美国哈佛大学、密歇根大学、哥伦比亚大学客座教授，加拿大不列颠哥伦比亚大学终身教授，现为南开大学中华古典文化研究所所长。

当我去中国时，因为害怕惹上不必要的麻烦，大部分中国学者都不怎么愿意跟外国人接触，但是钱先生就毫不介意这点，每次我去苏州大学拜访他时，他都会邀请我去他家，往往一聊就是几个小时。他古典文学素养深厚，我从他那里获益良多。钱先生也是我最终选择研究郑珍的原因之一。当在准备《人境庐内：黄遵宪其人其诗考》时，我曾向钱先生当面请教，他说："黄遵宪虽然有意思，但是还有很多远比他出色的诗人。"接着，他列出了一些诗人的名字，郑珍的名字就出现在其中。

于大成先生对"唐诗宋词"之外的领域也很感兴趣，他也曾对我提到过郑珍。他首先郑重推荐我阅读杨万里的诗作，表示其诗作虽然难以理解，但是内中却蕴含了不少伟大的想法。杨万里的诗极富幽默精神，也很有想象力，所以我在台北的那个时候就已经开始读他的诗了。于先生当时也向我推荐了郑珍，他认为郑珍是中国文学史上最杰出的诗人之一，并告诉我应该买本中华书局刚出版的郑珍诗集读读。我之前从未听说过郑珍的名字，对于当时的我而言，郑珍的诗作确实难懂，所以我就将他的集子放在一边，在书架上搁置了许多年。直到有一年，我终于决定要写点儿有关郑珍的东西。他的诗依旧那么难懂，不过当时碰巧有人写邮件告诉我龙先绪先生出版过一本郑珍诗歌的笺注，并表示愿意给我寄一本过来。这本书正是我所急需的，有了它，我的写作才能顺利往下进行。

以上提到的这几位学者都对我影响至深，他们对于的写作都起着至关重要的作用。

时：看起来黄遵宪、郑珍等人成为您的研究对象是一系列不期而遇的巧合？

施：确实是这样的。在我到不列颠哥伦比亚大学读书的 20 世纪 70、80 年代，黄遵宪是清代诗人中被研究的最多的一位，原因在于他参与晚清改革运动的独特经历。在当时就已出版了多种黄遵宪的作品选集，当然钱仲联先生的笺注是流传最广的本子。有鉴于此，研究黄遵宪要比研究其他诗人简单得些。而郑珍在当时不论是西方还是中国，都没有太多人关注或研究。

清代仍有不少杰出诗人的作品缺少必要的校注，这亟待学界反思。我不知道现在中西学界还有多少人可以承担类似的工作，毕竟校注可不是件轻松的事儿。信息科技的发展或许会对校注工作有所帮助，但是像钱仲联先生那样将知识记在大脑，而不是被电脑耍的团团转，才是一个成功的校注者必备的素养。我曾和钱先生讨论过这件事情，他说："记得很多书，当然有助于弄清典故，将它们联系起来也很重要，因为一个典故往往与其他很多典故关联。"钱先生本人不会用电脑，虽然对技术一无所知，但是他却认同技术以后会十分有用——我也同意这点。像钱先生和叶老师这样的学者现在越来越少了。如果小孩子们能够被及早训练并从小浸染于传统文化中的话，校注清代诗人的事业或许还有指望，但是在目前的教育体系下是很难实现的——小孩子天天考试、学英语，压力就已经够大了，他们是无法专注于传统文学的。

不过事情都有两面，当我跟钱先生聊天的时候，他说自己最后悔的就是英语不够好，因此没法到国外去。在那个时候，他或许就意识到了黄遵宪在海外应该留有不少有意思的材料，比方说在旧金山或在国外的一些图书馆等。插一句，这也是我选择研究黄遵宪的另一个原因。钱先生的话中有不少闪光点，我想倘若钱先生要是知道我现在所掌握的材料的话，他应该会很高兴的。钱先生还对我提到黄遵宪或许有本日记，他对此有所耳闻却从未找到，我自己也没有找到，但是我希望有人能找到，要是能找到黄遵宪这本日记的话，我一定会欣喜若狂。

对我来说，清代的日记都令我着迷。供职于中国社科院的张剑先生[93]就曾出版过一本研究莫友芝日记的书[94]，他也用这本日记写出了《莫友芝年谱长编》[95]一书。莫友芝是郑珍的密友，看他的日记就能一窥19世纪晚期人们生活的样子。莫友芝这本日记最让我兴趣盎然的地方是他第一次到上海的那部分记述。在上海，莫友芝参观了很多技术部门和工厂，并在日记中详细记录了他此行的所见所想；值得一提的是，他让自己的儿子留在了上海的江南制造总局学习技术、数学等，这些东西对当时大部分中国人来说都还很陌生。读这本日记很有意思，你能看到那个时候一个学者的生活状态。莫友芝很博学，同时也关心中国的未来，郑珍也是这样。这批人不仅仅是学者，他们还热爱国家，期待它能变好，愿意尽己所能改善人民的生活条件。张剑很高产，他写了不少关于莫友芝的书；为了凑齐莫友芝散在四处的日记，他曾四处奔波。这本日记很有价值，透过它你能看到莫友芝的一生。

---

93 张剑，河南遂平人，中国社会科学院文学研究所研究员，《文学遗产》副主编，代表作有《宋代家族与文学——以澶州晁氏为中心》（北京出版社，2006年）等。
94 张剑，《莫友芝日记》，南京：凤凰出版社，2014年。
95 张剑，《莫友芝年谱长编》，北京：中华书局，2008年。

类似的工作在清代诗歌领域还有很多,还有不少诗人有待于被认真研究;在英语世界,明代诗歌也基本上就没有被怎么研究过,与此相反,英语世界中却又太多研究莎士比亚的书了。中国有太多出色的作家了,这是一件好事,它能让我们一直忙下去。

时:接下来我想问些有关您翻译的问题。我注意到,在目前为止您出版的书里,翻译总是占据了很显著的篇幅。您能谈谈您翻译中国古典文学的方式和理念吗?

施:翻译是一门艺术。几年前我去中国演讲,有研究生也问了我关于翻译的问题,他认为译者理应多读些翻译理论,我回答说:"坦诚来讲,我本人不倾向读太多翻译理论。"我当时试图向他展示我的幽默感,我其实是应该读点儿翻译理论的。对我而言,翻译需要传达出你对作品的感觉,当然也关于你运用目标语言的技巧。我自己的技巧远未炉火纯青,但是我会尽力确保我的英语翻译可以传达给读者类似于阅读原文的感受。翻译极其重要,因为翻译在大部分情况下是接触中国文学及文化传统的唯一途径。在不列颠哥伦比亚大学,我们有东亚系,有不少学生在此研究中国、印度以及其他国家。然而,有些学生除了自己关注的国家外,对其他国家不怎么在意;还有些学生直接忽视除了西方或欧洲传统之外所有东西。这是很不好的倾向,这些学生不仅与很多阅读乐趣失之交臂,还丢掉了他们可用以比较、并藉此加深对西方文化理解的其他模型。

在我看来,知道些西方文化有助于理解中国、印度的文化,反之亦然。我们仍然生活在一个充满西方偏见的世界里,这点在大学中尤为明显。这种偏见以后有望减少,但是它必定还是会长期存在的。很遗憾,即使是我所在的东亚系也是这样。我认为有翻译可用至少可以尽可能地减少偏见,这是我对翻译感兴趣的原因之一。有很多中国诗人的作品尚未被翻译,比如说,在我写《诗人郑珍与中国现代性的崛起》这本书之前,郑珍的作品很少有人翻译过;袁枚的作品也是这样,阿瑟·韦利(Arthur Waley)那本有关袁枚的书中有不少精彩的翻译[96],但除了这本书之外,就很少能见到袁枚诗作的翻译了。在写黄遵宪那本书时,我跟一些专门搞晚清史的历史学家交谈过,他们对于黄遵宪并不特别感兴趣,因为黄遵宪是诗人,他的诗并不是合适的历史

---

96 Waley, Authur. *Yuan Mei: Eighteenth Century Chinese Poet*. Stanford: Stanford University Press, 1956.

研究材料。即使是在中国有"诗史"传统的前提下，有些中国学者也持同样的观点——这着实很奇怪。实际上，中国诗人经常将历史事件作为书写对象，比如，你想了解"安史之乱"，你必须要去读一下杜甫的相关诗作。

时：我注意到您经常用"令人愉快的"（Enjoyable）一词来形容您心目中的理想翻译，能具体谈谈这点吗？

施：这个词只能从个体视角去解释。当你看一段译文时，如果它对你没有价值，那么这种翻译很显然就失败了。这或许可以归咎于读者，但是大部分情况下，这都是因为译艺不精的缘故。译本理应引发读者的情绪波动，不一定非要是愉悦，眼泪、欢笑都未尝不可，倘若译本能让读者振奋精神、开拓视野，那就再好不过了。现在的问题是，中国诗歌的很多英译本都有点儿"洋泾浜英语"的味道，英语表达不很地道。此类译本往往试着在翻译中遵循中国诗歌句法，这样做不对的，它并未站在读者的角度考虑问题。除非读者想用译文逐字逐句地理解中文原文，这样做才是有意义的。因此，我认为这样的翻译方式是不恰当的。

时：您刚刚的话让我想起了中国政府之前组织过一批学者将中国经典翻译成英语，但是其效果却不怎么显著。您怎么看待这一现象？

施：将文本翻译成不是自己母语的语言是很困难的，只有少数人才能做得很好。尽管大部分翻译都能读，但通常它们都不够动人。我无法做到像李祁教授那样用古汉语翻译华兹华斯，我甚至都没想过要试一下，因为这样的翻译注定要失败，这样的译文是无法还原英语原文之美的。当然中国也有一些好的译者和译文，比如说精通中英双语的杨宪益翻译的《儒林外史》就很好。除此之外，大部分翻译还是差强人意。翻译的最佳方式应该是合作——一位能阅读中国古典文学的英美学者和一位通晓中英双语的中国学者之间的合作。有些博学的中国学者在古典文学上造诣极高，他们可在我们（这些西方学者）翻译中国文学时答疑解惑。这种合作一定卓有成效，但是，想要达成此类合作殊为不易，你知道的，有时候甚至连政府都很难将两位学者组织在一起致力于某事，因为即使是政府也很难搞清楚哪个学者有能力、有时间或有兴趣做某事，这需要团队协作。倘若中国政府能够赞助更多这样的合作的话，事情或许能好转。至于能有多大程度的好转，这还取决于如何择取以及如何组织。往往是那些常跟政府打交道的人而不是最佳的研究人选获得科研项目，这不仅仅是中国政府的问题，所有政府都或多或少存在着这样的问题。因此，这将是合作中最主要的问题。

时：有人说，诗是翻译中失掉的部分，您同意吗？

施：我不同意，因为有些翻译的确是能抓住原作神髓的。

时：那您会鼓励您的读者去读原文吗？

施：翻译或许不是好的替代品，但它毕竟仍是替代品。大部分西方读者都没有时间学汉语，更别提古代汉语了，他们大多都被鼓励去阅读一些品质较好的译文。毕竟，翻译能帮助我们理解彼此。我目前出版的那些有关清诗的书都是用英语写的，出版后我收到了一些读者的来信，多为"读过某书，很感兴趣"云云，他们有人还寻求我对于他们研究的建议。来自罗马大学的年轻学者毕碧安娜·柯丽帕（Bibiana Crippa）[97]就是其中之一，我在上海和她见过一面，她表示，正因受到了我的书的启发，她才开始关注并研究金和——这让我非常开心。还有不少人也是沿着这样的心路历程，开始从事与我的研究相关的领域了。我觉得，让人更容易地接触到某个领域就是翻译最重要的功用之一吧。坦白来讲，西方现在研究中国古典文学的人数并不多，但是对此感兴趣的学生每年却越来越多了，他们或许是受我和我的书影响，或许是受这个领域的其他学者的影响。清诗研究尚属新事，但势头发展十分迅速。我注意到，在中国有越来越多的相关学术成果被发表，也有越来越多的研究生以此作为博硕论文选题。这无疑是个好的开始，钱仲联及其弟子们在其间居功甚伟，而我只是促成此事的渺小一员罢了。清诗已被遗忘太久，五四运动后，一切都被重新定义了。我几年前曾跟一群中国高中生交谈过，当我说我的研究方向是清代诗歌时，他们一脸诧异，因为他们除"明清小说"之外，一无所知。

时：在我看来，这种现象或许是"一代有一代之文学"的观念导致的。

施：是的，这一观念对我们理解中国文学史有十分负面的影响。"一代有一代之文学"很大程度上是受到一些西方早期著作的影响而形成的，而这一观念在西方早就过时了，只有那些专门学习西方文论的人对此稍有点儿了解。然而，这一观念却风行于中国从小学到大学的整个教育系统里。现在大学的情形有所改善，但在中小学中，这一观念仍然十分流行。这种文学观念深受达尔文理论的影响，持有此类观点的人试图用科学的方式解释文学，我听过

---

97 毕碧安娜·柯丽帕，先后就读于威尼斯大学（Cafoscari University of Venice）、罗马大学（Sapienza University of Rome），复旦大学访问学者。

的最不可思议的事情无过于此。到底什么是所谓的"科学的"文学？19 世纪的种族主义、民族主义也深刻影响了这种观念，当时很多人都对此深以为然，骨子里他们相信现代文化是由白种人创造的，而与之不同的文化注定是低级且理应被归化的。

时：您在书中经常使用"terra incognita"来指代您打算研究或正在从事的学术领域。众所周知，因为缺少先行研究，在"terra incognita"垦拓是非常困难的，为什么您做出这样的选择呢？

施："terra incognita"是一个英语中常见的拉丁词汇，意思是"未知领域"。如今的年轻学者不再学习拉丁语，学校也不再教了，这令人惋惜，西方古典文化同样博大精深，很多古希腊、罗马时期创制的观念、系统以及审美概念在当今依旧有效。至于在学术未知领域垦拓的困难，我个人是非常幸运的。在研究郑珍时，我能第一时间获得了郑珍诗集的笺注，在研究黄遵宪时也是这样。另外，中国日益开放这点也很重要，正因如此，我才能有机会到中国向同行请教、学习，我非常幸运能在研究过程中得到诸如钱仲联教授等出色的中国学者们的帮助。

时：那您能大致谈谈目前英语世界清诗研究的状况吗？

施：现在的情况肯定比以前好了一些，越来越多的人开始投身于此，但是，这一领域仍是处在学术研究的边缘地位。大部分学者仍只关注唐代或唐代之前的诗歌作品，我很难找到有关唐以后的学术会议。几年前，我在德国参加过一个相关会议，会上基本上汇集所有研究清代诗歌以及民初诗歌的学者，但是类似的会议非常少。投身这一领域的人数以后肯定还会不断增加，因为清代诗歌还有太多地方有待研究，况且还有很多人苦于寻找博士论文的选题。从事清诗研究虽是个挑战，但研究无人涉及的话题也很有趣。成为第一个，总是令人兴奋的。我相信，现在很多中国学生都有类似的感受。我的中国同行们告诉我，越来越多的学生开始研究清诗。北美这边的情况也一样，不过规模要小得多，随着时间的发展，只要坚持这种势头，我相信 50 年内，我们一定能对清诗有更全面的理解。

时：我们聊了这么多清诗，那么对您而言，清诗最吸引您的特质是什么呢？

施：清诗充满了吸引力，其中最出乎我意料的就是它质疑传统的叛逆精神。比如，袁枚就经常质疑传统，在一篇文章中，他表示，当我们看《论语》

的时候，我们其实很难了解这本书在孔子活着的时候到底写了什么，我们也很难知道这本书讲了孔子些什么。这就好像欧洲的一个基督徒说自己无法从圣经中感知耶稣一样。说这样的话很危险，如果是在早期欧洲的话，说话者甚至有可能会被施以火刑。相较之下，中国对此虽较为容忍，但是质疑经典、正统仍是危险的，而袁枚在当时却不畏惧说出这样的话。我对此激动不已，叛逆的精神、不盲从古代典范的精神以及试图创新的精神，都对我极具吸引力。我发现这种特质在乾隆已降的清诗中非常普遍，估计在清初诗歌中会有更明显的体现。我需要更多的阅读和研究，但光是 19 世纪诗歌就足以让我大开眼界了，这里有太多有意思的东西可供研究，我一时半会儿怕是难从 19 世纪的诗歌中脱身去研究其他领域。

时：您曾设想过和您的研究对象一起饮酒或成为他们的朋友吗？

施：我非常乐意做他们的书童，怀抱其书，侍立一侧。我的素养仅够格做到这样了，但是只要能坐在他们旁边，聆听他们品评诗文、相互交谈，我就十分满足。或许，我不大能听懂，但倘若我有幸能生活在那个时空中，我一定会为了与他们交流，而加倍用心学习当时的语言。

郑珍一定非常招人喜欢。他是位出色的父亲，即使他的儿子偶尔调皮，他仍能温和相待。他也是位称职的丈夫，据我目前所知，他没有纳过小妾，也从未逛过青楼，他深爱他的妻子。关于这点，你可以参看他的诗集，其中有很多写给他妻子的诗。我觉得他没有做过什么逾矩的事。郑珍还是一位值得信赖的朋友，他尽其所能地帮助身边的人。对我而言，能写出如此多好诗的他当然也会是一个优秀的师长，就像我治学生涯中遇到过的那些老师一样。因此，如果将来有机会，我挺乐意见见他的。

我曾专门去过郑珍的家乡——沙滩，还特意去他的墓前拜祭。我注意到他的墓上长满杂草，或许是他的后代一年才清理一次的缘故。当时在附近有个农民，我借了他的镰刀，帮郑珍的墓除了草，也向他供奉了些东西。即使郑珍并未葬在那里，这对我来说仍是一次愉悦的体验，因为我终于可以为郑珍做些事情，表达对他的尊敬和热爱。这同时也是一次动人的体验，尽管我并不相信什么神鬼之说，但是在某一瞬间，我感觉到了他的存在，或许在那时，他真的在那儿吧。我不确定到时是什么让我产生了那样的感受，但这种感受确实极大地激励了我，让我坚持写完了有关他以及他诗歌的这本书。

话说回来，贵州的人们都十分友好、乐于助人，他们似乎热心帮助去每一位去那里的游客。这或许是因为贵州没有太多外国人，当然了，这也有可能是因为我正在研究他们家乡的诗人。有机会我还会再去的。

时：您在郑珍这本书里的序言提到过，说是这本书在出版之前收到了若干评审意见，建议您用本雅明或布尔迪厄的理论来研究郑珍。您对此并不认同，认为将西方理论硬套进中国文学研究上是不对的。但是，"现代性"本身也是一个西方术语，为什么您会选择这个术语展开您对郑珍的研究呢？您在书中又是怎么定义这一术语的呢？

施：我在郑珍和他的学生们那里发现的是非常令人惊讶的，一开始我从未预料到 19 世纪会有这样的事情——他们大多非常现代。我不清楚这一现象的根源，同时，我也很好奇这一现象会带来怎样的影响。当我读了一些西方现代性理论后，我发现有些学者太过拘泥于理论的使用了。他们自有其理论路径，但却总试图将所有的一切都塞进同一模子里。我认为这种研究注定会走进死胡同，比起好处来，它带来的坏处更多。但是，有一个关于现代性理论的观点很吸引我：我们不能将现代性视为一个放之四海而皆准的东西，不同的文化应有其自身独特的现代性。这些现代性之间或许有很多共同点，其中最重要的一个共同点就是质疑和挑战传统的精神。倘若审视一个文化的现代性发展进程的话，我们总能发现上述这点。如果想走向现代化，如果想与不断的世界一起变化，你必须要抛却部分传统，这是无可回避的。因此，我认为，中国有一个不同于西方的现代性，这点很重要。去了解这些现代性理论到底所言何物很有必要，同时，保持自己思考的独立也很重要。我不想选取一种现代性理论，就将其奉为圭臬。现在这种情况很普遍，很多学者都固守一套理论模式，不肯变通。我觉得一个学者必须要思路开阔，力图避免让自己的研究沦为理论的堆砌。不过，这并不是说要抗拒所有理论，多读读它们，或许其中会有和你研究相关的内容。

时：那您能谈谈您对存在于目前汉学研究中的理论化倾向的看法吗？

施：我认为，至少我们应该去质疑那种对于当代文学理论的过度"迷恋"。当前有很多文学研究著作都是在理论的影响下写成的，这种情况不仅存在于西方，中国现在亦是如此。我时常觉得，中国的一些研究者更愿意去读如德里达等西方学者的理论，也不愿意去读读《诗品》或《文心雕龙》等中国本土理论。前者、后者当然都值得一读，但是研究者应尽量避免走入极端，否则读者的阅读体验将会大打折扣。

时：英语世界中的一些学者，如方秀洁[98]、李惠仪[99]和钱南秀[100]等，会用女性主义理论去研究中国古典文学，这无疑更新了我们对于诗歌史的认知。我知道，您也曾研究过随园女弟子的问题[101]。那么，可否请您谈谈您对这一研究态势的看法呢？

施：这很有意义，我们可以借此多了解下那些我们以前从未读过他们作品的作者们。一些女性作者也是非常优秀的，她们的诗作不比任何人逊色。仅因我们认为古代女性不能创作，就将她们从作家队伍中排除出去，这是不对的。倘若读读她们的作品，我们就或发现她们有多么出色。方教授在这一领域已做出了不少有价值的研究。相形之下，我并未有太多贡献，我只关注了随园女弟子们的创作情况；另外，在郑珍的那本书中，我认为郑珍对于女性的同情以及女性在他诗歌中的重要性，正是其现代性的明证。随着进入现代，女性在很多文化中都会越来越重要。郑珍是看到这一点的，我想部分原因是因为他很爱他的母亲吧。郑珍的母亲基本上是他们整个家庭的支柱，在郑珍的朋友的记述中，倘无郑母，就不可能有郑珍后来的成就。郑珍的父亲虽然是位医生，但他诊治病人从不收费；他只靠种地来维持全家生计，却还嗜酒。正因如此，他父亲的收入极其有限，远不如他母亲能赚钱。他母亲没日没夜地织布缝衣，尽心尽力地照顾家事，确保一切都妥帖。因此，女性对郑珍的家庭来说是很重要的。在郑珍的笔下，特别是在太平天国时期所创作的那些诗歌中，你会发现更英勇的是女性，而不是男性。这或许反映了当时的现实——在那个战乱频仍的时代里，女性往往能比男性处理得更好。虽然男性更强壮、更适合当战士，但是女性更擅长生存，更擅长确保自己的家庭成员活下来。方教授的研究非常有用，它有助于我们更全面地感知清代文学

98 方秀洁（Grace S. Fong），加拿大麦吉尔大学东亚系教授，"明清妇女著作"数据库发起人之一，代表作有 *Herself an Author: Gender, Agency, and Writing in Late Imperial China*（夏威夷大学出版社，2008 年）等。

99 李惠仪（Wai-yi Lee），美国哈佛大学东亚语言与文明系教授，2015 年当选台湾中央研究院院士，研究专长为古典小说、明清文学等。代表作有 *Enchantment and Disenchantment：Love and Illusion in Chinese Literature*(普林斯顿大学出版社，1993)等。

100 钱南秀（Nanxiu Qian），美国莱斯大学中国文学教授，代表作有 *Politics, Poetics, and Gender in Late Qing China: Xue Shaohui(1866-1911) and the Era of Reform*(斯坦福大学出版社，2015 年)。"一代有一代之文学"

101 Schmidt, Jerry. "The Golden Age of Classical Women's Poetry in China: Yuan Mei(1716-98) and His Female Disciples." *China Report* 403(2004): 241-57.

的风貌。

我们真的需要更准确地去认识清代中国社会及家庭的演进情况了。在写袁枚那本书时，我也遇到了这个问题。袁枚直到青少年时期，才和他的祖母分开就寝，他受到他祖母以及母亲的影响很大；而袁枚的父亲常年宦游在外，很少在家。我认为，当时中国许多家庭都是由女性主导或维系的。我注意到了一些变化，男性与女性的关系似乎从那时开始变化，越来越多人像袁枚一样，开始有了自己的女弟子，这在以前是不可想象的。郑珍也教他自己的女儿作诗，后来他女儿也是位不错的诗人。女性开始变得重要起来，她们可以接受教育，做她们想做的任何事。总之，她们可以做许多以前只有男性才能做的事情。那个时代的家庭和社会结构正在逐渐发生着深刻的变化，我想这个事实是站得住脚的。几乎所有的历史学家都在谈论封建时代中国社会的保守和中国女性的卑微地位，但是，根据上述这些鲜活的案例，这样的判断也许并非放之四海而皆准。因此，我认为仍有许多领域有待去垦拓、研究。

时：不管是中国，还是西方，现今的中国研究确实存在着越来越明显的理论化倾向。关于这点，我们已经谈了不少。那么，可否请您谈谈在这一大背景下，我们应该如何合理运用理论呢？

施：这是个好问题，同时也是个难问题。我们当然不能转身离去，将理论弃之不顾。例如，当郑珍那本书里提及现代性时，我就翻阅了大量的相关材料，试图去弄清楚人们是如何理解现代性的。不论是研究中国的学者，还是其他领域的学者，大家都在密切关注现代性这一问题。我讨厌阅读那类空中楼阁式的纯理论著作，它们缺少很多扎实的东西，对大部分读者来说也用处不大。我在郑珍那本书里曾谈到过科技，也涉及到理论的问题。我发现清代、尤其是晚清的作者中不乏有人对科技感兴趣，这些科技或许是西方传入的，或许是中国本土就有的。此趋势可以一直上溯到宋代，这里边颇有些令人惊讶的事实。例如，郑珍在一首诗里竟然谈及了环境污染问题，当我读到时，我非常惊讶，因为这首诗看起来就跟 20 世纪 60 年代写的一样。他也在一首诗里，说到了他为他孙子进行天花接种的事情，这在中国诗歌中可不常见，我不认为还有其他哪个中国诗人写过类似的题材。他精准地指出了技术可能带来的负面影响：技术可以改进人类的生活，但也可能导致贫富悬殊过大。他还提到其他一些技术的负面影响。例如，他曾目睹过云南的铅矿采掘、提炼，那里的环境被严重破坏，当地动植物几乎消失殆尽，工人们也大都有铅中毒的症状，预示出了一幅可怕的未来图景。郑珍诗里的这些内容让我惊奇不已，它们从未出现在同时代的欧洲文学作品里——即使欧洲那时的污染问题要严重得多。理论上来说，郑珍处在前工业时代时代，但是实际上呢，他的作品已然触及到了现代的工业时代。

回到理论化这个问题。我认为研究应博采众长、为己所用，西方的理论如果有用，那就去用；但千万别画地为牢，研究者应找到某种平衡，透彻理解中国文学理论同样也很重要。如果你要研究某作家，你就应该去读他的诗以及同时代人的诗，其中蕴含的信息将会对理解这位作家很有帮助。倘若你做不到这点，你的研究不会令人满意的。正像上边所说的，不论理论是东方的还是西方的，我都会坚持博采众长、为己所用。中国的文学理论大都以诗话的形式呈现，可从零散的评论中提取而出，这是通向诗歌的另一条路，另外一种不同的表达方法。中国人不喜欢那种循规蹈矩、一板一眼的论述，但是我们无疑却可从他们的表述中理解他们读诗的方式、以及他们心中好诗的标准。诗话虽不像 19、20 世纪西方理论著作那样章法森严，但它的价值却绝对不容小觑。如果我们忽视这点，我们就错过了作家身上最重要的内容之一了。

时：最后，可否请施先生分享一下您未来的研究计划吗？

施：那就要看我能保持健康多久了。说实话，我还想做很多事情。首先，我想先接着做那个近代上海诗歌的项目。那个时代的上海受外部世界影响很大，处在东西文化交汇的漩涡中心，因此，那里所发生的一切都十分有趣。我很好奇，上海本地人、以及像金和这样在太平天国运动期间或之后移居到上海的人们面对当时那个时代会如何应对。我对袁枚的孙子袁祖志格外感兴趣，他同样是个令人着迷的文学人物。我可能会写本关于他的书，借此来更深入地理解当时上海的文学传统。其次，我还想彻底调查一下黄遵宪在美国期间的情况，目前，我已掌握了不少相关材料，有很多记述黄遵宪在当时外交活动的报纸，整理、消化起来尚需时日。另外，围绕着陈树棠（在黄之前担任旧金山总领事），我已经完成了一篇 70 余页的论文，这篇论文有可能会是一本书的第一部分。关于黄遵宪，第一篇论文会讨论从他抵达美国到《排华法案》出台期间的活动，第二篇论文将会主要关注黄遵宪在《排华法案》出台后的所作所为；另外，我已经发表了一篇有关黄遵宪是如何帮助加拿大华人群体的论文[102]。上边两项就是我目前想进行的研究，我当然乐意研究更多的清代诗人，但是正如我上边所说的那样，这要看我能保持健康多久了。

时：非常感谢您能抽时间接受这个采访，同您交谈，我获益良多。希望您能保持健康，同时期待能在将来看到您更多的学术成果。

---

102 施吉瑞，李芳，排华时期黄遵宪智取旧金山海关襄助加拿大华人旅客之史实[J]，华南师范大学学报（社会科学版），2015（3）。

致　谢

　　2015 年初夏，我在硕士毕业论文的致谢中写到："待在这个园子的分分秒秒，彷佛都是冥冥中已经写好了的因缘际会；接下来读博生活的日日月月，不期而至的还会有哪些呢？一时，我又跃跃然，向往着下个启程的瞬间。" 2019 年的深秋，在终于完成博士毕业论文初稿的那一瞬间，我蓦地又回想起这句话，觉得它洋溢着过分的乐观，甚至于显得有些天真：攻读博士学位的四年半里，我不得不承认，这条路要远比自己预想中艰难得多。

　　这种艰难，首先体现在生活的困顿上。受学校宿舍调整、自己出国联培以及延期毕业的影响，我前后寄寓过多个不同的寝室，虽然深知京城的"居大不易"，但在每次抱着几大箱书和零零碎碎的家当四处"鼠窜"时，还是会感到十足的狼狈。与此同时，我不可能不注意到，那些早早步入社会、踏上工作岗位的同龄人们，在我读博的几年里，忙碌充实、目标明确，不断垦拓生活的疆界，飞速地成长起来，而自己却困守在书斋一隅，拘限于冷僻议题，似乎整个世界都在"嗖嗖嗖"地大步飞奔，而只有自己在原地裹足、停滞不前，甚至连基本的体面都不可得。不安的"流寓"生活，以及巨大的朋辈压力，两重因素叠加在一起，自己有时难免生出忡忡忧心和一种无可名状的徒劳感：我是不是正在流沙之上筑着一座"空中楼阁"？

　　这种艰难，还体现在心态的调整上。对自己强烈的质疑及否定，是我在读博的这几年间持续"缠斗"着的、挥之不去的"阴影"：随着研究走向"幽深孤峭"，在巍巍书山、茫茫学海前，我痛觉自己的渺小、无知以及智性上的"荒芜"，时常怀疑自己是否有足够能力如期完成自己那太过"野心勃勃"的博论选题；在完成论文的实际过程中，我也时常"震惊"于自己身上潜藏着的"怠惰"和"怯懦"——短于自律，耽于在舒适区的自我放纵与宽宥，畏难避险，缺少学术上的攻坚勇气及担当；更糟糕的是，我似乎丧失了自己阅读的兴奋感与渴望感，逐渐对文本变得麻木不仁，只满足于从事琐屑饾饤之学，从而能违背了自己当初选择文学之路的基本初衷；而长达一年半的延期生活，也无限强化、放大了所有已知的负面情绪。如此心态下，我无法安然接纳自己，惯于把自己想象成"青面獠牙"的"怪物"而加以否定，在"自怨自艾"与"自暴自弃"的恶性循环中，陷入抑郁的"泥淖"。

然而，我又是无比幸运的。在无数个想要放弃的挣扎时刻，身边总有一众良师益友毫无保留地相信我，给予我金子般珍贵的鼓励、帮助和支持。没有他们，我是万难抵达读博生涯的"彼岸"的。

我首先想郑重感谢的老师是我的恩师曹顺庆先生。2012年，我只身负笈进京，鲁莽十分、愚钝非常，幸蒙先生不弃，得入门下读书，春秋代序，日月更迭，恍然间已七载有余。先生温厉恭安，仪度翩翩，待人恳挚谦和，侍立在侧，常觉春风如沐；先生治学极重原典记诵与阐读，曩昔领众弟子共攻《文心》之情景，时时浮于目前心头；先生育人宽严兼济，充分尊重学生个性的同时，也恪守原则、法度，启人于愤悱，鸣钟于清夜。更令人感念的是，先生对我的生活及学习多有周到的关切、提携，平心而论，若无先生的青眼，我到目前为止的人生不可能获得如此多的美好际遇和实质进步。本书的顺利出版，也是承蒙先生将其列入他主编的"比较文学与世界文学研究丛书"的慷慨，才得以实现的。转眼毕业将近两年，先生在课上赐予我的"君子终日乾乾/夕惕若厉/无咎"一语，我一直铭刻于心，努力践行"惕龙"之道，在学问、处世上精进勇猛，不敢辜负先生这些年来的教诲与期待。同时，我也想在此特别感谢刘洪涛师，刘师不仅全程见证了我硕博阶段的每一个节点，还任劳任怨地为包括我在内的比文所研究生群体的科研生活提供了各类行政上的便利，他无疑是我在师大最为敬重和信任的老师之一；比文所的张哲俊师、王向远师、李正荣师、姚建彬师、杨俊杰师、张欣师、刘倩师，文艺学的赵勇师，古代文学的郭英德师、过常宝师、杜桂萍师、颜子楠师，现当代文学的李怡师、张柠师，也曾在我就读师大期间慷慨地传道授业解惑，以一言一行生动诠释了"学为人师/行为世范"的校训。此外，我还想向参与我博论预答辩的李春青师，参与我博论正式答辩的詹福瑞师、张西平师、赵白生师、方维规师致以真诚谢意，他们对我这篇论文的认可，让我觉得四年多的付出都是值得的，而他们所提出的中肯建议，也在我将博士论文打磨、完善成书稿的过程中提供了巨大的助益。

2017-2018 年，受国家留学基金委资助，我赴加拿大维多利亚大学进行了为期一年的联合培养。在此由衷感谢校方为我提供的这一珍贵的学习机会，一年的海外访书、访学之旅，收获满满。我也要特别感谢施吉瑞（Jerry Schmidt）教授和林理彰（Richard John Lynn）教授，两位皆为海内外学人共同景仰的德高望重的汉学前辈，也是我论题涉及到的关键研究对象。他们不但腾出宝贵的研究时间，在家中热情招待了我这样一个来自异域的年轻学子，还大度地接受了我略显冒失的采访要求，与我进行坦率深入的交流，为我的论文提供了最直接的一手信息。不能忘却的，还有与我素未谋面、但一直保持着邮件联系的齐皎瀚（Jonathan Chaves）教授、孙康宜教授、方秀洁（Grace S. Fong）教授和钱南秀教授，他们在我撰写博论期间所予以的善意关注以及无私提供的稀见文献，使我触碰到了"学问乃天下公器"的真切内涵。此外，尚需感谢的是维多利亚大学图书馆的工作人员和志愿者们，他们在面对我成箱成柜借书的"无理"诉求和馆际互借的频繁申请时所表现出的耐心和专业，值得我感激并钦佩。

良师导引，益友同行。攻读博士学位期间，让我十分珍视并因之而感到无比幸运的，是我的 2015 级比较文学与世界文学博士班的同窗们以及可爱而优秀的北师"曹门"及"编外人士"们。比起"新街口外大街 19 号"的一草一木、一楼一阁，以及"铁狮子坟"一到冬天就密云般覆盖着的群鸦，我更怀恋与他们在一起的每个无忧无虑地徜徉于书影间的日子。我们一同守望过春秋几度、晨昏上千，这该是多大的缘分。

家人，永远是我无可争辩的"港湾"和"后盾"。没有父亲、母亲及姐姐不求任何回报的全力支持，我无论如何都无法将自己执拗天真的梦一步步变为现实；随着年岁的增长，我越来越发自内心地感谢我的家庭所教给我的东西，维系我们也许是血缘，可真正推动着这个四口之家往前走的，是每一个成员全心全意的相信：相信彼此，相信善良，相信勤劳，相信未来，以及相信"相信"。读博期间，还有两位家人需特别提及。一位是我的姥姥，她虽不识一字，但一生都在鼓励儿孙辈们好好读书上学，2015 年春天，得知我顺利考上博士的消息后，她激动得一夜未眠，2016 年冬天，老人猝然辞世，临终前还牵挂着我这个似乎在永远上学的外孙，博论即将付梓的今天，我希望我这几册稚嫩的论述能够告慰老人，希望她在天上永享喜乐平安；另一位是我的外甥女"小樱桃"，2018年夏天，她的到来让我开心的同时，也令我意识到：一代人悄然离去，一代人已然到来，不论多不情愿，我都不应该再是一个任性的少年了。

写到这里，算是对读博以来的生活有了份正式交代。回头看看，自己所谓的"艰难"其实很小，而自己实际领受的"幸运"却很大。世界上没有一件事是轻而易举的，也没有一个人能随心所欲，"破无明壳/竭烦恼河"，难就难在"知足"二字；虽已过了任性的年纪，但幸有师友、亲人护持，自己还能在书桌前和象牙塔间葆有一份天真，我没有任何理由不去感恩，不去期待，不去相信，不去"跃跃然"，不去"向往着下个启程的瞬间"。

那么，就穿上新衣、打扮漂亮，以此书为起点，继续朝前行进吧。

2019 年 12 月 14 日初稿
2021 年 11 月 30 日定稿